Claudia Sagmeister
Mit freundlichen Grüßen – Ihre Mafia!

AF219885

Über die Autorin

Claudia Sagmeister, geboren 1972, lebt in einem kleinen Dorf in Niederbayern.
Mit ihrem Debütroman: ,*Willkommen im Leben', sagte der Tod* landete sie binnen weniger Wochen auf der BoD-Bestsellerliste. Sie ist verheiratet und hat zwei erwachsene Töchter.

Claudia Sagmeister

Mit freundlichen Grüßen
Ihre Mafia!

Kriminalroman

Bibliografische Information der Deutschen Nationalbibliothek:
Die Deutsche Nationalbibliothek verzeichnet diese Publikation
in der Deutschen Nationalbibliografie; detaillierte bibliografische Daten sind im Internet über http://dnb.dnb.de abrufbar.

Deutschsprachige Erstausgabe Oktober 2022
© 2022 Claudia Sagmeister
https://claudiasagmeister.de
Covergestaltung: Lena Gruber
Herstellung und Verlag: BoD - Books on Demand, Norderstedt
ISBN: 978-3-7568-1369-8

Für Isabell

Prolog

Diese Reise war ein Fehler! Das hätte ich spätestens wissen müssen, als die Tante Rosa in allerletzter Minute beschlossen hatte, doch mit uns nach Italien zu fahren. Ausgerechnet die Rosa, die immer und überall das Schlimmste wittert und in jedem Südländer einen potenziellen Verbrecher vermutet. Diese Frau ist nun spurlos verschwunden, und niemand hat die leiseste Ahnung, wohin. Und jetzt sitzen wir, die Mama und ich, um zwei Uhr in der Früh in einer italienischen Questura und warten auf den Commissario.

Kapitel 1

Die ganze Geschichte hatte damit begonnen, dass die Mama ihren siebzigsten Geburtstag ansteuerte.

Meine Mama ist Witwe und lebt in einer Wohngemeinschaft mit ihrer Schwester, meiner Tante Rosa. Diese war viele Jahre lang Haushälterin eines katholischen Pfarrers gewesen, bis dieser vor etwa zwei Jahren das Zeitliche gesegnet hatte. Da nun beide quasi verwitwet waren, denn als Pfarrhaushälterin ist man ja irgendwie auch so was wie die Frau vom Pfarrer, nur halt ohne Sex – aber nix Genaues woaß ma ned -, hatten sie beschlossen, ihren Lebensabend gemeinsam zu verbringen. Sehr zu meinem Vorteil übrigens. Die Mama liebt es nämlich, sich in das Leben ihrer einzigen Tochter einzumischen. Ihr bevorzugtes Hobby ist es, bei mir anzurufen, und seit die Tante Rosa bei ihr eingezogen ist, wurde das bedeutend weniger.

Wochenlang zerbrach ich mir den Kopf, womit ich ihr zu ihrem runden Geburtstag eine Freude machen könnte.

Der Hafner, Dienststellenleiter der Polizeiinspektion Schnaipfing, wo ich seit einem Jahr als Kriminalkommissarin arbeite, riet mir zu einer schönen Topfpflanze. »Usambaraveilchen, die sind sehr robust.«

Der Knogl, mein Kollege und zugleich der gefräßigste Mensch, den ich kenne, empfahl mir – hätte ich mir ja denken können! – einen Fresskorb, was sonst?

Egal wen ich sonst noch fragte, niemand hatte eine wirklich zündende Idee. Bis ich eines Tages zufällig bei einem Streifzug durch die Altstadt von Schnaipfing an einem Reisebüro vorbeikam.

An der Eingangstür prangte die Werbung für eine Busreise an den Gardasee. Das Reiseprogramm klang vielversprechend: Drei-Sterne-Hotel, Ausflüge inklusive Shoppingtouren und als krönender Abschluss ein Opernbesuch in der Arena von Verona. Nabucco von Verdi, nachts unter freiem Himmel in einer atemberaubenden Kulisse, wenn man den Bildern auf dem Werbeplakat Glauben schenken durfte.

Perfekt! Damit würde ich gleich mehrere Fliegen mit einer Klappe schlagen. Die Mama käme endlich mal ein paar Tage aus ihrem Kaff Michlbach raus, könnte, was sie eh gern macht, nach Lust und Laune Märkte abklappern, und dann käme sie auch noch in den Genuss einer sensationellen Opernaufführung, wie es sie in unserer Gegend eher weniger gibt. Kultur und Kommerz in fünf Tagen zu einem vernünftigen Preis.

Kurz entschlossen betrat ich das Reisebüro.

»Ja, diese Busreise ist sehr beliebt. Besonders bei den älteren Herrschaften«, erklärte mir die Reisekauffrau mit einem abschätzigen Blick, als ich sie auf das Angebot ansprach.

Wieder einmal stellte ich fest, wie spießig und kleinbürgerlich Schnaipfing war. Mit meinen Dreadlocks und den zerrissenen Jeans passte ich für einige Menschen noch immer nicht ins Stadtbild. Angesäuert stellte ich gleich mal klar, dass ich diese Rentnertour nicht für mich, sondern für meine Mutter buchen wollte, und betonte, dass mir an deren Sicherheit sehr gelegen sei.

»Keine Sorge. Carlo, unser Busfahrer, ist gebürtiger Italiener und ein glänzender Reiseleiter. Er kennt die Gegend rund um den Gardasee wie seine eigene Westentasche. Und«, fügte sie ein wenig schnippisch hinzu, »bisher haben wir noch jeden wieder heil nach Hause gebracht!«

Immer noch leicht verschnupft bat ich um ein paar Tage Bedenkzeit, obwohl mir das kleine Hotel in Bardolino, in dem die Mama wohnen würde, ganz gut gefiel.

»Aber lassen Sie sich nicht zu lange Zeit. Es sind nur noch wenige Restplätze frei«, meinte die Reisekauffrau.

Ich war schon auf dem Weg zur Tür, als ich es mir spontan doch noch anders überlegte und zwei Plätze buchte. Einen für die Mama und einen für die Tante Rosa, denn ich konnte die Mama ja schlecht mutterseelenallein nach Italien schicken.

»Könnten Sie mir das bitte als Geschenk zurechtmachen?«

Die Mama freute sich wie ein Schnitzel.

»Eine Reise? Also Mädi, wirklich, mit einer Reise hätt' ich ja nie im Leben gerechnet.«

Ja, Sie lesen richtig. Meine Mama nennt mich Mädi, und das, obwohl ich die Dreißig mittlerweile schon um ein paar Jahre überschritten habe. Egal ob es mir peinlich ist oder nicht. Dabei heiße ich Maximiliane, kurz Maxi, was ihr doch eigentlich genauso leicht von der Zunge gehen müsste. Aber egal, das ist ein anderes Thema.

Die Mama war also total aus dem Häuschen.
»Ich hab mir gedacht, die Mädi, die lädt dich sicher zum Essen ins Wirtshaus ein oder allerhöchstens zu einem Konzert. Ich weiß doch, wie dir das alles zuwider ist. Aber eine Reise, und dann auch gleich noch fünf Tage lang, also wirklich, Mädi, damit machst' mir eine sehr große Freude. Weißt du eigentlich, dass der Papa und ich bei unserer Hochzeitsreise an den Gardasee gefahren sind? Und neun Monate später, da bist du auf die Welt gekommen.«

So genau hatte ich das gar nicht wissen wollen, aber wenn die Mama in Erinnerungen schwelgt, ist sie einfach nicht mehr zu bremsen.

»Gott, was war's dort damals schön! Wirst sehen, Mädi, da gefällt's dir auch.«

Ich horchte auf. »Äh, Mama ...«, rief ich zaghaft, aber chancenlos.

»Du warst ja bisher noch nie in Italien, gell? Mädi, da machen wir's uns so richtig gemütlich, nur wir zwei.«

Je mehr sie plante, desto schwerer fiel es mir, den Irrtum richtigzustellen. Großer Gott, ich hatte doch nicht im Traum daran gedacht, dass die Mama davon ausgehen würde, wir beide würden diese Reise machen. Das tat sie aber – leider.

»Äh, Mama«, versuchte ich es noch einmal. »Die Reise ist eigentlich für dich und die Tante Rosa gedacht.«

Die Tante Rosa, die es vor Neugier, was ich der Mama wohl schenken würde, sowieso fast zerrissen hätte, war sprachlos.

Die Mama ebenfalls. Aber nur für einen Moment.

»Waaas? Du kommst gar nicht mit?«, begriff sie sichtlich enttäuscht.

Zerknirscht schüttelte ich den Kopf.

»Mama, du bist doch sonst auch immer mit der Tante Rosa unterwegs. Zum Christkindlmarkt in Salzburg, oder zum Donaudurchbruch in Weltenburg und ...«

»Ja, aber das sind doch nur Tagesausflüge gewesen. Aber das hier, das ist ja ein richtiger Urlaub.«

Oh verdammt, das hatte ich ja echt sauber vermasselt. Ich bekam ein richtig schlechtes Gewissen. »Ich weiß ja auch gar nicht, ob ich da überhaupt frei bekommen würd'. Weißt du, ich habe das für euch beide gebucht, weil ihr zwei ja praktisch immer Zeit habt. Aber ich? Ich müsst' ja auch erst mal den Hafner fragen, ob ich so kurzfristig überhaupt Urlaub nehmen könnte«, versuchte ich mich herauszureden.

»Nein, nein, das passt schon«, lenkte die Mama ein, obwohl ihr die Enttäuschung deutlich ins Gesicht geschrieben stand. »Dann machen wir zwei uns eben eine schöne Zeit, gell, Rosa?«

Die Tante Rosa, die eben noch genüsslich ein Stück Schwarzwälder Kirschtorte in sich reingeschaufelt hatte, ließ entsetzt die Kuchengabel fallen. »Was, ich? Nach Italien zur Mafia? Ja wo denkst du denn hin! Das sind doch lauter Verbrecher. Da bringen mich keine zehn Pferde hin!« Vorwurfsvoll sah sie mich an. »Wenn du deiner Mutter schon solche Geschenke machst, dann kümmer' dich auch gefälligst drum, dass du Urlaub kriegst!«

Mir blieb praktisch gar nichts anderes übrig, als am nächsten Morgen dem Hafner einen Urlaubsantrag vorzulegen.

»Das ist jetzt aber schon ein bisserl arg kurzfristig«, grummelte er wenig begeistert.

»Ach, wenn es nicht geht, dann geht's halt nicht«, kam ich ihm schnell entgegen und nahm den Urlaubsantrag ziemlich erleichtert wieder an mich.

»Ausgerechnet im Juli, wenn die Schnaipfinger Trachtentage stattfinden«, schob der Hafner zur Begründung nach. »Sie wissen ja selbst, wie dünn wir besetzt sind und wie viele Leute sich da in der Stadt tummeln. Gerade da verzicht' ich nur äußerst ungern auf mein Stammpersonal.«

»Machen Sie sich keine Gedanken, Hafner. Das ist wirklich nicht so wichtig.«

»Was haben S' denn vor, dass Sie so dringend frei brauchen?«

»Ach, nichts Besonderes«, wiegelte ich ab und ergänzte dummerweise: »Meine Mutter hat zum Geburtstag von mir eine Reise an den Gardasee geschenkt bekommen, und jetzt hätte sie halt gern gehabt, dass ich sie begleite. Aber ich bin mir sicher, dass sie noch jemand anderen findet, der mitfährt.«

»Ja, wenn's um Ihre Mutter geht«, sagte der Hafner nachdenklich.

»Nein, im Ernst. Ich möchte Ihnen da keine Umstände machen. Das ist wirklich nicht so wichtig«, unterbrach ich seine Gedanken.

»Was heißt denn da Umstände und nicht so wichtig? Meisinger, seien S' froh, dass Sie noch eine Mutter haben. Zudem so eine agile. Nein, nein, nein, so eine Bitte darf man der alten Frau auf keinen Fall abschlagen.«

Gut, dass die Mama das mit der alten Frau nicht gehört hatte. Bevor ich etwas erwidern konnte, riss mir der Hafner den Urlaubsantrag aus der Hand und haute seinen Servus drunter. »Genehmigt!«, erklärte er mir freudestrahlend, und ich bedankte mich gespielt erfreut, obwohl von Freude keine Rede sein konnte. Jetzt gab es also kein Zurück mehr. Als ich der Mama nachmittags am Telefon sagte, dass ich sie tatsächlich an den Gardasee begleiten konnte, freute sie sich so dermaßen, dass ich mich tatsächlich ein kleines bisschen mitfreute. Vielleicht würde es ja doch noch ganz nett werden.

Kapitel 2

Mittlerweile sitzen wir jetzt seit über einer Stunde in der Questura, und bisher hat sich noch niemand ernsthaft um uns gekümmert. Ich bin hundemüde.

»Ein schöner Saustall ist das hier!«, ärgere ich mich. Wenn wir bei uns in Deutschland die Leute so behandeln würden, da wäre aber Feuer am Dach. Mein lieber Scholli. Mir reicht es jetzt. Ich stehe auf und marschiere an die Absperrung.

Der Polizist, der dahinter schwer beschäftigt an seinem Schreibtisch sitzt und die Zeitung liest, schenkt mir keinen einzigen Blick, geschweige denn irgendein anderes Zeichen seiner Aufmerksamkeit. Darum haue ich ziemlich laut mit der flachen Hand auf den Tresen.

»Hallo, jemand zu Hause?« Es ist, als wäre er taub. Nicht die geringste Reaktion. »Hallo Sie?«, rufe ich noch etwas lauter in seine Richtung.

Endlich blickt er gelangweilt von seiner Zeitung hoch. »Pronto?«

»Wir warten jetzt schon ewig darauf, dass sich endlich mal jemand um uns kümmert. Hätten Sie vielleicht die Güte nachzufragen, wie lange das noch dauern wird?«

Der Beamte überschüttet mich mit einem Schwall italienischer Sätze, die ich leider mangels Sprachkenntnissen nicht verstehe.

»Wir müssen auf den Commissario warten«, übersetzt

Herr Becker, einer der anderen Mitreisenden. Unser Busfahrer, der tolle Italiener, war nirgends aufzutreiben gewesen. Daher hatte sich Herr Becker, der ebenfalls italienisch spricht, netterweise angeboten, uns zur Questura zu begleiten. Dafür bin ich ihm wirklich dankbar. Obwohl ich mich tatsächlich ein wenig frage, was wir hier eigentlich sollen, denn die Rosa ist erst seit ein paar Stunden verschwunden, und es gibt keinen direkten Hinweis auf ein Gewaltverbrechen. Niemand wird uns hier weiterhelfen. Aber die Mama war von ihrer fixen Idee, Rosas Verschwinden augenblicklich bei der Polizei anzuzeigen, einfach nicht abzubringen gewesen.

Ich atme genervt aus und setze mich wieder zurück auf die Bank zu den anderen. Wo zum Teufel steckt sie nur? Die letzten Stunden hatten wir nur damit verbracht, nach ihr zu suchen.

Wir waren zusammen in einem netten kleinen Lokal an der Seepromenade gewesen. Die Rosa hatte ihre Medikamente im Hotel vergessen und war alleine zurückgegangen, um sie zu holen. Seither fehlt von ihr jede Spur. Nachdem wir über eine Stunde vergeblich auf sie gewartet hatten, hatte ich die Zeche bezahlt und mich gemeinsam mit der Mama auf die Suche nach ihr gemacht. Der Weg vom Lokal ins Hotel ist unkompliziert. Sie konnte sich unmöglich verlaufen haben. Doch das Zimmer, in dem sie zusammen mit der Mama wohnt, war leer. Wir fragten an der Rezeption, beim Personal, jeden, der uns über den Weg lief. Wir suchten im Speiseraum, auf der Terrasse, in den Toilettenräumen und auf jedem Flur, in jeder Etage. Nichts. Sogar in der Küche klopften wir an, denn bei der Tante Rosa ist alles möglich. Sie muss überall ihren Senf dazugeben.

Selbst Maria, die Besitzerin der Villa Franca, beteiligte sich an der Suche und sah dort nach, wo Gäste normalerweise keinen Zutritt haben. Doch auch sie kam nach kurzer Zeit mit einem bedauernden Achselzucken zurück.

Die Mama hält sich schon die längste Zeit an ihrem Rosenkranz fest und betet leise vor sich hin. »Oh Herr, gib ihr die ewige Ruhe!«

»Kannst du bitte mit deiner ewigen Beterei aufhören!«, herrsche ich sie an. »Du machst mich noch ganz kirre!«

»Das ist das Einzige, was ich momentan für sie tun kann, und es beruhigt mich«, entgegnet die Mama und betet demonstrativ weiter.

»Aber mich macht es verrückt. Du tust ja gerade so, als wär die Tante Rosa bereits tot.«

»Vielleicht ist sie das ja längst.« Sie greift in ihre Rocktasche und zieht ein Taschentuch hervor, mit dem sie sich lautstark schnäuzt. »Die Rosa hat die ganze Zeit gesagt, sie hat einen Toten gesehen, jemanden, der eindeutig ermordet worden ist. Die Banditen haben das bestimmt mitbekommen und sie deshalb auch umgebracht«, zischt sie mich kaum hörbar an.

»So ein Unsinn!«, herrsche ich sie an. »Die Rosa hat eine blühende Fantasie, das ist alles! Sie behauptet auch, dass jeder Italiener Mitglied der Mafia wäre. Und? Trotzdem ist sie mitgefahren, obwohl sie immer getönt hat, nie im Leben nach Italien zu reisen!«

Der Beamte schaut finster in unsere Richtung.

»Die Tante Rosa lebt!«, sag ich etwas leiser, aber mit Nachdruck.

»Woher willst du das denn wissen? Wenn's noch leben tät, hätt' sie sich schon längst bei uns gemeldet.« Leise schnieft die Mama vor sich hin.

»Womöglich kann sie das nicht. Aber ich bin felsenfest davon überzeugt, dass sie immer noch am Leben ist.«

»Dein Wort in Gottes Gehörgang!«

Genervt von der Diskussion und der Untätigkeit des Carabinieri stehe ich auf und wandere ruhelos wie ein Tiger im Käfig hin und her. Auch wenn ich den Verschwörungstheorien der Mama bezüglich der Tante Rosa keinen Glauben schenke, frage ich mich langsam doch, wo sie wohl abgeblieben sein mag. Die strengen Blicke des Polizisten hinter dem Tresen ignoriere ich. Trotzdem scheint mein Bewegungsdrang die Sache allgemein in Gang zu setzen, denn während ich mitten im Raum stehe und mir den Bereich zwischen Nasenwurzel und Augenbrauen massiere, um mein Denkvermögen anzuregen, greift er endlich zum Telefon. Etwa zwanzig Minuten später betritt ein weiterer Beamter das Revier. Die beiden unterhalten sich aufgeregt, und Blicke wandern zu uns respektive mir herüber. Dann kommt der Neuankömmling zu uns. Er sieht ein wenig zerknittert aus, so als ob er unseretwegen aus dem Bett geholt worden wäre.

»Buongiorno, mein Name ist Commissario Andrea Salvini.«

Angenehm überrascht stelle ich fest, dass er der deutschen Sprache fast fließend mächtig ist. Nur ein leichter Akzent verrät seine Herkunft.

»Mein Kollege sagte mir, Sie möchten eine Vermisstenanzeige aufgeben. Allora. Was ist passiert?«

»Die Schwester meiner Mutter, also meine Tante, ist seit gestern Abend verschwunden, und wir haben nicht den geringsten Hinweis über ihren Verbleib«, übernehme ich die Konversation.

»Wir haben schon überall nach ihr gesucht, aber wir können sie nirgends finden!«, ruft die Mama von ihrem Sitzplatz aus dazwischen.

»Wann haben Sie sie denn zuletzt gesehen?«

»Das dürfte so gegen neunzehn Uhr gewesen sein.«

Der Commissario wirft erst einen Blick auf seine Armbanduhr, dann sieht er mich fast ungläubig an.

»Gestern? Wir sprechen vom vergangenen Abend?«

Ich nicke etwas verlegen. »Ja.«

»Wie alt ist Ihre Tante denn?«

»Äh …!«

»Dreiundsiebzig!«, ruft die Mama ungeduldig. Dabei wirft sie mir einen tadelnden Blick zu.

Ja Himmel! Was interessiert denn mich, wie alt die Tante Rosa ist?

»Ist die Dame in irgendeiner Weise auf Hilfe von anderen angewiesen?«

»Nein.«

»Braucht sie dringend Medikamente? Leidet sie zum Beispiel an Diabetes, Alzheimer et cetera?«

Ich werfe einen fragenden Blick in Richtung meiner Mama.

»Wassertabletten nimmt sie ein und etwas gegen ihren hohen Blutdruck, aber sonst ist die Rosa pumperlg'sund!«, kommt es prompt von ihr.

»Also geistig ist bei der Dame alles in Ordnung?«

Daran hab ich zwar manchmal so meine Zweifel, aber auch diese Frage beantworte ich mit Ja.

»Dann, Signora …?«

»Meisinger«, stelle ich mich vor.

»Dann, Signora Meisinger, so leid es mir tut, ist es bei uns in Italien genauso wie bei Ihnen in Deutschland. Wir müssen vierundzwanzig Stunden abwarten, bevor wir sie suchen lassen können, mi dispiace.«

»Aber die Rosa kennt sich doch hier gar nicht aus, und sie spricht auch kein einziges Wort italienisch.«

Die Mama ist bei diesen Worten aufgestanden und auf den Commissario zugegangen. Jetzt steht sie dicht vor ihm. Nur die Absperrung trennt die beiden voneinander, und das ist vielleicht ganz gut so, denn so, wie sie sich gerade echauffiert, kann ich für nichts garantieren.

Der Polizist scheint derlei Gefühlsausbrüche zu kennen, denn er lenkt beschwichtigend ein.

»Nachdem ich dem Ganzen entnehme, dass es sich um eine gesunde Dame in den besten Jahren handelt, schlage ich vor, Sie gehen jetzt zurück in Ihr Hotel und suchen selbst noch einmal die Gegend nach ihr ab. Fragen Sie die Angestellten Ihres Hotels oder die anderen Gäste, ob sie von jemandem gesehen worden ist.«

»Ja was glauben S' denn, was wir in den letzten Stunden g'macht haben? Wir haben schon alles abgesucht, mehrmals, aber wir haben sie nirgendwo g'funden! Sonst wären wir doch jetzt nicht hier und würden Sie um Hilfe bitten.« Die Mama ist in Rage.

»Dann können Sie nicht mehr tun, als abzuwarten.«

»Abwarten?«, empört sich die Mama. »Ja was denn abwarten?«

»Dass Ihre Schwester zurückkommt. Signora Meisinger, es ist jetzt halb vier Uhr morgens. Vielleicht hat sie sich vom lebhaften Nachtleben in Bardolino anstecken lassen.«

»Vom Nachtleben? Die Rosa? Ha! Sie haben ja keine Ahnung, von wem Sie reden! Aber ihr Italiener, ihr nehmt ja immer alles auf die leichte Schulter. Ihr steckt alle zusammen unter einer Decke!«, giftet sie den Commissario an.

Ich trete ihr auf den Fuß, um sie zum Schweigen zu bringen, vergeblich.

»Aua! Lass das, ich habe doch recht!«

Salvini tut so, als habe er den vorletzten Satz nicht gehört. »Sie haben recht, ich kenne Ihre Frau Schwester nicht. Aber ich kenne die deutschen Touristen und wie sie sich in unserem herrlichen Land benehmen. Was denken Sie, wie oft es vorkommt, dass einer Ihrer Landsleute bei uns als vermisst gemeldet wird, und dann stellt sich heraus, dass er oder sie die Nacht in einem anderen Bett verbracht oder dank des Alkohols nicht mehr zurück ins Hotel gefunden hat.«

Könnten Blicke töten, müsste er auf der Stelle mausetot umfallen.

»Jetzt hören S' mir einmal gut zu. Die Rosa hat beobachtet, wie ein Mensch …«

»Er hat leider recht«, falle ich ihr ins Wort. Das fehlte noch, dass die Mama dem Beamten jetzt die Hirngespinste der Rosa auftischt. »Bei uns läuft das in der Tat genauso ab.«

»Ein ausgemachter Blödsinn ist das. Der hat ja keine Ahnung. Der kennt sie ja gar nicht, sonst käme der ja nie auf eine so hirnrissige Idee von wegen die Rosa und das Nachtleben von Bardolino! Ha!« Sie lacht laut auf. »So eins hatte sie ja nicht einmal in Michlbach!«

»Ich mache Ihnen einen Vorschlag, Signora«, schlägt Salvini nun einen versöhnlicheren Tonfall an. »Sie beschreiben mir jetzt ganz genau, wie Ihre Frau Schwester aussieht und was sie gestern, als Sie sie zuletzt gesehen haben, getragen hat. Dann gehen Sie zurück in Ihr Hotel. Sollte sie in der Zwischenzeit zurückgekommen sein, va tutto bene. Ansonsten schreiben Sie alles auf, was Ihnen zum Verschwinden der Signora einfällt. Ob sie sich etwas ansehen wollte, ob sie mit jemandem Streit hatte. Egal. Woran Sie sich erinnern. Wenn Ihre Schwester bis zum Abend immer noch nicht zurückgekehrt ist, rufen Sie mich an.«

»Und bis dahin unternehmen Sie nix?«

»Doch, ich telefoniere in der Zwischenzeit die Krankenhäuser der Umgebung ab und erkundige mich, ob in den letzten Stunden eine Frau eingeliefert wurde, die Ihrer Beschreibung entspricht. Oder haben Sie das auch schon gemacht?«

Nein, so weit waren wir noch nicht gekommen. Und es

ärgert mich ein bisschen, dass ich an das Naheliegendste nicht selbst gedacht habe.

Dass die Rosa vielleicht einen Unfall gehabt haben könnte, leuchtet auch der Mama ein. Wie aus der Pistole geschossen beschreibt sie dem Beamten bis ins kleinste Detail das Aussehen und die Kleidung der Tante Rosa. Ich bin begeistert.

»Wieso sprechen Sie eigentlich so gut deutsch?«, frage ich Salvini noch, bevor wir uns auf den Rückweg ins Hotel machen.

»Ich habe einige Jahre in München gearbeitet«, erklärt er grinsend. »Wie Sie sehen, bin ich mit der Sprache und der Mentalität Ihrer Gegend bestens vertraut.«

Wir verabschieden uns, gefolgt von unserem Begleiter, der während der ganzen Zeit stumm wie ein Fisch auf der Bank gesessen und zugehört hat.

Draußen vor der Tür läuft die Mama noch einmal zur Hochform auf. »Andrea! Ein Mann mit einem Frauennamen. Was soll man von so einem schon erwarten. Andrea Salvini! Ein neumodischer Unfug ist das.«

»Entschuldigen Sie, meine Teuerste, wenn ich mich einmische, aber in Italien ist dieser Name durchaus üblich und gebräuchlich für Frauen und Männer. Genauso wie Simone übrigens«, mischt sich Herr Becker, unser Italienkenner, wissend ein.

Die Mama winkt genervt ab. »Warum hast' denn dem Kommissar nicht erzählt, dass die Rosa eine Leiche entdeckt hat?«, giftet sie mich stattdessen an.

»Um Gottes willen, was sagen Sie da?« Herr Becker ist sichtlich bestürzt. »Etwa bei uns im Hotel?«

»Nein, aber Sie werden vermutlich aus allen Wolken fallen, wenn ich Ihnen verrate, wo.«

»Das behältst du jetzt bitte für dich! Ich will nicht, dass uns jemand noch wegen Verleumdung anzeigt«, stoppe ich ihren Redefluss. Aber sie denkt gar nicht daran, aufzuhören.

»Die Rosa ist sich absolut sicher gewesen, dass der Mann ermordet worden ist und auf direktem Weg entsorgt werden sollte.«

»Mama!«, unterbreche ich warnend ihren Erzähldrang. »Dafür gibt es überhaupt keine Beweise. Das ist bloß wieder eine von ihren Fantastereien.«

»Natürlich hat sie Beweise«, behauptet die Mama stur. »Auf ihrem Fotoapparat. Sie hat gesagt, sie habe ein paar sehr aufschlussreiche Bilder geschossen. Also praktisch Beweisfotos.« Die Mama kann sich gar nicht mehr beruhigen. »Oder dieser fürchterliche Streit, den sie angeblich mit angehört hat. Was ist dann damit? Und auf einmal ist es still gewesen, hat sie gesagt. Totenstill! Kein Laut. Nichts mehr.« Theatralisch schildert sie die Szene, wie Tante Rosa sie beschrieben hatte.

»Nein, das ist ja entsetzlich!«, ruft Herr Becker aus. »Ich habe ja schon einige Fahrten nach Italien mitgemacht, aber so etwas habe ich bisher noch nie erlebt.« Er greift sichtlich nervös nach einem Stofftaschentuch in seiner Jackentasche und wischt sich über die Stirn.

»Da siehst du, was du mit deinem Unsinn anrichtest. Der arme Herr Becker kann heute Nacht bestimmt nicht schlafen, wenn du ihm solche Gruselmärchen auftischst!«, tadle ich die Mama.

Die schüttelt sich ab. »Und was ist mit der armen Rosa, hä?«, keift sie zurück.

»Das hätten Sie wirklich dem Commissario mitteilen müssen«, bestärkt sie Herr Becker.

»Ich bin überzeugt, es gibt für alles eine logische Erklärung«, sage ich. »Auch dafür, wo die Tante Rosa abgeblieben ist. Ich würde sagen, wir schauen jetzt noch mal im Hotel, ob sie nicht mittlerweile zurückgekommen ist.«

»Und wenn nicht?«, zweifelt die Mama.

»Dann legen wir uns trotzdem alle ein wenig schlafen und warten die nächsten Stunden ab. Salvini wird sich melden, wenn er mehr weiß.«

Die Mama zögert noch. Ratlos sieht sie Becker an, als hätte der eine Lösung parat.

»Ihre Tochter hat recht. Sicher hat sie sich schon wieder eingefunden und wundert sich, wo wir alle abgeblieben sind.«

Kapitel 3

Aber die Rosa ist nicht im Hotel.

Auch Maria, die Wirtin, hat in der Zwischenzeit nichts über ihren Verbleib herausfinden können. »Es tut mir so leid. Kann ich noch etwa für Sie tun?«

Ich bestelle der Mama noch einen doppelten Ramazzotti, damit sie besser schlafen kann.

Herr Becker, den die ganze Geschichte sichtlich mitzunehmen scheint, verabschiedet sich sofort auf sein Zimmer.

»Ich möchte nicht, dass du jedem auf die Nase bindest, was die Rosa gesehen oder gehört haben will. Das sind reine Spekulationen und Vermutungen«, komme ich nochmals auf das Gespräch von vorhin zu sprechen.

»Warum glaubst' es denn nicht?«

»Weil die Rosa gerne mal übertreibt, wie wir beide sehr gut wissen, in jeglicher Hinsicht. Oder kennst du außer ihr noch jemanden, der in einem Lokal zuerst die Toiletten kontrolliert, bevor er bereit ist, dort zu essen? Nur um zu sehen, ob es dort auch hygienisch einwandfrei zugeht?«

Es ist schier unglaublich, aber das ist in der Tat eine der Marotten meiner Tante. Sie beharrt auf dem Standpunkt, so wie die Toilette sehe auch die Küche eines Hauses in puncto Sauberkeit aus.

»Du kennst doch ihre Einstellung. Sie ist davon überzeugt, dass jeder Italiener automatisch ein Mafioso ist.

Aber ich bin mir ziemlich sicher, dass es für ihr Verschwinden eine ganz banale Erklärung gibt.«

Die Mama leert ihren Ramazzotti in einem Zug und knallt das Glas auf den Tresen an der Rezeption. »Ich bin ehrlich enttäuscht von dir, Mädi«, sagt sie und sieht mich dabei nicht einmal mehr an. »Ich geh jetzt auf mein Zimmer.«

Schweigend begleite ich sie dahin. Als wir vor ihrer Tür ankommen, stellen wir zu unserem Erstaunen fest, dass diese nur angelehnt ist. Die Mama will schon schnurstracks hineinmarschieren, in der Hoffnung, die Rosa sei zurückgekommen, aber ich halte sie im letzten Moment zurück und bedeute ihr, ganz leise zu sein. Angestrengt lausche ich auf irgendein Geräusch aus dem Zimmer. Die Tante Rosa hat ein massives Problem mit ihren Nebenhöhlen, weshalb sie normalerweise schnarcht wie ein Sägewerk. Doch es ist nicht das Geringste zu hören. Also stoße ich mit Schwung die Zimmertür auf. Nachdem ich mich vergewissert habe, dass sich niemand darin aufhält, nehme ich mir das Bad vor. Doch auch dort ist niemand.

»Ja wie schaut's denn da aus?«, ruft die Mama hinter mir so entsetzt, dass ich schleunigst zu ihr ins Zimmer zurückkehre. Tatsächlich sehe auch ich erst jetzt, dass die Kleidung der beiden wild im Zimmer verstreut ist und sämtliche Schubladen der Kommode bis zum Anschlag herausgezogen wurden. Hier hat eindeutig jemand etwas gesucht, und das war gewiss nicht unsere ordnungsliebende Rosa.

»Was machst du denn da? Hab ich dir nicht deutlich signalisiert, draußen zu bleiben?«, gehe ich die Mama an, die mitten im Zimmer steht.

Sie ignoriert meine Bemerkung. »Jetzt schau dir einmal diesen Saustall an. Alles durchwühlt«, sagt sie und schickt sich schon an, die Sachen vom Boden aufzuheben.

»Finger weg, nichts anfassen!«, schreie ich sie an.

Erschrocken fährt sie hoch. »Was schreist' denn so?« Dann schaut sie mich mit einem durchdringenden Blick an. »Siehst du, Mädi, ich hab's dir ja gesagt! Ich fürchte, die Rosa ist in großer Gefahr!«

Jetzt glaub ich es fast selber.

Der Commissario kommt aus dem Zimmer zu uns auf den Gang. Er hat noch einige Fragen. Währenddessen sind drinnen zwei weitere Beamte damit beschäftigt, Spuren zu sichern.

»Sie behaupten also, bevor Sie zur Questura kamen, sah es hier noch nicht so aus?«, wendet er sich fragend an mich.

»Ja glauben Sie vielleicht, wir hinterlassen so einen Saustall?«, regt sich die Mama schon wieder auf.

Er hebt beschwichtigend die Hände. »Können Sie sagen, ob etwas fehlt?«

»Woher soll ich denn das wissen? Ich hab ja nix anfassen dürfen! Meine Tochter hat mich sofort hinausgeschickt, damit ich bloß nix durcheinanderbringe – in dem Chaos!«, empört sie sich.

»Das war sehr umsichtig von Ihnen«, wendet Salvini sich lobend an mich. »Die meisten Leute hätten angefangen, Dinge aufzuheben oder nachzusehen, ob etwas gestohlen wurde. Dabei können wertvolle Spuren verloren gehen.«

»Meine Tochter weiß schon, was sie tut. Die kennt sich mit so was aus. Schließlich ist sie selber Polizistin!«, erwidert die Mama schnippisch. Schon die ganze Zeit lässt sie den Beamten spüren, was sie von ihm hält. Nichts! Er ist bei ihr unten durch, wie man so schön sagt, weil er ihr auf dem Präsidium nicht geglaubt und Tante Rosas Verschwinden nicht ernst genommen hat.

»Sie sind eine Kollegin, eine poliziotta?« Salvini zieht erstaunt die Augenbrauen hoch und mustert mich von oben bis unten.

Ich kenne diesen Blick. Mein Dienststellenleiter hat mich vor einem Jahr genauso angesehen, als ich mich damals bei ihm in Schnaipfing vorgestellt habe. Es war für ihn absolut undenkbar, dass eine Frau in diesem Beruf einen ebenso guten Job macht wie ein Mann. Und besonders meine Frisur fand er problematisch. Ich trage Dreadlocks. In einer niederbayerischen Kleinstadt ist so etwas unmöglich. Eigentlich habe ich gedacht, der italienische Kollege wäre da offener. Aber da habe ich mich wohl getäuscht. Am liebsten würde ich ihm unter die Nase reiben, dass ich Kriminalkommissarin bin, entscheide mich aber aus einem Impuls heraus anders und erwidere mit einem knappen: »Si.«

Für einen winzigen Moment sehe ich Missmut in seinen Augen aufblitzen, doch er hat sich schnell wieder unter Kontrolle. »Nun, dann wird es für Sie ein Leichtes sein, uns eine detaillierte Auflistung zu erstellen, was gestohlen wurde oder mit wem Ihre Tante Streit hatte et cetera. Sie können uns jederzeit mit Informationen unterstützen, sollte Ihnen noch etwas auffallen beziehungsweise zum Sachverhalt einfallen«, entgegnet er hochmütig. »Ansonsten«, sein Tonfall gewinnt an Schärfe und wird zum Befehl, »erwarte ich, dass Sie sich aus den Ermittlungen komplett heraushalten. Das ist unsere Aufgabe.« Er rudert zurück. »Ich erwarte Sie noch vor Mittag in der Questura. Wir benötigen Ihre Fingerabdrücke zum Abgleich mit denen, die wir hier gerade sichern. Addio!« Mit diesen Worten dreht er sich um und schließt die Tür vor unserer Nase.

»So ein aufgeblasener Chauvinist!«, schnaube ich aufgebracht.

»Du lässt dich doch hoffentlich von dem nicht ein-schüchtern, Mädi?«, entrüstet sich die Mama. »Gell, wir suchen trotzdem nach der Rosa?«

»Darauf kannst du Gift nehmen. Und der Commissario kann sich eines hinter die Ohren schreiben«, zische ich zwischen den Zähnen durch, »italienische Augen sind vielleicht schöner, aber deutsche sehen schärfer! Versuch doch bitte mal, dich ganz genau zu erinnern«, fordere ich die Mama auf, als wir wieder unter uns sind. »Was kon-kret hat die Rosa erzählt? Selbst das kleinste Detail kann wichtig sein.«

Den Rest der Nacht hat die Mama in meinem Zimmer verbracht, während in ihrem noch stundenlang die Spu-rensicherung zugange gewesen ist. Außerdem hätte ich sie nach diesen neuerlichen Ereignissen sowieso nicht al-leine gelassen. An Schlaf war freilich nicht mehr zu den-ken. Zu aufgewühlt sind wir beide aus lauter Sorge um die Rosa. Nun sitzen wir übernächtigt am Frühstückstisch und rekapitulieren gemeinsam, was seit unserer Abfahrt in Michlbach alles passiert ist.

Kapitel 4

Michlbach. Da war es schon losgegangen.

Ich war bereits in Schnaipfing in den Reisebus gestiegen und hatte der Mama einen Sitzplatz am Fenster freigehalten, obwohl sie während der Nachtfahrt sicher nur wenig zu sehen bekommen würde. Aber da hatte sie es komfortabler. Schließlich war es ihre Reise, und sie war die Hauptperson. Als der Bus dann endlich in Michlbach hielt, sah ich, dass die Mama gemeinsam mit der Tante Rosa an der Bushaltestelle stand.

Wie nett, dachte ich. Sie bringt die Mama noch zum Busbahnhof. Erst auf den zweiten Blick bemerkte ich, dass auch die Tante Rosa ein Köfferchen bei sich trug.

Die Mama winkte mir ganz aufgeregt zu und rief, kaum dass sie die Stufen zum Bus hochgeklettert war: »Mädi, stell dir vor …!« Doch sie kam gar nicht dazu, den Satz zu vollenden, denn dicht auf ihren Fersen folgte die Tante Rosa und rief fröhlich: »Ich komm jetzt doch mit!«

Peinlich berührt von ihrem albernen »Mädi«, mit dem sie mich vor allen Mitreisenden blamiert hatte, ließ ich die Mama auf den Fensterplatz rutschen. Doch noch bevor ich mich neben sie setzen konnte, ließ sich die Tante Rosa auf meinen Sitz plumpsen.

»Das ist brav von dir, dass d' uns so einen schönen Platz ganz vorne reserviert hast. Du weißt ja, ich sitze nicht gerne hinten.«

»Äh, nein!« Das habe ich nicht gewusst, dachte ich empört. Und es interessierte mich in diesem Moment ehrlich gesagt auch überhaupt nicht. Das ist mein Platz!; war das, was ich in diesem Augenblick denken konnte. Sprachlos über Tante Rosas plötzlichen Sinneswandel stand ich etwas neben mir, bis ich merkte, dass noch andere Fahrgäste zugestiegen waren, denen ich den Gang blockierte. Daher verkniff ich mir jegliche Diskussion, zog stattdessen notgedrungen meine Reisetasche aus der Gepäckablage und suchte verärgert nach einem freien Platz. Das ging ja schon gut los!

Aus purer Verzweiflung setzte ich mich neben einen Pfarrer in der Hoffnung, dass der auf Konversation ebenso wenig erpicht wäre wie ich.

Ein Ehepaar, das ich altersmäßig auf Mitte sechzig schätzte, belegte den Platz auf der anderen Seite des Ganges, zwei Reihen hinter uns. Während die Frau das Bedürfnis hatte, freundlich jeden einzelnen Fahrgast zu grüßen, schien er ein eher unangenehmer Zeitgenosse zu sein.

»Jetzt hock dich endlich hin!«, herrschte er sie an. »Du hältst ja den ganzen Betrieb hier auf. Gib mir mal deine verdammte Tasche und setz dich auf deinen Platz.«

»Aber ich muss doch …«, versuchte die Frau sich zu rechtfertigen.

»Du musst gar nichts. Ich übernehme das.« Der alte Grantler grummelte noch ein paar unverständliche Worte und nahm dann neben seiner Gattin Platz.

»Ein fürchterlicher Mensch«, vernahm ich die Stimme meiner Tante von vorne und gab ihr insgeheim recht. Mit dem würden wir gewiss noch allerhand Spaß haben.

Außer den beiden war noch eine Gruppe junger Männer zugestiegen, die sich lautstark auf der Rückbank ausbreiteten. Sie wirkten ziemlich aufgekratzt und überdreht, und ich hoffte inständig, dass sie sich bald wieder einkriegen würden. Es lagen immerhin etliche Stunden Fahrt vor uns, und das zu nachtschlafender Zeit.

Nachdem in Michlbach die letzten Mitreisenden zugestiegen waren und wir endlich losfahren konnten, hielt der Busfahrer übers Mikro eine kleine Begrüßungsansprache. Er stellte sich als Carlo Puccetti vor und gab uns einen groben Überblick über den weiteren Reiseverlauf. Den ersten Zwischenstopp würden wir circa zweieinhalb Stunden später an einer Rastanlage im Inntal einlegen. Und es war noch ein weiterer Halt vorgesehen, wo wir dann auch frühstücken konnten. Da unser Hotel in Bardolino, die Villa Franca, erst am frühen Nachmittag bezugsfertig sein würde, wollte Carlo Puccetti uns zuvor noch auf den legendären Monte Baldo kutschieren.

Seine sonore Stimme machte mich schläfrig, und seine weiteren Ausführungen drangen nur mehr schemenhaft in mein Gehirn vor. Schließlich war es drei Uhr morgens und draußen so dunkel, dass es ohnehin nichts zu sehen gab. Erschöpft drehte ich mich zur Seite und versuchte, ein wenig zu schlafen. Ich wurde erst wieder wach, als wir auf den ersten Rastplatz einbogen. Meinetwegen hätten wir gerne weiterfahren können. Ich drehte vorsichtig meinen Kopf, der zur Seite gerutscht war, und blinzelte schläfrig aus halb geöffneten Augen. Erst einmal sah ich nur schwarz. Dann wurde mir schlagartig bewusst, dass ich es mir im Schlaf an der Schulter des Pfarrers gemütlich gemacht hatte. Wie peinlich! Ich setzte mich auf und war mit einem Mal hellwach. »Entschuldigung«, murmelte ich, während er mich leicht schmunzelnd ansah.

»Schon gut, keine Ursache.«

Wenigstens hatte ich ihm nicht aufs Jackett gesabbert. Ich schlafe nämlich häufig mit offenem Mund, was ja ansonsten keinen stört, weil ich Single bin.

Sobald der Bus seine Parkposition eingenommen hatte,

begann rundum hektisches Treiben. Einige konnten es wohl kaum erwarten, in die Raststätte zu gelangen. Ich warf einen Blick auf die Uhr. Es war fünf Uhr dreißig, und wir lagen genau im Zeitplan.

»Wir machen hier eine halbe Stunde Pause!«, verkündete Puccetti, den wir großzügigerweise Carlo nennen durften.

»Entschuldigen Sie bitte, dürfte ich vielleicht …?«, bat mich der Pfarrer neben mir.

»Natürlich. Einen Moment bitte.« Nachdem ich den Sicherheitsgurt gelöst hatte, trat ich auf den Gang. Doch bevor ich mich recht versah, wurde ich äußerst unsanft wieder auf meinen Platz zurückgestoßen.

»Platz da!«, tönte es ruppig von hinten, und schon stapfte der Grantler an mir vorbei. Meine empörte Reaktion auf sein flegelhaftes Benehmen ignorierte er geflissentlich und stob eiligst hinter seiner Frau her, die bereits ausgestiegen war.

»Entschuldigung«, wandte ich mich erneut an den Pfarrer, den ich bei dieser Aktion ziemlich unsanft angerempelt hatte, und stolperte übermüdet und ziemlich gereizt aus dem Bus.

Von der Mama und der Tante Rosa war draußen keine Spur zu sehen. Nur unser Fahrer Carlo stand mit ein paar anderen Nikotinsüchtigen rauchend neben dem Bus.

Da es mir draußen zu kühl war, ging ich in die Raststätte hinein und beschloss, zuerst einmal die Toiletten aufzusuchen. Auf dem Weg dahin kam mir die Tante Rosa fröhlich winkend entgegen.

»Alles sauber hier!«, rief sie schon von Weitem. »Ich hab schon überall nachgeschaut. Hier kannst' getrost aufs Klo gehen!«

Ich wollte mir gar nicht vorstellen, wo sie überall gewesen sein könnte.

Wenige Minuten später, beim Händewaschen, stand die Frau des Grantlers neben mir am Waschtisch.

»Guten Morgen«, strahlte sie mich erfreut an, fast so, als würden wir uns schon lange kennen.

Irgendwie seltsam ist sie schon, dachte ich mir, aber vielleicht war das einfach ihre Art. Ich grüßte daher ebenso freundlich zurück. Für das flegelhafte Benehmen ihres Gatten konnte sie ja nichts.

»Wo bleibst du denn so lange?«, ertönte es da wie aufs Stichwort von draußen, worauf sie eilig den Waschraum verließ.

Unglaublich. Nicht einmal aufs Klo durfte die Ärmste alleine gehen. Konsterniert schüttelte ich den Kopf und begab mich auf die Suche nach der Mama und der Tante Rosa. Ich fand die beiden putzmunter kaffeetrinkend an einem der Vierertische im Restaurantbereich.

Die Mama winkte mir schon von Weitem zu. »Da sind wir, Mädi!«

»Wir haben für dich schon mitbestellt«, sagte die Tante Rosa und schob mir einen dampfenden Becher Kaffee hin. »Was sagst jetzt dazu? Sogar ein Pfarrer ist in unserer Reisegruppe«, bemerkte sie, offenbar sehr angetan von diesem Umstand.

»Der fährt aber sicher privat mit. Das ist ja schließlich keine Pilgerfahrt«, gab ich augenzwinkernd etwas frech zurück.

»Es würd mich ja doch interessieren, ob er meinen Herrn Pfarrer, den Hobmeier, Gott hab ihn selig, gekannt hat. Schließlich ist er auch in Michlbach eingestiegen. Aber dort hab ich mich nicht getraut, zu fragen, weil er so in sein Brevier vertieft g'wes'n ist.«

Ihr Pfarrer Hobmeier, das war der Mann, dem sie jahrelang den Haushalt geführt hatte. »Ach übrigens: Hast du nicht immer gesagt, dich brächten keine zehn Pferde nach Italien?«, wechselte ich zu dem Thema, das mich viel mehr interessierte als ihr Hang zu Geistlichen. Jetzt wollte ich wirklich mal wissen, warum sie erst so einen Wirbel um die Reise gemacht hatte und dann doch mitgefahren war.

»Ich hab mir's halt anders überlegt. Ich kann die Liesbeth doch nicht allein fahren lassen, wo es in Italien doch so gefährlich ist!«

»Erstens bin ich ja auch noch da, und zweitens fahren wir an den Gardasee und nicht nach Sizilien!«, hielt ich dagegen. »Und wenn ich gewusst hätte, dass du nun doch mitfährst, hätt' ich mir nicht extra Urlaub nehmen müssen. Und du wärst gratis auf meine Kosten gereist.«

»Papperlapapp!«, winkte sie resolut ab. »Geld ist nicht alles. Wann hast du schon mal die Gelegenheit, mit der ganzen Familie zu verreisen? Wirst sehen, das wird ein unvergessliches Erlebnis für uns alle. Mama, Tante, Mafia!«

Während sie das sagte, fiel mein Blick auf einen der Nachbartische. Dort saß der Grantler mit seiner Frau. Sie schaute akkurat in meine Richtung, und weil sie mir ein bisschen leidtat wegen ihres unsympathischen Ehemanns, lächelte ich ihr freundlich zu.

»Guten Morgen!«, rief sie fröhlich winkend und erwiderte mein Lächeln.

»Lass das!«, tadelte das Ekel und drückte ihr die Hand auf den Tisch.

Ich war leicht irritiert, denn wir hatten uns ja eben erst im Waschraum begrüßt. Verwechselte sie mich oder hatte sie es bereits wieder vergessen?

»Ein unangenehmer Mensch«, bemerkte die Mama, die diese Szene mitbekommen hatte. »Wie der mit seiner Frau umspringt, das ist unglaublich. So was hätt' sich dein Vater bei mir niemals erlaubt.«

Nachdem wir unseren Kaffee getrunken hatten, suchte die Rosa in den verbleibenden Minuten bis zur Abfahrt nach dem Pfarrer. Doch der war weder im Gebäude noch am Bus zu sehen. Enttäuscht stieg sie ein. Kurz bevor die Tür zuging, kam er eilig angerannt.

»Jetzt hätt'n S' uns aber beinahe verpasst, Hochwürden!«, rief ihm die Tante zu, die längst wieder auf dem Platz am Mittelgang neben der Mama saß. Als er an ihr vorbeiging, hielt sie ihn kurz am Ärmel fest. »Wir zwei müssen uns unbedingt miteinander unterhalten. Ich bin ziemlich sicher, dass wir einen gemeinsamen Bekannten haben.« Dabei zwinkerte sie ihm verschwörerisch zu.

Leicht irritiert kehrte er an seinen Sitzplatz neben mir zurück. Die Tante hatte offensichtlich noch nicht bemerkt, dass der Platz neben dem Objekt ihrer Begierde meiner war, und ich hatte es ihr bisher auch noch nicht verraten. Diesen Triumph wollte ich mir für später aufheben. Viel später, eventuell sogar erst, wenn wir in Bardolino angekommen waren, als kleine Strafe, weil sie mir den Sitzplatz neben der Mama weggeschnappt hatte. Der Pfarrer hatte ja gar keine Ahnung, welchen Dienst ich ihm damit erwies, dass ich seine Sitznachbarin war und nicht meine gesprächige Tante Rosa.

Der Kaffee von der Raststätte zeigte alsbald seine Wirkung. An Schlaf war nicht mehr zu denken und dass die nächste Rastanlage nur hundertfünfzig Kilometer von der ersten entfernt lag, machte nun durchaus für mich Sinn. Dort hatte sich vor den Toiletten bereits eine lange Warteschlange gebildet. Sogar die Rosa verzichtete dieses Mal auf ihren Kontrollgang in Sachen Hygiene in den Toilettenräumen. Dafür widmete sie sich lieber ausgiebig einer Staubprobe und fuhr mit einem Finger über sämtliche Oberflächen in der Cafeteria und dem angrenzenden Souvenirladen, um auf diese Weise die Sauberkeit der Anlage zu prüfen. Richtig peinlich! Denn sie machte das nicht heimlich, sondern ganz offensichtlich, was ihr von einigen Leuten ein verständnisloses Kopfschütteln einbrachte. Aber das war ihr egal. Über so was steht die Rosa drüber. Solange sie und die Mama im Lokal frühstückten, vertrat ich mir ein wenig die Beine an der frischen Luft. Außer mir waren noch ein paar weitere Mitreisende auf dem Parkplatz geblieben, darunter ein älterer Herr, der Priester und die jungen Burschen von der Rückbank.

»Sie reisen alleine?«, ertönte es da unvermittelt hinter mir. Der betagte Mann im dunklen Anzug schaute mich freundlich an.

»Nein, ich bin zusammen mit meiner Mutter und meiner Tante unterwegs«, erwiderte ich.

»Und waren die Damen schon einmal am Gardasee?«

»Nur meine Mutter, aber das ist bereits viele Jahre her.«

»Ich bin sicher, es wird Ihnen gefallen. Falls Sie irgendwelche Fragen haben, wenden Sie sich ruhig an mich. Gestatten, Theobald Becker.«

»Vielen Dank. Das ist sehr nett von Ihnen, Herr Becker. Meisinger, Maxi Meisinger«, stellte ich mich nun meinerseits vor. »Sie kennen sich demnach am Gardasee gut aus?«

»Ich hatte schon mehrfach das Glück, eine solche Fahrt mitmachen zu können. Ich bin Witwer, müssen Sie wissen. Da sind gut organisierte Gruppenreisen eine willkommene Möglichkeit, sorgenfrei zu reisen und dabei gelegentlich nette Bekanntschaften zu schließen.«

»Warum bist' denn nicht reingekommen?«, hörte ich da die Mama hinter mir rufen. »Wir haben die ganze Zeit einen Platz für dich freigehalten.«

»Ich hatte keinen Hunger«, gab ich zurück.

»Den Pfarrer hab ich wieder nirgends gesehen«, beschwerte sich die Tante.

»Ich glaube, der steht auf der anderen Seite des Busses, Tante Rosa«, informierte ich sie.

Das ließ sie sich nicht zweimal sagen. Eiligst umrundete sie den Bus, kam jedoch enttäuscht zurück.

»Wieder nix!«

»Ah ja, und das ist dann wohl die Frau Mama.« Herr Becker machte eine kleine Verbeugung vor den beiden. »Darf ich mich den Damen vorstellen? Theobald Becker.«

»Und ich bin die Tante«, preschte Tante Rosa vor und streckte ihm ihre Hand entgegen.

»Sehr erfreut.« Herr Becker machte eine leichte Verbeugung vor den beiden Frauen und deutete einen Handkuss an, was beide geschmeichelt zur Kenntnis nahmen. »Gerade habe ich Fräulein Meisinger angeboten, Ihnen jederzeit zur Verfügung zu stehen, wenn Sie irgendwelche Fragen haben. Ich kenne die Gegend am Gardasee sehr gut.«

»Ach, das ist ja interessant«, freute sich die Mama.

»Dann kennen Sie bestimmt auch ein paar Geschäfte, wo man günstig einkaufen kann«, fiel ihr die Rosa, dieser alte Pfennigfuchser, ins Wort. Leider kamen die drei nicht mehr dazu, das Gespräch zu vertiefen, denn Carlo drängte zur Weiterfahrt.

»Wir können uns da sicher am Nachmittag oder Abend weiter drüber austauschen«, vertröstete sie Herr Becker und ließ ihnen beim Einstieg den Vortritt.

Möglicherweise würde die Reise für mich doch entspannter werden, als ich angenommen hatte. Wenn die beiden jetzt einen ortskundigen Reiseleiter an der Hand hatten, der altersmäßig wesentlich besser zu ihnen passte als ich und eventuell die gleichen Interessen hatte, konnten für mich vielleicht doch ein paar freie Stunden herausspringen. Diese Aussicht gefiel mir ausgesprochen gut.

Kapitel 5

Guten Morgen, die Damen«, sagt Herr Becker und tritt an unseren Tisch. »Gibt es Neuigkeiten von Ihrer Schwester?«

Die Mama verneint und macht ein betrübtes Gesicht.

»Haben Sie es schon gehört? Im Hotel soll in eines der Zimmer eingebrochen worden sein«, versucht er daraufhin das Thema zu wechseln.

»Das war bei uns«, gibt ihm die Mama bereitwillig Auskunft, was mir gar nicht recht ist.

»Das ist ja entsetzlich! Gestatten Sie, dass ich mich zu Ihnen setze, oder möchten Sie lieber unter sich bleiben?«, ergänzt er mit einem fragenden Blick an mich.

»Aber nein, bitte setzen Sie sich doch«, bietet ihm die Mama den freien Stuhl an, bevor ich reagieren kann.

»Woher wissen Sie denn von dem Einbruch?«, frage ich nach. Soweit ich informiert bin, hatte von den Hotelgästen keiner etwas mitbekommen.

Maria, die Hotelbesitzerin, hatte mich ausdrücklich um Diskretion gebeten, um die anderen Gäste nicht zu verunsichern.

Herr Becker schenkt sich Kaffee aus der Kanne in Tante Rosas verwaiste Tasse. »Ich habe in der Nacht ein Polizeiauto vor dem Hotel bemerkt und mich darüber mit Maria heute Morgen unterhalten.«, erwidert er. »So was kommt ja doch nicht alle Tage vor.«

Es überrascht mich zwar, dass sie mich um Diskretion bittet und dann selbst so freimütig darüber spricht, aber das ist dann ihre Sache.

»Erst das Verschwinden Ihrer Schwester und dann ein Einbruch in Ihr Zimmer. Das ist alles schon höchst seltsam«, grübelt Herr Becker.

»Ja, nicht wahr?«, pflichtet ihm die Mama bei. »Finden S' nicht, dass wir den Carlo, also Herrn Puccetti, darüber informieren sollten?«

Herr Becker winkt ab. »Normalerweise ja, aber soviel ich weiß, besucht er ausgerechnet heute Verwandte in der Gegend.«

»Na, das fängt ja gut an. Hier herrscht das Chaos, und unser Ansprechpartner ist privat unterwegs. So habe ich mir das nicht vorgestellt«, meckere ich herum.

»Die Sache mit dem Einbruch betrifft in erster Linie Sie und dann Maria. Aber warten Sie doch erst mal ab, was die Polizei dazu sagt. Den Carlo können Sie dann immer noch informieren, wenn er wieder zurück ist.«

»Wir überlegen die ganze Zeit, was die Rosa genau gesehen oder gehört haben mag«, plappert die Mama gedankenlos weiter.

»Ach, das wissen Sie gar nicht?« Becker zieht überrascht eine Augenbraue hoch.

»Nein. Sie hat nur immer wieder mal die eine oder andere Andeutung oder Bemerkung fallen lassen. Auch über verschiedene Personen aus unserer Reisegruppe. Außerdem hat's andauernd fotografiert. Auch Sachen, die sie gar nix angehen, und ständig hat sie sich Notizen gemacht. Überall hat's ihre blöden Zettel rausgerissen. Vielleicht hat sie sich damit in Schwierigkeiten gebracht.«

»Ich glaube nicht, dass wir Herrn Becker mit den Mutmaßungen der Tante behelligen sollen«, sage ich, denn es passt mir gar nicht, dass die Mama so viel ausplaudert.

»Das waren doch alles nur Behauptungen. Leeres Geschwätz ohne jegliche Beweise«, füge ich noch hinzu.

Herr Becker lächelt mich beruhigend an und tätschelt meine Hand. »Machen Sie sich keine Sorgen. Alles, was hier gesprochen wird, bleibt selbstverständlich unter uns«, sagt er zu mir, als könne er meine Gedanken lesen. »Und wenn es die Damen wünschen, bin ich auch gerne bei der Spurensuche behilflich. Das wäre dann mal eine kleine Abwechslung zu den Urlauben, die ich sonst hier verbringe.« Er lacht.

Das hat mir gerade noch gefehlt. Ein Rentner als Hilfssheriff!

»Wir wissen ja selbst nicht, was passiert ist«, wiegle ich daher ab. »Und sollte es sich tatsächlich um ein Verbrechen handeln, was ich nicht glaube«, füge ich beruhigend an die Mama hinzu, »möchte ich Sie da keinesfalls mit reinziehen und möglicherweise in Gefahr bringen.« Andererseits spricht Herr Becker fließend italienisch und könnte uns daher durchaus dienlich sein.

Als hätte er erneut meine Gedanken erraten, sagt er: »Vergessen Sie nicht die sprachliche Barriere. Außerdem vermutet bei meinem Alter sicher niemand, dass ich in detektivischer Absicht unterwegs bin«, ergänzt er schmunzelnd.

Das leuchtet ein. Vielleicht ist die Idee doch gar nicht so abwegig. Ungeachtet dessen lenkt er die Mama ein wenig von ihren Sorgen ab.

»Wenn ich nur wüsst', was man machen kann, um sie zu finden«, zermartert sich die Mama den Kopf.

»Nun, ich denke, das Naheliegendste wird es sein, Flugblätter zu verteilen. Vorausgesetzt natürlich, Sie haben ein aktuelles Foto Ihrer Schwester? Maria wird uns sicher bei der Gestaltung helfen und ich weiß einen Laden, wo wir sie drucken lassen können«, übernimmt Herr Becker die Führung. Doch er rudert sofort zurück, als er meinen strengen Blick sieht. »Natürlich nur, wenn das auch in Ihrem Sinn ist, liebe Maxi. Sie sind der Boss.« Er zwinkert mir zu.

Eigentlich finde ich die Vorstellung, in der schwülen Hitze Italiens durch Bardolino zu hetzen und Blätter zu verteilen, nicht sehr verlockend. Vor allem um die Mama mache ich mir da Sorgen. Becker scheint mit den südlichen Temperaturen hingegen kein Problem zu haben. Eher im Gegenteil. Er trägt auch heute wieder einen langen Leinenanzug mit Weste und Jacke. Andererseits, wenn ich die beiden allein losschicke, habe ich freie Hand, um selbst auf Ermittlungstour zu gehen. Und Becker wird gewiss ein Auge auf meine Mutter haben und darauf achten, dass sie sich nicht übernimmt.

»In Ordnung«, willige ich daher ein. »Versuchen wir es. Aber ab jetzt bleibt alles, was besprochen wird, unter uns. Und ab jetzt entscheide ich, welche Informationen wir dem Commissario zukommen lassen und welche nicht.«

Verwirrt sehen mich die beiden an.

»Ich will verhindern, dass falsche Personen in Verdacht geraten. Das trübt die Reiselaune und gibt nur Ärger«, schwindle ich. Tatsächlich aber bin ich mir über den italienischen Kollegen nicht ganz im Klaren. Andrea Salvini ist ein Mann, den ich nicht einschätzen kann. Und er hat mich in die Schranken gewiesen, als er erfahren hat, dass ich ebenfalls vom Fach bin. Das kratzt an meiner Ehre und passt mir überhaupt nicht.

»Abgemacht!«, stimmt die Mama zu, und auch Herr Becker findet den Vorschlag offensichtlich in Ordnung.

Es ist gar nicht so einfach, ein geeignetes Foto von Tante Rosa zu finden, das wir für das Flugblatt verwenden könnten. Ich hatte mit meinem Handy zwar einige Schnappschüsse von ihr und der Mama gemacht, doch die Tante

Rosa war dabei irgendwie immer in Action. Entweder sah sie zur Seite oder sie hatte den Mund auf, weil sie pausenlos etwas zu sagen hatte. Wir entscheiden uns für ein Foto, auf dem sie wohl gerade mal am Luftholen war. Sie wirkt darauf ein wenig verkniffen und streng, aber es sieht zumindest einigermaßen vernünftig aus.

»Besser geht's nicht«, erkläre ich, nachdem ich das Bild mit einem Programm bearbeitet habe.

Die Mama besieht es sich und nickt. »Perfekt. Genau so wie sie ist. Was hilft uns ein Foto mit einem freundlichen Gesicht drauf. Da erkennt sie doch kein Mensch!«

Nach dem Frühstück müssen die Mama und ich noch mal auf der Questura antanzen, um unsere Fingerabdrücke mit den am Tatort gesicherten abgleichen zu lassen.

»An Ihrer Zimmertür sind keinerlei Einbruchspuren zu sehen«, informiert uns Commissario Salvini.

»Und was heißt das?«, erkundigt sich die Mama argwöhnisch.

»Das bedeutet, dass die Tür entweder mit einem Schlüssel geöffnet wurde oder gar nicht verschlossen war.«

»Sie haben doch gesehen, dass unsere Sachen durchwühlt worden sind«, ereifert sich die Mama.

»Wir haben nur gesehen, dass einige Kleidungsstücke im Zimmer verstreut lagen und Schubläden offen standen. Ist denn etwas verschwunden?«

»Meine Schwester ist verschwunden, reicht das nicht?«

»Madonna!« Langsam scheint auch der Commissario die Geduld zu verlieren. »Ich meine natürlich, ob irgendwelche Wertgegenstände fehlen.«

»Die Handtasche meiner Schwester fehlt und ihr Fotoapparat«, gibt die Mama zu Protokoll.

»Also lauter Dinge, mit denen sie normalerweise das Haus oder vielmehr das Hotel verlässt, habe ich recht?«

Die Mama nickt beleidigt.

»Von Ihren Sachen fehlt also nichts, Schmuck, Bargeld oder andere Wertsachen?«, hakt der Beamte noch einmal nach.

»Nein, meine Sachen sind alle noch da«, räumt die Mama ein.

Der Commissario lehnt sich auf seinem Stuhl zurück, verschränkt die Finger ineinander und lässt beide Daumen rhythmisch auf und ab tanzen. Mit hochgezogenen Augenbrauen und geschürzten Lippen sieht er uns lange an. »Wie würden Sie die Situation mit all diesen Fakten beurteilen?«, wendet er sich schließlich an mich.

Ich winde mich innerlich, komme aber nicht umhin zuzugeben, dass die Beweislage anhand der Indizien äußerst dürftig ist. »Ich würde daraus schließen, dass sie das Hotel freiwillig verlassen hat«, muss ich zähneknirschend zugeben und weiß genau, dass ich mir mit dieser Aussage mein eigenes Grab schaufle.

Sehr zufrieden mit sich selbst nickt Salvini mehrmals bedeutungsschwanger mit dem Kopf.

»Das ist doch die Höhe!«, schreit die Mama erbost, springt von ihrem Stuhl auf und funkelt mich wild an. »Wie kannst du so was sagen?«

»Signora Meisinger, per favore calmati, beruhigen Sie sich.«

»Beruhigen? Ich fange jetzt erst an, mich aufzuregen. Es ist eine bodenlose Frechheit zu behaupten, meine Schwester sei durchgebrannt, nachdem sie vorher noch diese Unordnung im Zimmer hinterlassen hat. Aber ich habe es ja schon immer gesagt, ihr Italiener steckt alle zusammen unter einer Decke. Das ist das berühmte dolce far niente!«, keift sie. Ich staune über ihre plötzlich vorhandenen Sprachkenntnisse. Leider verstehe ich nicht, was das heißt, erfahre es jedoch sogleich von Signor Salvini.

»Sie irren sich. Das süße Nichtstun mag für andere Bereiche durchaus zutreffen, aber wir haben unsere Hausaufgaben gemacht. Sie müssen den Tatsachen ins Auge sehen, ob Sie wollen oder nicht. Es gibt weder Einbruchspuren, noch wurde etwas entwendet, was irgendeinen materiellen Wert hat. Die Dinge, die Sie vermissen, sind persönliche Gegenstände Ihrer Schwester, die sie jederzeit bei sich haben kann. Im Zimmer finden sich weder Blutspuren noch Schleifspuren und kein einziger Fingerabdruck, der nicht dem Personal oder Ihnen zuzuordnen wäre. Per favore, es gibt keinen Grund mehr für weitere Nachforschungen, und deshalb stellen wir die Ermittlungen ein, basta!«

Die Mama bringt kein Wort mehr heraus. Wie erschlagen lässt sie sich auf den Stuhl fallen.

»Commissario Salvini«, wage ich einen neuerlichen Versuch. »Ich verstehe Ihre Sichtweise vollkommen, aber ich versichere Ihnen, dass meine Tante nicht zu den Menschen gehört, die sich so mir nichts, dir nichts, ohne eine Nachricht zu hinterlassen, aus dem Staub machen. Können Sie nicht doch noch weiter nach ihr suchen lassen?«

»Certo, natürlich. Sie können gerne eine Vermisstenanzeige aufgeben.«

»Das machen wir! Auf der Stelle!«, ruft die Mama, die wieder aus ihrer Lähmung erwacht ist.

»Stasera, heute Abend, wenn die Vierundzwanzigstundenfrist abgelaufen ist. Vorher können wir leider gar nichts für Sie tun.«

Die Mama steht auf und greift wütend nach ihrer Tasche. »Kann es sein, dass Sie überhaupt kein Interesse daran haben, dass die Rosa wieder auftaucht?«

»Hüten Sie Ihre Zunge, Signora«, erwidert der Commissario scharf.

Hilfe suchend wendet sich die Mama an mich. »Mädi, jetzt sag du doch auch endlich was!«

Die Tante Rosa hatte am Tag zuvor über verschiedene Personen recht wilde Spekulationen angestellt, und ich habe keine Lust, mich vor den italienischen Kollegen zu blamieren, nur weil meine Tante so eine rege Fantasie hat und dermaßen sensationslustig ist. Erst brauche ich hieb- und stichfeste Beweise für ihre Behauptungen, und dann, so schwöre ich mir, kommt mir der Commissario nicht mehr aus.

»Signora Meisinger, wie gesagt, solange Sie uns keine handfesten Beweise für ein Verbrechen liefern, können wir nichts für Sie tun. Addio!«

Draußen auf der Straße bekomme ich die ganze Wut der Mama zu spüren. Nur mühsam habe ich sie davon abhalten können, den Commissario mit einer Reihe von Schimpfwörtern zu bombardieren. Zum Abschied keifte sie ihm noch ein zorniges »Mafia!« entgegen. Worauf ich sie energisch am Arm nach draußen zog. Vor der Tür der Questura haut sie mir mit voller Wucht ihre Handtasche vor den Latz. Blitze zucken aus ihren Augen, und sie spuckt Gift und Galle. In meinem ganzen Leben habe ich sie noch nie so aufgebracht erlebt.

»Das ist doch die reinste Verschwörung da drinnen, und du stehst da und sagst nix. Was hab ich da nur großgezogen. Maxi, ich schäme mich für dich!«

Ich zucke zusammen. Solange ich denken kann, hat mich die Mama noch nie Maxi genannt. Immer nur Mädi. Und so peinlich mir das oftmals ist, jetzt gerade schmerzt es, dass sie es nicht tut.

»Um Gottes willen, was ist denn passiert?« Herr Becker, der offenbar alles mit angesehen hat, kommt eilig auf uns zugelaufen.

»Es gibt keinerlei Beweise für einen Einbruch oder ein Verbrechen, daher werden die Ermittlungen vorläufig eingestellt«, erkläre ich. Die Mama bleibt völlig stumm.

»Aber die aufgebrochene Zimmertür?«

»Das Schloss wurde vermutlich mit einem Schlüssel geöffnet, es gibt keine Einbruchspuren.«

»Ich weiß, dass die Rosa nicht von allein verschwunden ist«, klagt die Mama jetzt. Sie zieht ein Taschentuch hervor und wischt damit eine Träne aus dem Augenwinkel. Leise schnieft sie vor sich hin. Es tut mir weh, sie so zu sehen.

Herr Becker legt ihr fürsorglich den Arm um die Schultern und führt sie zur Bank auf der anderen Seite des Platzes, wo er auf uns gewartet hat.

»Verdammt noch mal, das weiß ich auch!«, fluche ich laut los. »Aber der ganze Sachverhalt, die Indizien sprechen einfach dagegen. Ich wäre in seinem Fall genauso machtlos gewesen. Das heißt aber nicht, dass ich jetzt die Hände in den Schoß lege und abwarte.«

»Was haben Sie denn als Nächstes vor?«, erkundigt sich Herr Becker voller Anteilnahme.

Müde massiere ich mir die Schläfen. »Gehen wir mal davon aus, dass die Tante Rosa tatsächlich auf ein Verbrechen gestoßen ist, dann kann das doch nur im Hotel oder während eines Ausflugs mit der Reisegruppe gewesen sein.«

»Du glaubst, jemand aus unserer Gruppe ist kriminell?«

»Das wissen wir nicht. Wir brauchen jedenfalls eine genaue Aufstellung von allen Mitreisenden und dem Hotelpersonal und müssen versuchen, möglichst viel über jeden Einzelnen herauszufinden. Besonders von denjenigen, mit denen die Tante Rosa Streit angefangen hat.«

»Da hast du eine Menge Arbeit vor dir«, sagt die Mama ganz trocken. »Sie hatte ja fast an allem und an jedem etwas auszusetzen.«

»Und das in der kurzen Zeit, die uns noch bleibt«, ergänzt Herr Becker Mamas Sorge.

»Was meinen Sie damit?«, fragt die Mama alarmiert.

»Nun«, setzt er zu einer Erklärung an, »heute ist der dritte Tag unserer Reise. Morgen ist komplett verplant und übermorgen nach dem Besuch der Oper in Verona fahren wir wieder zurück nach Deutschland.«

Damit liegt er in der Tat völlig richtig. Die Zeit drängt.

»Wir haben wohl keine andere Wahl. Ich kann erst heute Abend eine Vermisstenanzeige aufgeben, dann muss die Polizei offiziell nach ihr suchen, ob es Herrn Salvini passt oder nicht. Einen Unfall können wir ausschließen.« Der Commissario hatte sein Versprechen gehalten und zumindest die Krankenhäuser abtelefoniert, doch eine deutsche Urlauberin, deren Beschreibung auf die Tante Rosa passte, war bis dato nirgendwo eingeliefert worden. Mittlerweile hoffe ich inständig, dass die Tante noch am Leben ist. Etwas anderes möchte ich mir gar nicht ausmalen.

»Ach übrigens«, Herr Becker greift in die Innentasche seiner Anzugjacke. »Ich habe mir erlaubt, mit Marias Hilfe das Flugblatt zu entwerfen. Was halten Sie davon?« Er reicht mir ein Blatt Papier in der Größe DIN A4. Darauf prangt unübersehbar groß das Konterfei der Tante und darunter etwas kleiner einige Angaben zu ihrem Aussehen. Größe, Haarfarbe und Kleidung. »Wir haben die Angaben zur Person sowohl auf Italienisch wie auch auf Deutsch geschrieben, sehen Sie? Wir dachten, wegen der vielen Urlauber hier.«

»Sehr gut. Vielen Dank, Herr Becker. Sie sind uns wirklich eine große Hilfe«, lobe ich den alten Herrn.

Auf dem Rückweg lassen wir davon 200 Stück drucken. Dann besorgen wir noch Notizbücher und Stifte, damit jeder seine Beobachtungen oder was ihm sonst zum Verschwinden der Rosa einfällt, aufschreiben kann.

Kapitel 6

Zurück im Hotel habe ich das dringende Bedürfnis, auf meinem Revier in Schnaipfing anzurufen. Ich habe Glück. Der Knogl ist allein und hört mir gebannt zu. Gelegentlich kommt von ihm ein: »Ja verreck!« Oder: »Da legst di' nieder!«

»Und sie ist wirklich weg? Verschwunden und ihr habt's absolut keine Ahnung, wo sie sein könnt'?«, erkundigt er sich ungläubig, als würde ich ihm einen Bären aufbinden.

»Wer ist verschwunden?«, ertönt es plötzlich im Hintergrund vom Knogl.

»Du, Maxi, der Chef ist da. Hab gar nicht gemerkt, wie der gekommen ist. Ich geb dich mal weiter. Also servus und noch einen schönen Urlaub, gell!«

Der spinnt wohl. Wie soll ich denn bei diesen Problemen einen schönen Urlaub haben. Typisch Knogl!

Am anderen Ende höre ich ein leises Gemurmel: »Die Maxi ist dran, die haben die Tante in Italien verloren.«

»Meisinger? Was ist los?«

Also erzähle ich die ganze Geschichte noch einmal von vorne.

»Der Wahnsinn! Gell, Hafner, das ist schon der Wahnsinn!«, höre ich den Knogl.

»Knogl, jetz' sind S' doch mal ruhig!«, fährt ihn der Hafner an. »Also, die Tante ist weg, sagen Sie. Ohne erklärbaren Grund verschwunden. Und es gibt überhaupt keine

49

Anzeichen, warum oder wo sie sein könnt'. Und die Kollegen in Italien machen nix?«

Ich bejahe.

Es folgt ein kurzer Moment der Stille. Dann bricht es über mich herein: »Ja Himmelherrschaftszeiten, Meisinger! Das darf doch nicht wahr sein. Da gibt man Ihnen einmal frei, damit Sie einer alten Frau einen großen Wunsch erfüllen. Einmal, wo ich Sie selber da in Schnaipfing so notwendig gebraucht hätte. Und was machen Sie? Verschlampen eine Seniorin, die noch dazu Ihre Tante ist. Warum war denn die überhaupt dabei? Sie haben doch gesagt, ihre Mutter braucht eine Begleitung.«

Ich versuche in knappen Worten zu erklären, dass die Tante Rosa eine sehr eigensinnige Person ist und immer das macht, was sie will. Und nun wollte sie eben doch noch kurzentschlossen mit nach Italien fahren. Das scheint ihn ein wenig zu besänftigen.

»Jetzt blenden Sie einmal aus, dass es sich um eine nahe Verwandte handelt, Meisinger. Wie beurteilen Sie die Sache dann?«

»Ich muss leider zugeben, dass ich genauso handeln würde wie der Kollege hier vor Ort«, sage ich ihm ganz ehrlich.

»Aber Sie haben ein gutes kriminalistisches Gespür, das haben Sie im letzten Jahr hinreichend bewiesen, als Sie im Fall Kainzbauer ermittelt haben.« Damit spielt er auf meinen ersten Fall in Niederbayern an. Ein stadtbekannter Bauunternehmer war zur Zielscheibe mehrerer Mordanschläge geworden. Im letzten Moment haben wir damals das Schlimmste verhindern können.

»Meisinger, was sagt Ihnen Ihr Gefühl?«, höre ich den Hafner fragen.

»Das sagt mir ziemlich eindeutig, dass die Tante in Schwierigkeiten steckt!«

»Dann, verdammt noch mal, machen S' Ihre Arbeit und finden S' raus, was passiert ist! Sie bekommen von uns jede Unterstützung, die Sie brauchen.«

»Danke.« Das hatte ich gehofft. Ich bin echt erleichtert.

»Melden Sie sich wieder, wenn wir etwas für Sie tun können.« Damit beendet er das Gespräch.

Gestärkt durch seinen Zuspruch beginne ich, mir erste Notizen zu machen.

Die Mama, die Tante Rosa und ich hatten uns am Abend zuvor ein kleines gemütliches Restaurant an der Uferpromenade ausgesucht, nicht zu weit entfernt von unserem Hotel, wo wir zusammen abendessen wollten. Die Getränke waren schon bestellt, als der Tante einfiel, dass sie ihre Medikamente im Hotelzimmer vergessen hatte. Sie lief zurück zu unserer Unterkunft, um diese zu holen. Seither fehlt von ihr jede Spur. Wir warteten eine Stunde lang auf sie, dann bezahlten wir die Rechnung und gingen zurück zur Villa Franca.

Ich erinnere mich genau, dass das Zimmer der beiden abgeschlossen war, als wir dort ankamen, und ich bin mir absolut sicher, dass es die Mama wieder verschloss, als wir uns auf die Suche nach der Tante Rosa machten. Auch war das Zimmer aufgeräumt, als wir es zum ersten Mal betraten. Folglich muss sich jemand zwischen zwanzig Uhr abends und zwei Uhr morgens mit einem Schlüssel Zutritt verschafft haben, um dort etwas zu suchen. Danach war die Tür nur noch angelehnt gewesen.

Ich notiere mir jedes kleinste Detail, an das ich mich erinnern kann. Dann stecke ich das Notizbuch ein, schnappe mir mein Handy und die Zimmerschlüssel und marschiere zum Zimmer der Mama. Sie ist nicht da. Nach ein paar Minuten finde ich sie gemeinsam mit Herrn Becker auf der Terrasse sitzend.

Das Gebäude steht in leichter Hanglage, dadurch verfügt es über zwei größere Außenbereiche. Der untere liegt direkt an der Straße und gehört zu einem kleinen Café. Im rückwärtigen Teil davon, der Straße abgewandt, befinden sich Küche und Vorratsräume der Villa Franca. Der obere Teil des Außenbereichs, die Terrasse, liegt auf gleicher Höhe wie der Hoteleingang, aber durch die Hanglage sieht er von der Straße gesehen aus, als läge er auf der ersten Etage. Dieser Bereich ist ausschließlich für die Hotelgäste zugänglich und bietet einen herrlichen Ausblick auf die Häuser der Stadt, durchsetzt von mächtigen Säulenzypressen bis hin zum Ufer des Lago di Garda. Abgeschieden vom Verkehr ist man gleichwohl mitten drin im Trubel des Urlaubsortes.

Es ist ein wunderschöner sonniger Tag. Die Luft ist voll vom Duft der mächtigen Bougainvillea gegenüber. Bereits am Vormittag ist es sehr warm, doch durch die leichte Brise, die hier stets weht, erträglich.

Vor meinen beiden Komplizen steht ein großer Krug Wasser mit frischen Zitronenscheiben und Pfefferminzblättchen.

»Ich würde mich gerne noch mal in eurem Zimmer umschauen«, sage ich zur Mama. »Darf ich?«

»Wir kommen mit!«, beschließt die Mama und springt auf.

»Wir haben mittlerweile eine grobe Auflistung erstellt, wer an der Reise teilnimmt oder, besser gesagt, bei wem sich Ihre Tante vielleicht etwas unbeliebt gemacht haben könnte«, informiert mich Herr Becker. »Die Liste ist allerdings noch sehr lückenhaft, weil wir nicht alle Namen der einzelnen Teilnehmer kennen.« Er reicht mir sein Notizbüchlein.

Beinahe muss ich über die Adjektive schmunzeln, mit denen sie die unterschiedlichen Personen und Gruppen

charakterisiert haben. Den Grantler zum Beispiel, beschreiben sie als tyrannisch, eigenbrötlerisch, bevormun-
dend, unhöflich, flegelhaft, ja sogar unberechenbar. Die
Männergruppe von der Rückbank des Busses wird von
ihnen als rücksichtslos, laut, ein Haufen schlecht erzoge-
ner Saufkumpane betitelt.

Kapitel 7

Nachdem wir bei unserer Anreise den zweiten Halt an einer Rastanlage eingelegt hatten, war an Schlaf nicht mehr zu denken gewesen. Erstens, weil es mittlerweile taghell war, und zweitens, weil sich die jungen Burschen auf der Rückbank die restliche Fahrzeit mit Kartenspielen vertrieben. Daran wäre ja weiter nichts auszusetzen gewesen, hätten sie das in einer vernünftigen Lautstärke getan. Doch sie ließen jeden unüberhörbar an ihrem Spiel teilhaben. Da wurde gejohlt, kommentiert, Kontra gegeben, und selbst die Karten wurden auf den provisorischen Spieltisch in Form einer Pizzaschachtel gepfeffert, dass es nur so krachte. Das nervte. Nicht nur mich. Von allen Seiten war »Pscht!« und »Geht's bitte etwas leiser!« zu hören, doch die Stille dauerte immer nur wenige Minuten an. Gewonnene Partien wurden zudem mit Bier und lautem Flaschenklirren gefeiert. Umso erleichterter waren die übrigen Mitreisenden, als der Bus die letzte Etappe vor unserem endgültigen Ziel erreichte, den Busparkplatz des Monte Baldo.

»Es bleibt natürlich jedem selbst überlassen, ob er die Zeit im Ort verbringen oder auf den Berg hinauffahren will«, informierte uns Carlo Puccetti, »aber dort oben erwartet Sie eine echt grandiose Aussicht!«

»Wie lange dauert denn die Fahrt da hoch?«, erkundigte sich eine Mitreisende.

»Zwanzig Minuten und dasselbe wieder bergab«, gab Carlo bereitwillig Auskunft.

»Was machen wir denn hier?«, vernahm ich ein paar Sitze hinter mir ein zaghaftes Frauenstimmchen.

»Wir fahren mit der Gondel auf den Berg.« Zweifellos der Grantler.

»Da hinauf?«

»Ja, wohin denn sonst?«

»Ich hab aber Höhenangst und möchte viel lieber hier unten bleiben.«

»Jetzt sind wir schon mal da, also fahren wir auch da rauf. Wer weiß, ob wir jemals wieder die Gelegenheit dazu bekommen.«

»Ich kann doch hier unten bleiben, und du fährst alleine hoch.«

»Auf keinen Fall. Du kommst schön brav mit!«

Den Rest der Konversation bekam ich nicht mehr mit, weil jemand nach dem Preis fragte. Auch den wusste unser Busfahrer Carlo.

»Zweiundzwanzig Euro? Die sind ja stocknarrisch! Zweiundzwanzig Euro für das bisserl Berg da! Und was soll man von da oben schon sehen, vermutlich auch nix anderes als von hier unten.«

Diese wohlbekannte Stimme gehörte eindeutig meiner lieben Tante.

»Wenn sich mehr als fünfzehn Personen für die Gondelfahrt entscheiden, würde ich mich um ein Gruppenticket bemühen, das ist billiger. Ansonsten wünsche ich Ihnen allen viel Spaß. Wir treffen uns dann in zweieinhalb Stunden wieder hier am Bus«, schloss Carlo.

»Also ich bleib derweil im Bus sitzen«, verkündete die Tante Rosa.

»Tut mir leid, aber das ist leider nicht möglich. Es müssen bitte alle aussteigen. Ich schließe den Bus so lange ab.

Sie können sich ja in der Zwischenzeit hier in der Umgebung ein wenig die Beine vertreten«, durchkreuzte Carlo die Pläne meiner von Geiz geplagten Tante.

Die Türen öffneten sich, und rasch scharte sich draußen eine Gruppe um den Busfahrer.

»Das ist mir zu teuer. So einen Haufen Geld, das sehe ich überhaupt nicht ein«, bekräftigte die Tante Rosa noch einmal ihren Entschluss, unten zu bleiben.

Wir gingen ein wenig herum und besahen uns die Gegend, als ich die Mama laut seufzen hörte.

»Was ist denn?«

»Ich wäre ja schon gern raufg'fahren«, sagte sie so leise, dass es die anderen nicht hörten.

»Warum sagst du das denn nicht?«

»Ja wegen der Rosa halt. Wenn die nicht mag, dann …«

»Entschuldige mal, aber diese Reise ist dein Geburtstagsgeschenk. Und die Rosa ist alt genug, um mal ein Stündchen alleine hier unten zu bleiben. Ich kümmere mich jetzt um die Karten und dann schnappen wir uns eine Gondel, basta!«

Ich rief der Tante zu, dass wir, die Mama und ich, die Bergfahrt nun doch mitmachen würden. Das war für sie in Ordnung, aber sie wollte trotzdem lieber unten bleiben. Also sprintete ich zum Kassenhäuschen, wo Carlo in letzter Sekunde noch zwei Tickets mehr für uns mitkaufte.

Die Mama hatte zwar ein schlechtes Gewissen, weil wir die Rosa allein ließen, doch das verflog schlagartig angesichts der herrlichen Aussicht von der Gondel aus.

»Meine Güte, das ist ja wirklich grandios!«, seufzte sie überwältigt.

Schließlich standen wir ganz oben auf dem Berg und bewunderten den weiten Blick über Malcesine und den Gardasee. Die Mama konnte sich gar nicht sattsehen an dieser herrlichen Kulisse. Der See lag lang gestreckt vor uns, und im Tal konnten wir das Dorf mit seinen landestypischen Häusern und Gärten sehen. Und wie eine Schar bunter Schmetterlinge schwebten bereits die ersten Paraglider mit ihren farbenfrohen Schirmen von den Hängen.

»Wie schade, dass die Rosa das nicht sehen kann«, seufzte die Mama.

Doch der Schein trog. Die Rosa konnte. Mit dem nächsten Schwall Touristen spuckte die Gondel auch die Tante Rosa aus. Und genau so sah sie auch aus: wie ausgespuckt! Nachdem sie uns sichtlich erleichtert entdeckt hatte, kam sie leichenblass auf uns zu getorkelt.

»Meine Güte, war das ein Albtraum! Da hinein bringen mich keine zehn Pferde mehr!«

Also hatte es gar nicht an ihrem Geiz gelegen, dass sie nicht hatte mitfahren wollen, wurde mir schlagartig bewusst. Es war ihre Höhenangst, die sie davon abgehalten hatte.

»Dann solltest du dich gleich mal auf den Weg ins Tal machen, damit du rechtzeitig unten bist, bevor der Bus weiterfährt«, feixte ich.

Die Mama rammte mir unsanft ihren Ellbogen in die Rippen.

»Ist doch wahr!«, verteidigte ich mich.

Die Tante Rosa ließ sich schwerfällig auf eine Bank plumpsen und schnaufte wie ein Walross. »Und dann dreht sich das Ding auch noch um hundertachtzig Grad. Entsetzlich!«

»Warum bist du denn nicht unten im Tal geblieben?«, fragte ich sie.

Da hob die Tante abwehrend die Hand und schüttelte ungläubig den Kopf. »In dieser Reisegruppe sind Leut' dabei«, murmelte sie in einem Tonfall, als könne sie selbst kaum glauben, was sie soeben erlebt hatte, »die sind unmöglich!«

»Jetzt erzähl schon«, forderte sie die Mama ungeduldig auf.

Und dann legte sie los, die Tante Rosa. Der Erste, der sein Fett wegbekam, war der Grantler. Wie hießen diese Leute überhaupt? Wir wussten es nicht. Dessen ungeachtet erzählte die Tante Rosa, dass die arme Frau panische Angst gehabt hatte, auf den Berg raufzufahren. Was sie selbst ja mehr als gut nachvollziehen konnte. Aber ihr Mann, »dieser alte Sturschädl!«, wie ihn die Tante nannte, hätte vehement darauf bestanden.

»Der hat sie regelrecht zur Gondel geschleift, obwohl sich die arme Frau mit Händen und Füßen gesträubt hat. So ein Büffel! Und das, obwohl ich ihm angeboten hab, mit seiner Frau zusammen unten zu bleiben. Da hat der mich vielleicht angeschnauzt, das könnt's euch gar nicht vorstellen. ›Nix da!‹, hat er gekeift. ›Die fährt mit mir mit!‹ Und – ›halten Sie sich da gefälligst raus!‹ Als ich ihm gesagt habe, er könne seine arme Frau doch nicht gegen ihren Willen dazu zwingen, da hat er nur abgewunken, sich umgedreht und ist mit ihr im Schlepptau Richtung Gondelstation marschiert. Da, schaut's euch das einmal an!«

Sie zog ihren Fotoapparat aus der Handtasche und zeigte uns Bilder, auf denen der Grantler mit seiner Frau zu sehen war. Es sah tatsächlich so aus, als würde er sie hinter sich herziehen.

»Ein Glück, dass er nicht bemerkt hat, wie du ihn fotografiert hast«, kommentierte ich ihren Aktionismus.

»Oh, das hat er.« Wir schauten sie verdutzt an.

»Ja und dann?«

Die Tante grinste, fast ein wenig triumphierend, wie ich fand.

»Er hat seine Frau losgelassen und ist auf mich zu gestapft. Dabei hat er mich angeplärrt: ›Unterlassen Sie das gefälligst! Das wird ein Nachspiel haben!‹

Und ich habe gesagt: »Das glaube ich auch!« Dann hat er gemerkt, dass sich seine Frau klammheimlich aus dem Staub gemacht hat, und ist wie der Teufel hinter ihr her und hat sie wieder zur Gondel zurückgeschleift. Die arme Person war ihm regelrecht ausgeliefert, und keiner hat was dagegen unternommen. Ich war die Einzige, die sich eingemischt hat, wenn auch erfolglos.« Sie steckte ihren Fotoapparat zurück in ihre Handtasche und klopfte zufrieden darauf. »Aber ich hab ja meine Bildchen.« Dann nahm sie einen Notizblock heraus.

»Was tust du denn da?«, fragte ich sie neugierig.

»Ich schreib mir alles fein säuberlich auf. Mir kommt nix aus, das merkst' dir. Diesem Menschen traue ich nicht über den Weg. Und man weiß ja nie, ob man das nicht noch mal braucht. Und wenn ihr euch schon nicht mehr dran erinnern könnt, dann zieh ich meine Zettel heraus und hab alles schwarz auf weiß dokumentiert.«

»Du machst Sachen, Rosa!«, sagte die Mama kopfschüttelnd. »Was, wenn der dich anzeigt oder dir was antut?«

Ich lachte laut auf. »Denkst du, er lauert ihr auf und verhaut die Tante Rosa?«

Die Rosa machte eine wegwerfende Armbewegung. »Hunde, die bellen, beißen nicht«, sagte sie. »Aber im Auge behalten werd ich den auf jeden Fall, darauf könnt ihr Gift nehmen.« Dabei schwenkte sie bedeutungsvoll ihre Handtasche.

»Und deswegen bist du dann auf den Berg rauf?«, fragte ich nach. »Weil du die arme Frau beschützen willst und noch mehr Beweisfotos schießen möchtest?«

»Weil diese Saufratz'n direkt neben mir mit ihrem Gras die Luft verpestet haben!«, schimpfte sie.

Mir zog es fast die Schuhe aus, das können Sie mir glauben. Hatte sie allen Ernstes von Gras gesprochen? Die Tante Rosa überraschte mich doch immer wieder. Ich hatte sie bisher für eine leicht bigotte Pfarrhaushälterin gehalten, doch auf dieser Reise lernte ich eine völlig andere Seite von ihr kennen.

»In meinem ganzen Leben habe ich noch nie Drogen genommen und ich fange jetzt auf meine alten Tage bestimmt nicht damit an. Auch wenn es nur passiv ist.«

»Was um Himmels willen ist denn genau passiert?«, hakte ich nach.

»Na ja, ich hab mir eine Bank gesucht, auf der ich warten wollte, bis ihr wieder da seid. Der Busfahrer war in den Ort gegangen, und ich hab angefangen, in meinem Buch zu lesen, das ich immer dabeihab. Da hab ich plötzlich den Pfarrer gesehen. Das ist vielleicht ein komischer Kauz, kann ich euch sagen. Richtig unfreundlich war der zu mir.«

»Was hat er denn gesagt?«, fragte ich leicht genervt darüber, dass sie sich alles aus der Nase ziehen ließ.

»Also, ich sitze da, wie gesagt auf meiner Bank, und auf einmal steht der Pfarrer neben mir und schaut sich die Gegend an. Ich sage: ›Das ist aber schön, dass ich Sie hier treff‹. Ich wollt Sie ja die ganze Zeit schon etwas fragen. Sagt Ihnen zufällig der Name Hobmeier was?‹

Er drauf: ›Wer?‹

Ich darauf: ›Pfarrer Hobmeier aus …?‹ Doch der hat mich gar nicht erst ausreden lassen und maulte mich an: ›Ja glauben Sie vielleicht, dass jeder Pfarrer jeden anderen Pfarrer kennt? Und außerdem hab ich jetzt keine Zeit, mir pressiert es!‹ Und weg war er. Eben schaut er noch ganz entspannt in der Gegend umeinander, und dann hätt er's auf einmal ganz pressant. Wie der Wind ist der ins Dorf hinuntergesaust, als ob jemand hinter ihm her wäre.«

Ja klar, du warst hinter ihm her, dachte ich mir und konnte mir ein Grinsen nicht verkneifen.

»Ich hab mich so dermaßen darüber geärgert, dass ich

mich gar nicht mehr auf mein Buch konzentrieren konnte. Und dann sind diese Saufratz'n«, sie sagte wirklich so, »gekommen, die uns schon die ganze Zeit im Bus mit ihrer Kartlerei den Schlaf geraubt haben. Die haben sich im Ort Biernachschub geholt. Da könnt's euch vorstellen, was da los war. Und das alles auf der Bank neben mir. Und dann haben die auch noch angefangen zu rauchen, und der Gestank ist genau in meine Richtung gezogen. Sie haben schon gemerkt, dass mich das stört. Ich hab ja auch laut und deutlich gehustet. Aber dann haben's den Rauch noch extra in meine Richtung geblasen. Und als ich sie dann angepfiffen hab, ob das denn wirklich sein muss, da haben's rotzfrech gesagt, ja, das müsse sein, weil's ja im Bus nicht rauchen dürften.«

»Und woher weißt du, dass es Marihuana war?«

»Selbst gedrehte! Brauchst dir die Bagage ja bloß anschauen. Außerdem hat das Zeug unbeschreiblich gestunken. Das war kein normaler Tabak. Aber ich hab's alle fotografiert und mir Notizen gemacht, und zwar so, dass sie's auch mitbekommen haben. Ja, wo sind wir denn! Denen werd' ich helfen!«

»Das ist schon wirklich allerhand, so springt man doch nicht mit einer alten Frau um!«, ereiferte sich die Mama, was der Tante allerdings gar nicht gefiel.

»Ich bin doch nicht alt!«, gab sie entrüstet zurück.

»Hättest du dir halt eine andere Bank suchen müssen«, sagte ich.

»Ja wo denn? Ruhebänke sind dort ziemlich spärlich gesät. Und die Burschen waren dann von diesem Kraut so dermaßen aufgekratzt, dass ihnen nix wie Blödsinn eingefallen ist. Zum Schluss sind's auf dem Geländer rumbalanciert. Hab ich alles auf meinem Fotoapparat. Wenn da einer runterfällt, hab ich den Beweis, dass er selber schuld war. Da zahlt keine Versicherung auch nur einen Cent. Da geht's nämlich einige Meter steil nach unten. Nachdem's dann auch noch einen aus ihrer Gruppe an den Haxen über's Geländer gehalten haben, ist mir die Sache zu blöd geworden, und ich hab meine Sachen zusammengepackt. Etwas weiter unten im Dorf steht eine kleine Kirche. Und ich dachte mir, die schaust' dir mal an. Aber die war leider verriegelt. Also bin ich halt wieder zurück. Nur diese Hundskrippl waren immer noch da. Also hab ich halt gezwungenermaßen die nächste Gondel nach oben genommen. Und da bin ich jetzt.«

Mittlerweile hatte ihr Gesicht auch wieder eine rosige Färbung angenommen, und es schien ihr zumindest körperlich wieder gut zu gehen.

»Warum bist' denn nicht kurzerhand im Ort geblieben und hast dir da ein nettes Café gesucht?«, fragte die Mama. »Du weißt doch, dass du die Höhe nicht verträgst.«

»Ja wenn ich g'wusst hätt', was ich mir da antue, dann wär ich freilich unten geblieben«, konterte die Tante Rosa aufgebracht. Doch noch bevor sich die beiden in eine Diskussion über Sinn oder Unsinn einer Bergfahrt verstricken konnten, zerriss ein spitzer Hilfeschrei die Luft. Wir wussten zuerst nicht, woher der Schrei gekommen war, doch plötzlich fingen die Leute um uns herum an, alle in Richtung eines steilen Abhanges zu laufen.

»Es ist jemand abgestürzt!«, hörten wir da eine Männerstimme rufen.

»Um Himmels willen!«, rief die Mama und bekreuzigte sich. Schnell rannten auch wir in die besagte Richtung. Ich, um zu sehen, ob ich helfen konnte, die Mama und die Tante Rosa aus purer Neugier. Allerdings versperrte uns eine Menschentraube die Sicht auf die Unglücksstelle, und nur mühsam konnte ich mich durch sie hindurchkämpfen. Auch einige bekannte Gesichter aus unserem Bus waren darunter.

»Wie kann sie nur da hinuntergefallen sein?«, hörte ich jemanden sagen.

»Ich glaube nicht, dass sie da von selbst abgestürzt ist«, mutmaßte ein anderer.

Zumindest wusste ich nun schon mal, dass es sich um ein weibliches Opfer handelte. Nachdem ich es bis an die Unglücksstelle geschafft hatte, sah ich gerade noch, wie ein Mann, der seiner Uniform nach zum Seilbahnbetrieb gehörte, eine kleine ältere Frau den Hang herauftrug. Da sie sich mit ihren Armen an seinem Hals festhielt, hoffte ich, dass ihr nichts allzu Schlimmes passiert war.

»Es ist alles in Ordnung!«, rief eine laute männliche Stimme. »Alles gut, bitte machen Sie den Weg frei, Sie können getrost wieder gehen! Va tutto bene, andiamo!«

Nur langsam lichtete sich die Menge, und ich erkannte, dass es der Grantler war, der sichtlich geschockt seine Frau in Empfang nahm.

»Die ist nicht gefallen. Er hat's geschubst!«, knurrte jemand hinter mir. Die Tante war eifrig damit beschäftigt, Fotos von der Lage zu schießen.

»Ihr bleibt hier!«, forderte ich die Mama und die Tante Rosa auf und ging zu der Verletzten und ihrem Mann hinüber. »Kann ich irgendwie helfen?«, fragte ich. »Ich gehöre zur selben Reisegruppe wie Sie«, fügte ich erklärend hinzu.

»Danke, wir kommen schon zurecht«, war alles, was ich zur Antwort erhielt.

»Ich will mich ja nicht aufdrängen«, entgegnete ich. »Ich wollte Ihnen nur meine Hilfe anbieten, weiter nichts.«

Die schmächtige Frau hatte ein paar Schürfwunden an den Armen und ein aufgeschlagenes Knie, schien ansonsten aber heil geblieben zu sein. Zumindest hatte sie sich offenbar nichts gebrochen.

»Wie geht es Ihnen denn?«, fragte ich sie. Doch ihr ekelhafter Ehemann ließ sie erst gar nicht zu Wort kommen.

»Wenn Sie wirklich etwas für uns tun wollen, dann sorgen Sie dafür, dass dieses aufdringliche Weibsbild endlich aufhört, uns mit ihrer Kamera zu verfolgen.« Dabei wies er mit dem Kopf in Tante Rosas Richtung.

»Ich werde sehen, was ich tun kann«, sagte ich und trat den Rückweg an.

»Ja, tun Sie das. Sonst passiert tatsächlich noch ein Unglück«, hörte ich ihn murren.

Kapitel 8

Ich habe den Vorfall schon längst wieder vergessen, doch jetzt, durch die Aufzeichnungen von der Mama und Herrn Becker, habe ich ihn wieder klar und deutlich vor Augen. Hatte der Grantler da nicht eine regelrechte Drohung gegenüber der Tante Rosa ausgesprochen?

Kurz überfliege ich die Liste noch mal. »Unberechenbar«, steht da. Hatte ihn die Tante so herausgefordert, dass er sich nicht mehr unter Kontrolle hatte? Seine eigene Frau behandelte er zumindest verbal wie einen Fußabtreter, aber würde er auch jemand anderem etwas antun? Und wenn ja, warum? Misshandelte er seine Frau vielleicht auch in körperlicher Hinsicht, und die Tante hatte ihn dabei erwischt? Obwohl sich jede Menge Menschen auf dem Monte Baldo aufgehalten hatten, gab es kurioserweise niemanden, der den Sturz der schmächtigen Frau beobachtet hatte. Es hatte nur geheißen, sie wäre zu weit an die Kante des Abhangs geraten, gestolpert und dadurch einige Meter hinabgerollt.

Ich befrage die Mama noch einmal zu dem Vorfall.

»Mir stellt's immer noch sämtliche Haare auf, wenn ich an die Hilferufe denke«, sagt sie. »Die Rosa hat steif und fest behauptet, er hätte sie gestoßen oder sie sei freiwillig da runtergesprungen, um von ihm erlöst zu werden!«

»Das behalten wir aber besser mal für uns«, sage ich und wende mich Herrn Becker zu.

»Wo waren Sie eigentlich, als das passiert ist? Ich hab Sie weder in der Gondel noch auf dem Berg gesehen.«

»Ach wissen Sie, ich war ja schon zweimal auf dem Monte Baldo, daher habe ich die Gelegenheit genutzt, mir endlich mal die Kirche Santo Stefano anzusehen«, antwortet er.

Ich hoffe, dass er mir meine Verblüffung nicht ansieht, denn die Tante Rosa hatte ja genau das Gleiche vorgehabt und felsenfest behauptet, das Gotteshaus sei verriegelt gewesen.

Leider prescht da wieder einmal die Mama vor und sagt: »Aber die Rosa hat doch gesagt, dass sie die Kirche nicht anschauen konnte, weil die geschlossen war.«

Danke, Mama, denke ich und verdrehe leicht die Augen.

Herr Becker lächelt nachsichtig. »Ja, das habe ich im ersten Augenblick auch gedacht, als ich davorstand. Aber dann habe ich gemerkt, dass die Portale einfach nur sehr schwer sind. Ich musste mich richtig dagegenstemmen, um sie aufzudrücken. Wenn ich gewusst hätte, dass Ihre geschätzte Tante und Schwester sich dafür interessiert, hätte ich sie selbstverständlich mitgenommen. Es ist wirklich eine ganz bezaubernde Barockkirche aus dem achtzehnten Jahrhundert. Ich habe dort eine Kerze angezündet, für meine verstorbene Frau.«

Die Mama ist gerührt.

»Zurück zu unserem Ehepaar«, zerstöre ich die rührselige Stimmung. »Was wissen wir eigentlich über die beiden, außer dass sie in Michlbach zugestiegen sind? Weiß jemand, wie sie heißen?«

»Ich weiß nur, dass sie direkt im Zimmer neben uns untergebracht sind«, sagt die Mama.

»Links oder rechts von Ihnen?«, erkundigt sich Herr Becker.

»Auf der rechten Seite.«

»Und welche Zimmernummer haben Sie?«

»Die Vierzehn.«

»Dann fragen wir doch einfach Maria, wer dort wohnt«, sagt Herr Becker und erhebt sich sogleich von seinem Platz.

»Und wir gehen so lange auf unsere Zimmer«, sage ich zur Mama und stehe ebenfalls auf. »In einer Viertelstunde wieder hier?«, füge ich hinzu. Es ist schon seltsam: Obwohl Herr Becker ausgesprochen nett und zuvorkommend ist, halte ich es für einen Fehler, ihn in sämtliche Details unserer Recherchen einzuweihen. Vermutlich eine alte Berufskrankheit von mir.

»Du solltest ein bisschen zurückhaltender sein mit dem, was du in seiner Gegenwart so alles sagst«, ermahne ich die Mama, als wir alleine sind.

»Jetzt mach aber mal einen Punkt!«, echauffiert sie sich. »Der Herr Becker macht sich genauso Sorgen um die Rosa wie wir. Er will uns doch nur helfen, und wir können bei Gott jede Hilfe gebrauchen, die wir kriegen können. Oder sprichst du jetzt auf einmal italienisch?«

»Nein, natürlich nicht. Aber ich bin es einfach nicht gewohnt, Informationen an Leute weiterzugeben, die ich nicht kenne oder die nicht zu meinem Kollegenkreis gehören.«

»Jetzt ist er aber ein Kollege von uns! Was man von deinen italienischen Amtsgenossen nicht behaupten kann. Die verhalten sich alles andere als kollegial. Allein wie dich dieser aufgeblasene Salvini behandelt hat. Das war eine bodenlose Unverschämtheit. Herr Becker ist ein hochanständiger Mann. Der könnte seinen Urlaub auch ganz anders verbringen, stattdessen hilft er uns, die Rosa zu finden. Darum bekommt er von mir alle Informationen, die er braucht«, beharrt die Mama und damit basta.

»Versprich mir nur, dass du vorsichtig bist mit dem, was

du sagst«, bitte ich sie. Dann sehe ich mich noch mal in ihrem Zimmer um. »Du bist sicher, dass außer ihrer Handtasche und ihrer Kamera nichts fehlt?«

»Hundertprozentig.«

»Und wer bewohnt das Zimmer auf der linken Seite? Weißt du das zufällig auch?«

Sie weiß es. Es ist ein eher unscheinbares Paar, mit dem sie bisher rein gar nichts zu tun gehabt haben. Die beiden kann ich also getrost vernachlässigen. Das Badezimmer von der Mama und der Tante Rosa grenzt rechts direkt an das Nachbarzimmer. Da die Wände nicht sonderlich dick sind, bekommt man durchaus das eine oder andere mit. Vielleicht nicht unbedingt, was gesprochen wird, aber einen handfesten Streit oder eheliche Aktivitäten würde man allemal hören können. Letztere kann ich mir beim Grantler und seiner armen Frau aber beim besten Willen nicht vorstellen. Vor allem nicht nach diesem Sturz. Das würde ja an Vergewaltigung grenzen.

»Schreibst du mir mal auf, mit wem sich die Tante Rosa außerdem noch angelegt hat?«, bitte ich die Mama. »Schließlich wart ihr doch Tag und Nacht zusammen.«

Die Mama hält ihr Büchlein hoch. »Und du denkst, das hat alles da drinnen Platz? Mädi, die Rosa hat sich doch praktisch mit jedem angelegt.«

Da liegt sie leider nicht ganz falsch. Ich kenne außer der Tante Rosa niemanden, der es schafft, sich innerhalb kürzester Zeit derart unbeliebt zu machen.

Kapitel 9

Wir waren kaum eine Stunde in der Villa Franca angekommen, da war die Tante Rosa schon wieder ganz in ihrem Element. Als Erstes inspizierte sie das Bad und die Toilette auf Sauberkeit. Dann fuhr sie mit dem Finger über Türrahmen und Kommode und zu guter Letzt nahm sie das Bett mit ihrem kritischen Blick unter die Lupe. Als sie auf dem Laken tatsächlich ein klitzekleines Loch entdeckte, ließ sie Flavia, das Zimmermädchen und zugleich die Tochter des Hauses, antanzen und ein neues aufziehen.

Der Mama war das alles furchtbar peinlich, doch selbst von ihr ließ sich die Tante Rosa nicht einbremsen.

Flavia nahm das alles ganz gelassen und die Mama steckte ihr verstohlen einen Geldschein zu. Man will sich doch nicht gleich am ersten Tag unbeliebt machen.

Anschließend beschloss Tante Rosa, sich das Hotel und die nähere Umgebung ein wenig anzuschauen. Aber wir wussten alle, dass das nur ein weiterer Kontrollgang werden würde. Die Mama versuchte mit Engelszungen, sie zum Bleiben zu überreden. Erfolglos.

»Jetzt lass dir halt noch ein bisserl Zeit. Das können wir doch später noch gemeinsam machen. Lass uns zuerst ein wenig hier ankommen. Ein halbes Stünderl Ruhe tut uns beiden gut. Danach machen wir uns frisch, schauen uns das Haus zusammen an und trinken im Café einen echten italienischen Latte macchiato.«

Doch die Tante Rosa war mit nichts zu bremsen. »Leg du dich ruhig hin, ich muss mich bewegen. Die ganze Sitzerei im Bus, die lange Fahrt. Ich brauche jetzt frische Luft. Sonst rostet mir ja noch mein Gestell ein!«

Und ehe die Mama etwas erwidern konnte, war sie weg. Als die Mama und ich eine halbe Stunde später auf dem Weg zum Café waren, mussten wir auch an der Rezeption vorbei. Dort gab es gerade einen heftigen italienischen Wortwechsel zwischen Maria und ihren Mann Giovanni. Da auch die Tante Rosa bei den beiden stand, war zu befürchten, dass sie etwas damit zu tun hatte. Darum stellten wir uns rasch dazu.

Maria versuchte, im Gegensatz zu ihrem erzürnten Mann, um Freundlichkeit bemüht, der Tante zu erklären, zu welchen Räumen die Gäste keinen Zutritt hatten. Und dazu gehörten vor allem die Küche und sämtliche Lagerräume für Lebensmittel.

Die Tante Rosa wollte gerade etwas erwidern, doch ich trat ihr auf den Fuß.

»Es tut mir sehr leid, wenn Sie Unannehmlichkeiten wegen meiner Tante hatten«, übernahm ich das Reden. »Wir wollten uns mit ihr im Café an der Straße treffen. Scheinbar hat sie sich verlaufen. Sie ist halt nicht mehr die Jüngste. Komm, Tante Rosa, wir zeigen dir den Weg.« Damit hakte ich sie unter und zog sie rasch mit hinaus ins Freie. Draußen riss sie sich mit einem Ruck von mir los.

»Was soll denn das heißen, nicht mehr die Jüngste. Ich bin noch ganz helle in der Birne und fit wie ein Turnschuh. Bei dir piept's wohl.«

»Bei mir nicht, aber bei dir offenbar. Was sollte das denn jetzt schon wieder. Willst du, dass sie uns gleich am ersten Tag wieder nach Hause schicken? Tante Rosa, das ist ein kleines sauberes Familienhotel. Hier ist alles tipptopp. Ich möchte, dass du dich ab jetzt wie ein ganz normaler Urlaubsgast verhältst, ist das klar!«, forderte ich und duldete keine Widerrede.

Sie grummelte irgendetwas Unverständliches vor sich hin.

»Rosa, du blamierst uns bis auf die Knochen und das gleich am ersten Tag. Das ist meine Reise, auf die ich mich unbändig gefreut hab, und die lass ich mir von dir nicht verderben. Jetzt ist es genug mit deinem Kontrolltick. Hast' mich verstanden? Bei der nächsten Peinlichkeit setze ich dich persönlich ins Taxi nach Michlbach, aber auf deine Rechnung! So, und jetzt lass uns die Sache vergessen und unsere Reise genießen. Ist das nicht wunderschön hier? Und hast du schon diese einzigartige Blumenpracht gesehen?«

Die Standpauke der Mama saß. Ab da war die Rosa wie ausgewechselt. Trotzdem hatte sie sich hier im Hotel schon bei mehreren Leuten unbeliebt gemacht. Aber dass sie dabei jemandem so dermaßen auf die Füße getreten wäre, dass man sie dafür verschwinden lässt, traue ich selbst der Tante Rosa nicht zu.

Als wir uns wieder auf den Weg zur Terrasse machen, geht die Tür schräg gegenüber auf, und der Pfarrer tritt auf den Flur. Auch ihn kann ich getrost abhaken, obwohl die Tante ihm mit Sicherheit gehörig auf die Nerven gegangen ist. Auf den hatte sie es ja ganz besonders abgesehen und ihn bei jeder passenden und unpassenden Gelegenheit ausgefragt. Das war selbst mir und sogar der Mama aufgefallen. Wo er denn herkomme und zu welcher Pfarrei er gehöre, und ob er diesen und jenen nicht kenne, hatte die Rosa von ihm wissen wollen. Der Ärmste hatte ja schon richtiggehend nach Deckung gesucht, wenn er die Rosa nur von Weitem gesehen hatte, und dann hatte er ausgerechnet das Zimmer ihr gegenüber bekommen.

Was für ein mieses Karma!

Als er an uns vorbeieilen will, hält ihn die Mama auf. »Ach, Herr Pfarrer, ich würde gern einmal mit Ihnen sprechen, wäre das wohl möglich?«

Perplex schaut er sie an. »Mit mir? Weshalb denn?

»Ja, ich möchte einfach nur mit Ihnen reden, mich erleichtern, beten, eventuell auch beichten. Ginge das?«

Hochwürden verzieht das Gesicht, als habe ihm die Mama gerade ein unmoralisches Angebot gemacht. »Na ja …, also …, äh …, das lässt sich vielleicht einrichten«, druckst er herum. »Aber nicht jetzt, ich bin gerade etwas in Eile. Außerdem habe ich Urlaub!«, presst er hervor und hastet an uns vorbei.

»Was war das denn gerade?«, frage ich verwirrt.

»Keine Ahnung. Er sagt, er hat Urlaub.« Die Mama schüttelt perplex den Kopf.

»Geht das denn überhaupt? Hat ein Pfarrer überhaupt jemals Urlaub? Sonderbar.« Langsam gewinne ich den Eindruck, dass diese Reisegruppe aus lauter Verrückten besteht.

Herr Becker erwartet uns bereits. Das Ehepaar heiße Weilheimer, Ernst und Inge. Sie würden in Straubing wohnen und wären beide bereits in Rente. Wie er so schnell an diese Information gekommen ist, verrät Herr Becker uns allerdings nicht. »Wir haben noch eine Stunde Zeit bis zum Mittagessen«, verkündet er stattdessen mit einem Blick auf seine Armbanduhr. »Wollen wir hineingehen oder die Zeit nutzen und schon ein paar Flugblätter verteilen?«

»Sie tragen ja eine echte Rolex«, bemerke ich überrascht mit einem Blick auf sein Handgelenk. »Darf ich die mal sehen?«

»Ein Erbstück. Sie ist schon sehr alt und überaus empfindlich«, gibt er bescheiden zurück und schiebt mit einem

Ausdruck der Entschuldigung und des Bedauerns seine Manschette über das teure Stück.

Obwohl es inzwischen ausgesprochen heiß ist, trägt er nach wie vor einen Anzug.

»Wie halten Sie diese Hitze nur aus?«, spreche ich ihn darauf an.

»Oh, diese leichten Leinenanzüge sind angenehmer, als Sie denken. Außerdem bin ich extrem empfindlich, was die Sonne anbelangt, und meine Haut reagiert darauf mit einer Allergie.«

Als die Mama mal kurz zur Toilette verschwindet, bedanke ich mich bei Herrn Becker ganz freundlich für seine bisherige Hilfe und gebe ihm zu verstehen, dass ich von nun an aber lieber alleine auf Spurensuche gehen würde, also ohne ihn und auch ohne die Mama.

Der Gute nickt verständnisvoll. »Natürlich, Sie haben ja recht. Mit uns alten Leutchen im Schlepptau kommen Sie weniger rasch voran.«

»Trauen Sie sich zu, alleine mit meiner Mutter die Flugblätter im Ort zu verteilen?«

»Aber natürlich, Sie wissen ja, Bardolino ist fast so etwas wie meine zweite Heimat. Wenn Sie mir Ihre Mutter anvertrauen wollen, dann werden wir uns gleich auf den Weg machen und loslegen.«

Noch bevor die Mama zurückkehrt, erhebe ich mich und bitte ihn, auch später noch meiner Mutter beim Mittagessen Gesellschaft zu leisten. Und um sie mir für eine gute Weile vom Hals zu halten, habe ich noch eine weitere Bitte an ihn: »Es wäre mir lieb, wenn meine Mutter sich nach dem Essen für ein paar Stunden hinlegt. Die Hitze und die ganze Aufregung um die Tante Rosa setzen ihr doch ziemlich zu, und ich mache mir ein wenig Sorgen um sie. Könnten Sie vielleicht dahingehend auf sie einwirken, dass sie eine kleine Siesta hält?«

»Seien Sie unbesorgt. Ich selbst halte nach dem Mittagessen auch immer eine kleine Pennichella. Ein kleines Schläfchen oder Siesta, wie Sie es nennen«, fügt er erklärend hinzu. »Das Alter, wissen Sie. Man ist eben doch nicht mehr so belastbar wie früher.«

»Dann sause ich mal los, ehe sie zurückkommt. Und vielen Dank für Ihre Unterstützung.«

»Viel Glück«, sagt er, »und passen Sie auf sich auf.« Und dann fügt er in einem Tonfall, den ich nicht recht deuten kann, hinzu: »Nicht, dass Ihnen auch noch etwas zustößt.«

Kapitel 10

An der Rezeption bitte ich Maria um einen Ortsplan von Bardolino.

»Suchen Sie nach etwas Bestimmtem?«, erkundigt sie sich freundlich.

»Ich möchte mich nur mal ein wenig in der Gegend umsehen.«

»Hat die Tante sich immer noch nicht gemeldet?«, erkundigt sie sich mitfühlend.

»Leider nein.«

»Das tut mir leid. Wir halten alle die Augen offen und ich werde später noch in einigen Hotels in der Umgebung nachfragen, ob jemand etwas bemerkt hat. Das Blatt mit ihrem Foto ...«, sie sucht nach dem richtigen Wort.

»Das Flugblatt«, helfe ich ihr.

»Si, Flugblatt, ich kann es per Mail verschicken, wenn Sie wollen. Gespeichert ist es noch auf meinem Computer.«

»Das wäre in der Tat sehr hilfreich. Vielen Dank, Maria.«

»Das ist doch selbstverständlich. Gehen Sie in den Ort. Schauen Sie sich Bardolino an. Ein wenig Ablenkung wird Ihnen sicher guttun. Falls Sie Souvenirs kaufen wollen, bei Paolo bekommen sie besonders hübsche Taschen und Lederwaren. Ich gebe Ihnen eine Karte, dann macht er für Sie einen guten Preis.« Verschwörerisch zwinkert sie mir zu. »Geht aber nur cash, bar, Sie verstehen?« Sie schreibt etwas Unleserliches auf die Rückseite einer Visitenkarte und drückt sie mir in die Hand.

Nach einer kurzen Wegbeschreibung ziehe ich los. Eigentlich hab ich noch gar keinen rechten Plan, wo ich mit meiner Suche beginnen soll. Etwas unschlüssig, bleibe ich daher vor dem Hotel stehen und sehe mich um. Links führt der Weg eine leichte Anhöhe hinauf. Dort liegen nur ein paar weitere kleine Hotels, dahinter mehrere Wohnhäuser. Rechts verläuft die Straße mitten hinein ins Touristenzentrum. Ich werfe einen Blick auf die Karte und entscheide mich, einem ersten Impuls folgend, für den ruhigeren Teil der Stadt auf der Anhöhe. Bereits nach wenigen Metern bin ich schon außer Puste.

Unerbittlich brennt die Sonne vom Himmel, und ich bin drauf und dran, noch einmal umzukehren, um eine Kopfbedeckung und meine Sonnenbrille zu holen, doch dann laufe ich womöglich der Mama über den Weg, und die würde ich mit Sicherheit nicht mehr loswerden. Die Häuser sehen alle aus, als wären sie in Privatbesitz, und in den wenigen einsehbaren Hinterhöfen liegen nur ein paar magere Katzen, die im spärlichen Schatten von Oleanderbüschen Mittagsschlaf halten. Eigentlich kann ich mir gar nicht vorstellen, was die Tante Rosa hier gewollt haben könnte. Außerdem kam sie ja von unten aus dem Zentrum und wollte ins Hotel, um ihre Medikamente zu holen. Aus welchem Grund hätte sie denn hierherkommen sollen? Also mache ich kehrt Richtung Zentrum, dem lärmenden Trubel entgegen.

Zahlreiche Urlauber drängen sich vor den kleinen Souvenirläden, die Plätze in den Restaurants sind restlos besetzt, und es duftet verführerisch nach Pizza und Pasta. Hier und dort sind bayerische Wortfetzen zu hören. Kein Wunder. Nicht umsonst wird der Gardasee gemeinhin als das Wohnzimmer der Münchner bezeichnet.

Mein erster Weg führt mich zu dem Restaurant, in dem wir am Abend zuvor zusammen gewesen sind. Doch die Angestellten sind vollauf damit beschäftigt, den ersten Mittagsansturm zu bewältigen, und mir ist klar, dass momentan keiner Zeit für meine Fragen haben wird. Also gehe ich zur Schiffsanlegestelle und zeige dort dem Kartenverkäufer und sämtlichen Fahrgästen, die auf das gerade einfahrende Schiff warten, ein Foto von der Tante Rosa. Auch den ankommenden Passagieren halte ich das Bild unter die Nase. Könnte ja sein, dass die von Bardolino sind oder die Tante Rosa mittlerweile ganz woanders ist und sie dort jemand gesehen hat. Fehlanzeige – war ja irgendwie klar. Denn wohin hätte sie allein mit der Fähre auch fahren sollen? Außerdem hätte sie uns in jedem Fall vorher Bescheid gegeben. Und falls sie wieder einmal jemandem nachgelaufen wäre, aus welchem Grund auch immer, hätte sie sich doch schon längst gemeldet. Und im Falle einer Entführung hätte die Tante ganz bestimmt so einen Rabatz gemacht, dass es wirklich jeder auf der Piazza mitbekommen hätte.

»Huhu, Mädi!«, schallt es mit einem Mal laut über den Platz.

Ich drehe mich in die Richtung, aus der das Rufen kam. Natürlich, die Mama. Gefolgt von Herrn Becker eilt sie mir entgegen.

»Wir haben schon alle Flugblätter verteilt«, verkündet sie stolz.

»Und? Hat jemand die Tante Rosa erkannt?«

An ihrem traurigen Blick kann ich ablesen, dass dem nicht so war.

»Wir gehen jetzt zurück zur Villa Franca und nehmen eine Kleinigkeit zu uns. Und dann muss ich mich ein wenig hinlegen. Verzeihen Sie, liebe Freundin, aber die Hitze,« Herr Becker wischt sich die Stirn und wirkt in der Tat etwas müde und erschöpft. »Sie macht mir doch mehr zu schaffen, als mir lieb ist. Man ist halt nicht mehr der Jüngste«, setzt er mit leichtem Bedauern hinzu.

»Mein lieber Herr Becker. Das tut mir leid, wenn wir Sie so strapazieren. Wir machen uns selbstredend gleich auf den Weg. Sollen wir ein Taxi nehmen?«

»Nein, nein, das ist nicht nötig. Die kurze Strecke schaffe ich schon noch.«

»Kommst du mit uns mit zum Essen, Mädi?«

»Wenn ihr auf mich verzichten könnt, bleibe ich noch im Ort. Ich möchte gerne die Zeit nutzen und hole mir unterwegs eine Kleinigkeit.«

Nachdem die beiden weg sind, suche ich die Umgebung nach Webcams ab. Doch die wenigen vor ein paar Geschäften sind jeweils nur auf die Ladeneingänge und die Verkaufsräume gerichtet. Trotzdem notiere ich mir, wo ich welche gesehen habe, und befrage alle Verkäufer nach der Tante. An einem der Stände hängen luftige bunte Tücher und ich kaufe mir eins, um es mir um den Kopf zu binden. Ich fühle mich, als würde die Sonne durch meine Dreadlocks hindurchbrennen. Meine Kopfhaut beginnt langsam zu schmerzen. Anschließend marschiere ich noch einmal zurück zum Restaurant vom gestrigen Abend und diesmal habe ich Glück. Der Kellner, der uns am Vorabend bedient hat, ist da und besieht sich das Foto. Er kann sich auch tatsächlich noch an uns erinnern, behauptet er. Die Tante Rosa sei jedoch nicht zurückgekehrt, als wir weg waren. Leider.

Mittlerweile knurrt mein Magen, nur hier im Restaurant sind alle Tische belegt und so steuere ich ein kleines Bistro an, wo ich mir ein panino mit Schinken, Tomate und Mozzarella und ein großes acqua gassata bestelle. Wieder zeige ich das Foto der Tante Rosa herum, doch auch hier hat sie niemand gesehen. Meine Kehle ist wie ausgedörrt.

In einem Zug leere ich das halbe Glas, und das knusprige warme Brot, satt belegt, ist ein wahrer Gaumenschmaus. Die kurze Pause tut mir gut, aber ich will nicht zu viel von der kostbaren Zeit vergeuden. Ich muss die Tante Rosa schleunigst finden, koste es, was es wolle. Als ich mir die Krümel vom Mund wische, fällt mein Blick zufällig nach draußen. Das war doch eben Herr Becker, der da in ziemlich hohem Tempo vorbeigerauscht ist! Ein Blick auf die Uhr verrät mir, dass mittlerweile über eine Stunde vergangen ist, seitdem er mit der Mama zurück ins Hotel gegangen ist. Hatte der nicht behauptet, mittags ein Schläfchen halten zu wollen? Ich krame meine Geldbörse hervor, klemme zwanzig Euro unter den Teller und sprinte in dieselbe Richtung, in die der alte Herr verschwunden ist.

Nach wenigen Metern sehe ich ihn. Und ich sehe noch jemanden, der ganz offensichtlich hinter Becker her ist. Es ist der Pfarrer. Er hält zwar Abstand zu Herrn Becker, aber er folgt ihm ganz eindeutig. Ich behalte beide im Blick und verlangsame das Tempo. Was hat der alte Mann bei dieser Affenhitze hier verloren? Darauf kann ich mir immer noch keinen Reim machen. Vielleicht sucht er ja nach mir, weil mit der Mama etwas nicht in Ordnung ist oder die Tante Rosa ist endlich wieder aufgetaucht, schießt es mir kurz durch den Kopf. Aber seiner Zielstrebigkeit nach zu urteilen, weiß er ganz genau, wo er hinwill. Da sehe ich auch schon, wie er die Stufen zu einem Kirchenportal emporeilt. Gleich darauf verschwindet er durch die Pforte. Unser mitreisender Priester will offensichtlich ebenfalls in die Kirche hinein, sieht sich jedoch zuvor noch einmal um, als würde er nach jemandem Ausschau halten. Rasch wende ich mich ab, um nicht entdeckt zu werden. Als ich wieder zur Kirche schaue, ist der Pfarrer weg.

Langsam gehe ich auf das Kirchenportal zu und lausche, doch durch das dicke Holz der Tür dringt kein Laut nach draußen. Vorsichtig öffne ich sie und trete ein. Noch geblendet vom grellen Sonnenlicht brauchen meine Augen ein paar Sekunden, um sich an das Dunkel des Gotteshauses zu gewöhnen. Suchend schaue ich mich um. Die Kirche scheint leer zu sein. Seltsam … Bedächtig wandere ich durch die Torbögen der beiden Seitenschiffe und höre nichts außer dem leisen Quietschen meiner eigenen Gummisohlen auf den antiken Steinfliesen. Hier ist niemand. Erschöpft setze ich mich in eine der hinteren Bankreihen und nehme das Tuch vom Kopf, um mir den Schweiß vom Gesicht zu wischen. Ich kann spüren, wie der Puls in meinen Schläfen pocht. Bin ich verrückt? Die beiden Männer sind wie vom Erdboden verschluckt. Langsam komme ich wieder zu Atem und beruhige mich so weit, dass ich mir das Kircheninnere genauer anschauen kann.

Der Altar wird von riesigen knienden Engeln flankiert. Kerzen brennen in den Seitenaltären. Auf eine seltsame Art und Weise fühle ich mich beobachtet, doch es sind wohl nur die mannshohen, leblosen Steinfiguren, die gefühlt ihre Blicke auf mich richten.

Ein alter Mann und ein Priester verschwinden in einer Kirche, und keiner von beiden ist zu sehen … Wie Schuppen fällt es mir plötzlich von den Augen. Die Antwort schreit so laut in meinem Kopf, dass ich fast glaube, man könne sie hören. Da findet eine Beichte statt! Natürlich! Was der Mama nicht gelungen ist, Herr Becker hat es wohl geschafft: Der Pfarrer nimmt ihm, obwohl er Urlaub hat, die Beichte ab.

Jetzt schäme ich mich fast dafür, den beiden hinterherspioniert zu haben. Daher trete ich rasch den Rückzug an, bevor mich die beiden entdecken könnten. Aber vorher zünde ich noch eine Kerze für die Tante Rosa an.

Gottes Hilfe kann ich nun wirklich gebrauchen.

Kapitel 11

Zurück in der Villa Franca, fühle ich mich wie eine Versagerin. In der ganzen Zeit, in der ich unterwegs war, habe ich nicht das Geringste geschafft. Weder habe ich einen Hinweis darauf gefunden, wo die Tante abgeblieben sein könnte, noch habe ich auch nur ansatzweise eine Vorstellung davon, was mit ihr passiert sein könnte. Es bleiben noch drei Stunden, bis wir zum dritten Mal zur Questura gehen werden, um endlich diese verflixte Vermisstenmeldung aufzugeben. Ich weiß gar nicht, wie ich der Mama unter die Augen treten soll. Schließlich verlässt sie sich voll und ganz auf mich.

Um die Begegnung mit ihr ein wenig hinauszuzögern, spaziere ich gedankenverloren durch eine schmale Seitengasse in den Hinterhof des Hotels, wo die Hotelangestellten ihre Autos parken. Auch unser Reisebus steht dort etwas abseits im Schatten unter mächtigen Platanen. Ein kleiner Holzschuppen grenzt das Grundstück zum Nachbaranwesen ab. An der Rückwand des Hauses stehen dicht nebeneinander zwei große und ein kleiner Müllcontainer. Mein Blick wandert die Hausfassade hinauf. Dort, auf einem Balkon im dritten Stock, hinter einem kunstvoll geschmiedetem Geländer, sehe ich eine alte Frau in einem Schaukelstuhl sitzen. Es ist Nonna Francesca, die frühere Besitzerin der Villa Franca. Ich winke ihr zu und rufe laut: »Buongiorno, Nonna Francesca.« Eine faszinierende Persönlichkeit. Obwohl sie zum Gehen einen Stock benötigt, hat sie es sich nicht nehmen lassen, uns, die Reisegruppe aus Schnaipfing, zu begrüßen. Ich erinnere mich daran, wie sie Carlo, unseren Busfahrer, und Herrn Becker fast wie Familienmitglieder empfing und beide herzlich auf die Wangen küsste.

Bei dem Gedanken daran muss ich schmunzeln. Ja, die Italiener sind wirklich ein liebenswürdiges Volk. Sobald man ein paarmal Gast in ihrem Haus war, gehört man quasi zur Familie.

»Ich glaube, sie hört Sie nicht«, vernehme ich eine junge Frauenstimme neben mir.

Flavia, Marias Tochter, ist soeben durch die Hintertür auf den Hof gekommen. »Ihre Ohren sind schon taub.«

Flavia arbeitet genauso wie ihr Vater mit im Hotel. Sie ist für den Service zuständig, hilft in der Küche und hält die Zimmer sauber. Mädchen für alles könnte man sagen. »Haben Sie Ihre Tante schon gefunden?«, fragt sie besorgt, während sie einen vollen Mülleimer vor einem der Container abstellt.

Resigniert schüttle ich den Kopf. »Nein, und ich weiß ehrlich gesagt noch nicht einmal, wo ich nach ihr suchen soll.« Um ihr zu helfen, drücke ich den Deckel des schweren Abfallcontainers auf.

»Grazie mille«, bedankt sich Flavia, sichtlich erfreut über die unerwartete Hilfe.

Gerade als sie den Müll in den Container schüttet, ist von oben ein dumpfer Schlag zu hören. Unsere Köpfe schnellen hoch zum Balkon im dritten Stock. Der Schaukelstuhl ist leer.

»Madonna!«, entfährt es Flavia. »Nonna!«, ruft sie mehrmals laut, und dann an mich gewandt: »Entschuldigen Sie bitte, aber ich muss schnell nach oben laufen und nach ihr sehen.« Hin- und hergerissen besieht sie sich das Chaos auf dem Boden, wo versehentlich ein Großteil des Mülls gelandet ist.

»Lassen Sie nur, ich erledige das hier«, beruhige ich sie. »Kümmern Sie sich um Ihre Großmutter das ist viel wichtiger.«

Dankbar drückt sie meinen Arm und eilt ins Haus.

Suchend sehe ich mich nach Schaufel und Besen um und kehre den Unrat zusammen. Mit einem kurzen Blick vergewissere ich mich, dass ich alles aufgelesen habe. Schließlich sind wir Deutschen für unsere Ordnungsliebe bekannt.

Neben dem Container liegt noch ein kleiner Fetzen Papier. Es ist eine Seite aus einem Notizblock mit dem Logo eines Ministranten, das mir nur allzu bekannt vorkommt. Der Zettel stammt eindeutig aus einem der Notizblöcke, die die Tante Rosa immer benutzt. Zwei Wörter sind wie in Eile hingekritzelt: »Mafia« und »Schweine«.

»Was wollte sie denn damit sagen?«, überlegt Herr Becker, den ich zusammen mit der Mama wieder auf der Terrasse antreffe.

»Du musst den Zettel unbedingt dem Commissario zeigen«, sagt die Mama. »Das ist endlich einmal ein Hinweis.«

»Ich wäre damit äußerst vorsichtig. Es sind doch nur zwei hingekritzelte Worte auf einem kleinen Notizzettel. Noch dazu ist es kein Geheimnis, dass Ihre hochgeschätze Frau Schwester, sagen wir mal, eine gewisse Abneigung gegen die Italiener hegt«, gibt Herr Becker zu bedenken. »Solange wir nicht mehr zu bieten haben als diese zwei hingekritzelten Wörter, wird das die hiesige Polizei wenig interessieren. Schon gar nicht als einen Hinweis auf ein Verbrechen. Eher nehmen sie es als ein Zeichen der Beleidigung zur Kenntnis«, grübelt er.

»Für mich ist das ganz eindeutig ein Hinweis!«, beharrt die Mama stur.

»Aber ein Hinweis worauf?«, kontert Becker nicht ganz unberechtigt.

Wir überlegen. Soll man die Worte zusammen lesen? Mafiaschweine. Schweinemafia. Geht es um illegalen Schweinehandel, den die Tante entdeckt haben will? Oder wird das Hotel mit Schweinefleisch beliefert, das illegal gehandelt wird oder bereits verdorben ist? Diesen Gedanken verwerfe ich sofort wieder, denn am Essen im Hotel gibt es wirklich nichts auszusetzen. Und wie sollte ausgerechnet die Tante Rosa dahinterkommen, wenn etwas mit den Lebensmitteln für die Gäste nicht in Ordnung wäre. Es ergibt einfach keinen Sinn. Mafiaschweine? Was soll schon eine ältere Frau wie die Tante Rosa mit der Mafia zu schaffen haben?

»Gibt es in dieser Region Probleme mit der Mafia? Sie waren doch schon öfters hier, Herrn Becker. Wird vielleicht sogar die Familie Androli von der Mafia bedroht?« Was ich mir eigentlich kaum vorstellen kann. Die ganze Familie wirkt so entspannt und freundlich, gar nicht gestresst oder irgendwie unter Druck gesetzt. Ganz im Gegenteil. Alle wirken glücklich und zufrieden. Maria selbst ist die Fröhlichkeit in Person und ihren Mann kann man bei der Arbeit sogar singen hören.

»Fragen wir doch gleich am besten Maria selbst«, meint Becker.

Ich glaube kaum, dass sie uns darüber Auskunft geben würde, wenn dem so wäre, doch bevor ich einschreiten kann, hat er sie schon zu uns an den Tisch gebeten.

»Maria, gibt es hier in der Gegend Probleme mit der Mafia?«, übernimmt er die Befragung ganz selbstverständlich.

»Mafia? Wie meinen Sie das?«

»Wir meinen, gibt es hier im Umkreis einen Clan oder kennen Sie vielleicht Leute, die an irgendjemanden Schutzgeld zahlen?«, mische ich mich ein. Die Frage ist mir mehr als unangenehm, doch Maria fängt schallend an zu lachen.

»Nein, hier in Bardolino ist alles gut. Wir sind alle wie una grande famiglia. Wir helfen uns gegenseitig, wenn jemand in Not gerät. Auf diesen Zusammenhalt sind wir sehr stolz. Hier gibt es weit und breit niemanden, der uns erpresst.«

»Da sehen Sie es. Es ist alles in bester Ordnung. Grazie mille, Maria«, bedankt sich Herr Becker für ihre offene Auskunft.

»Wie geht es denn Ihrer Mutter?«, erkundige ich mich nach dem Befinden von Nonna Francesca. »Ist alles in Ordnung mit ihr?«

»Ja, vielen Dank. Sie ist wohl gestürzt, als sie vom Balkon in ihr Zimmer gehen wollte, aber sie hat sich zum Glück nichts gebrochen. Das ist bei ihren morschen Knochen nicht ungefährlich.« Dem von meiner Frage überraschten Herrn Becker erklärt sie: »Sie weiß, dass sie nur zu klingeln braucht, damit wir kommen und sie hineinbringen. Aber sie will einfach nicht einsehen, dass sie das alleine nicht mehr kann. Altersstarrsinn!«, betont Maria und zuckt resigniert die Schultern. »Sie hat einen Bluterguss davongetragen, aber mehr ist Gott sei Dank nicht passiert. Vielleicht sieht sie jetzt ein, dass sie uns rufen muss, wenn sie etwas braucht. Dann war es wenigstens für etwas gut.«

»Darf ich sie später besuchen?«, erkundigt sich Herr Becker besorgt.

»Darüber würde sie sich sehr freuen. Sie hat oft, wie sagt man?« Sie überlegt kurz. »Noia, Langeweile. Vielen Dank für Ihre Hilfe.« Sie lächelt mich an und fährt fort: »Flavia hat mir erzählt, dass Sie für sie Müll aufgelesen haben.«

»Keine Ursache. Es war auch gar nicht viel.«

»Ach, haben Sie dabei den Zettel gefunden?«, erkundigt sich Herr Becker vorlaut.

»Zettel? Quale … Zettel?« Maria blickt irritiert zwischen Herrn Becker und mir hin und her.

Sehr zu meinem Missfallen reicht ihr Becker ohne Umschweife das besagte Blatt, welches Maria interessiert entgegennimmt.

»Diese Mitteilung stammt eindeutig von Frau Rosa«, fügt Herr Becker erklärend hinzu.

Erneut bricht Maria in schallendes Gelächter aus, hat sich jedoch sofort wieder im Griff und wendet sich mit einem Ausdruck der Entschuldigung an mich. »Scusi. Haben Sie sich deshalb nach der Mafia erkundigt?«

»Wir müssen jedem Hinweis nachgehen.«

»Ich würde das hier nicht überbewerten«, dämpft sie meine Hoffnung. »Sie kennen doch den …«, sie überlegt nach dem richtigen Wort, »… Übereifer Ihrer Tante. Der lässt sich nicht verleugnen, wenn sogar wir ihn in der kurzen Zeit unserer Bekanntschaft mitbekommen haben.«

Ich stelle mich dumm und mache ein Gesicht, als wüsste ich nicht, wovon sie spricht, doch Maria durchschaut mich.

»Kommen Sie. Denken Sie, wir haben nicht bemerkt, wie sie sofort nach der Ankunft alles inspiziert hat? Die Toiletten, den Frühstücksraum, die Bar … Wir haben sie gelassen. Sie ist eben … speziell. Erst als sie in die Vorratsräume, die Küche und unsere privaten Räume wollte, haben wir uns bemerkbar gemacht und sie schließlich aufgehalten.«

Kennen Sie fremdschämen? Ich bin überzeugt, für meine liebe Tante Rosa ist Scham ein Fremdwort, aber mir ist ihr rücksichtsloses Verhalten wieder einmal furchtbar peinlich.

Maria legt beschwichtigend ihre Hand auf meine. »Was ich damit sagen will ist, wer weiß, worüber sie sich hierbei wieder geärgert hat.« Sie gibt mir den Zettel zurück. »Trotz allem hoffe ich, dass Sie sie sehr bald finden werden.« Sie nickt uns zum Abschied zu, bevor sie wieder an ihre Arbeit zurückkehrt.

»Das war nicht in Ordnung!«, missbillige ich Herrn Bekkers Vorpreschen in dieser Angelegenheit. »Sie können doch nicht einfach jedem x-Beliebigen so mir nichts, dir nichts unsere Beweismittel zeigen!« Ich bin echt sauer.

»Also Mädi, wirklich!«, fällt die Mama Herrn Becker ins Wort, ehe der etwas zu seiner Verteidigung sagen kann. »Erstens war das nur die Maria und nicht jeder x-Beliebige, wie du sagst, und zweitens wissen wir gar nicht, ob es überhaupt ein Beweismittel ist.«

»Ach jetzt auf einmal«, empöre ich mich. Langsam hängt mir dieser Dilettantismus meiner zwei Hilfssheriffs wirklich zum Hals raus. Ich sehne mich nach meinem chaotischen Knogl und dem cholerischen Hafner.

»Aber meine Damen!« Herr Becker hebt beschwichtigend die Hände. »Bitte. Sie werden sich doch deswegen nicht zerstreiten. Fräulein Maxi, Sie haben völlig recht. Das war in der Tat sehr unbedacht von mir und ich entschuldige mich in aller Form für diesen Fauxpas. Aber ich bin sicher, Maria wird das für sich behalten. Lassen Sie uns stattdessen lieber gemeinsam überlegen, wie wir weiter vorgehen werden. Was wollen Sie als Nächstes unternehmen?«

»Zuerst gehe ich zu Carlo und informiere ihn über den momentanen Stand der Dinge. Der wird ja jetzt hoffentlich einmal zu finden sein.«

»Außerdem müssen wir uns für den Ausflug morgen abmelden«, sagt die Mama.

Für den kommenden Tag ist eine Schifffahrt auf die andere Seite des Sees geplant und von dort aus mit einem ortsansässigen Reiseführer eine Tour nach Limone zu den oft zitierten Zitronenhainen sowie der Besuch einer Destillerie, in der der weltberühmte Limoncello hergestellt wird. Am frühen Nachmittag soll es per Schiff wieder zurück nach Sirmione und zum dortigen Castello Scaligero gehen, einer imposanten, von Zinnen bewehrten Wasserburg mit einer Zugbrücke, die den Eingang zur Altstadt bildet. Dort wird uns Carlo wieder in Empfang nehmen und nach einem kurzen Abstecher zu den Grotten des Catulls zurück zur Villa Franca bringen. Auf diesen Tagesausflug hatte sich die Mama ganz besonders gefreut, aber der kommt nun in Anbetracht der verschwundenen Rosa für sie auf keinen Fall infrage.

»Ich finde, du solltest trotzdem mitfahren«, sage ich.

»Auf keinen Fall, wie stellst du dir das vor? Denkst du, ich hätte dabei eine ruhige Minute, solange ich nicht weiß, was mit der Rosa ist?«

»Wir gehen jetzt gleich zur Questura und geben endlich die Vermisstenanzeige auf. Dann wird offiziell nach ihr gesucht, und ich bin ja auch noch da und suche sie. Außerdem komme ich besser voran, wenn ich dabei auf niemanden Rücksicht nehmen muss. Es gibt momentan nichts für dich zu tun. Du könntest nur im Hotel sitzen und abwarten. Darum finde ich, du solltest mitfahren.«

»Ich glaube auch, dass Ihnen etwas Abwechslung ganz guttun würde«, kommt mir Herr Becker zu Hilfe.

»Wären Sie wohl so nett und würden Sie die Mama begleiten?«, nutze ich seine Freundlichkeit noch einmal schamlos aus.

»Mit dem größten Vergnügen«, sagt er und macht eine kleine Verbeugung in ihre Richtung.

»Also gut«, willigt die Mama schließlich widerstrebend ein, »aber leicht fällt mir das nicht.«

Carlo Puccetti, unser Busfahrer und Reiseleiter, ist auch heute nirgendwo zu finden. Auch das Hotelpersonal hat keine Ahnung, wo er steckt. Darum marschieren die Mama und ich zunächst einmal zur Questura.

Commissario Salvini weiß sofort Bescheid, als er uns sieht. »Sie ist also nicht zurückgekehrt«, bemerkt er eher gleichgültig und emotionslos.

Ich überreiche ihm den Zettel mit Rosas krakeliger Notiz, den ich zuvor noch mit meinem Handy abfotografiert habe.

Kommentarlos legt er das Notizblatt auf dem Schreibtisch ab. »Alles andere haben Sie ja schon zu Protokoll gegeben. Wir kümmern uns darum.«

Kein: »Was soll das bedeuten?« Oder: »Wissen Sie, was Sie damit meinen könnte?«

»War's das jetzt?«, frage ich perplex.

»Sì! Sie können wieder in Ihr Hotel zurückgehen. Wir melden uns.«

Die Mama wirkt richtig alt und müde, als wir in der Villa Franca ankommen. So habe ich sie noch nie erlebt.

Herr Becker hatte schon im Eingangsbereich auf uns gewartet, doch als er die müde Mama sieht, verabschiedet er sich rasch von uns. Er wolle Nonna Francesca einen kurzen Besuch abstatten und sich dann zur Ruhe legen. Das Abendessen lasse er ausfallen. »Bei alten Menschen ist der Appetit nicht mehr so groß«, erklärt er mir.

Die Mama hat auch fast keinen Hunger. Sie isst wie ein Spatz und stochert lustlos in ihrem Salat herum, als wir wenig später zu zweit in einem kleinen Fischlokal zu Abend essen.

»Ach Mädi«, seufzt sie deprimiert, »ich habe mich so über diese Reise gefreut, aber jetzt wär's mir tatsächlich lieber, du hätt'st mir nur irgendeinen Gutschein geschenkt.«

Wie man's macht, macht man's verkehrt. Wer hätte auch gedacht, dass hier jemand verloren geht.

»Wirst sehen, Mädi, die Italiener unternehmen gar nix, um die Rosa zu finden. Den Kommissar hat der Zettel von der Rosa überhaupt nicht interessiert. Wahrscheinlich hat er ihn in den Papierkorb geworfen. Die Rosa hatte schon recht, die stecken alle unter einer Decke!«

»Ah! Jetzt hör doch bitte endlich mal mit diesen Verschwörungstheorien auf!«, schimpfe ich genervt. »So ein Quatsch. Ehrlich! Je länger ich darüber nachdenke, desto unrealistischer kommt mir das Ganze vor.« Da hatte ich mir solche Mühe mit dem Geburtstagsgeschenk gegeben, und sie hatte sich so gefreut, und jetzt geht alles den Bach runter, denke ich enttäuscht. Und wer ist schuld an dem ganzen Dilemma? Die Tante Rosa.

»Ja und wo ist sie dann?«, erwidert die Mama aufgebracht. »Dass sie weg ist und keiner weiß wohin, ist ja nun leider bittere Realität.«

»Ja, aber dass ausgerechnet unsere Rosa der Mafia zum Opfer gefallen sein soll, glaubst du ja wohl selber nicht.«

»Auf dem Zettel steht Mafia!«

»Und Schweine! Siehst du hier irgendwo in der Umgebung einen Bauernhof? Oder Schweine? Nein!« Mittlerweile bin ich richtiggehend sauer und rede mich regelrecht in Rage. »Der Urlaub wäre völlig anders verlaufen, wenn die Tante Rosa zu Hause geblieben wäre, wie sie es ursprünglich vorgehabt hat. Aber nein, sie muss ja überall dabei sein. Erst laut protestieren, aber dann groß mitmischen. Mit uns beiden hätte das wunderbar geklappt, aber die Tante Rosa, die hatte ja überall was zu mäkeln, und sie legt sich auch wirklich mit jedem an. Erinnerst du dich? Die Burschen? Die Weilheimers? Flavia und Giovanni. Mit jedem fängt sie Stunk an und traut allen das Schlechteste zu. So wie gestern. Der Ausflug in dieses Dorf und zur

Fabrik, wo man Käse, Oliven und Salami kaufen konnte. Da hat sie sich auch mächtig Ärger eingehandelt, weil sie überall ihre Nase hineinstecken muss.«

»Mädi«, haucht die Mama, »und da gab es Schweine!«

Kapitel 12

Es war am zweiten Tag unserer Reise gewesen.

Ich war wie ein Stein ins Bett gefallen und sofort in einen traumlosen Schlaf versunken. Wir hatten am Vorabend mit reichlich Vino Rosso aus der Region in einer kleinen Bar an der Straße auf unseren Frauenausflug angestoßen. Dementsprechend verkatert hatten wir anderntags den Ausflug ins Umland angetreten. Auch die Tante Rosa hatte es am Abend gehörig krachen lassen und eine Anekdote nach der anderen aus ihrer Zeit als Pfarrhaushälterin zum Besten gegeben. Es war ausgesprochen unterhaltsam gewesen, und das musste sie nun bitter büßen. Für die Fahrt hatte sie sich eine große Flasche stilles Wasser eingepackt. Zum Brand löschen. Das war auch gut so.

Carlo kutschierte uns zu einem Ort zwischen Desenzano del Garda und Salo, wo eine Vereinigung italienischer Bauern eingelegte Oliven und frisch gepresstes Öl vermarktet. Wir bekamen eine Führung durch einen Teil des Olivenhains, sahen, wie das Öl gepresst wird und welche Mengen man benötigt, um einen Liter des grünen Goldes zu gewinnen. Und ich musste zugeben: Bis zu diesem Zeitpunkt gefiel mir die Reise wider Erwarten gut. Im Anschluss an die Besichtigungstour saßen wir in einer Pergola des Anwesens, wo kostenlose Getränke und kleine Platten mit Käse, Oliven, Salami und Brot für uns bereitstanden.

»Die können leicht große Töne spucken mit ›der Imbiss geht aufs Haus!‹«, krittelte die Tante Rosa, die ganz ungeniert ihre mitgebrachte Wasserflasche mit den kostenlosen Getränken auffüllte. »Denen geht es doch nur darum, Werbung für ihre Produkte zu machen. Damit möglichst viel eingekauft wird! Mit Speck fängt man Mäuse.«

»Das ist doch auch ihr gutes Recht!«, sagte die Mama und langte ordentlich zu. »Ich finde, diese Salami schmeckt wirklich ausgezeichnet. Davon würd ich gerne eine mit nach Hause nehmen. Probier doch mal, Rosa.«

Die Tante Rosa lehnte dankend ab. Ich hatte den Verdacht, dass ihr Magen noch nicht so ganz mitspielte. Auffallend oft suchte sie die Waschräume auf. Gerade eben war sie wieder einmal verschwunden.

»Mein Gott, Mädi, ist das traumhaft hier!«, schwärmte die Mama wie schon so oft auf dieser Reise. »Das ist wirklich ein ganz besonderes Geschenk, dass du mir mit dieser Reise gemacht hast. Und, dass du und die Rosa dabei seid, die wichtigsten Meschen in meinem Leben, macht es umso schöner. Ich werd' dir das nie vergessen.«

Ja, ich muss zugeben, so wie es bisher lief, war ich ebenfalls rundherum zufrieden. Dabei hatte mir der Gedanke an die Reise mit der Mama durchaus leichtes Unbehagen bereitet. Das muss ich zugeben. Sie kennen das sicher auch. Wenn man zu etwas überhaupt keine Lust hat, wird es meistens viel schöner, als man es sich je hätte vorstellen können. Wer hätte das gedacht. Jetzt komme ich am Sonntag tatsächlich braun gebrannt und gut erholt aus meinem Kurzurlaub zurück. Der Hafner und der Knogl werden blass werden vor Neid, wenn ich ihnen von der Reise vorschwärme.

»Wer noch etwas einkaufen möchte, sollte das bitte jetzt erledigen. In einer halben Stunde fahren wir ab!«, erinnerte uns Carlo.

Also schlenderten wir satt und zufrieden zum Verkaufs-raum, der bereits bestens besucht war. Nur die Tante Rosa war nirgends zu sehen. Dieser alte Geizhals, dachte ich bei mir.

»Die hockt bestimmt schon im Bus, so verkatert, wie sie ist!«, feixte die Mama. Und sie sollte recht behalten. Als wir wenig später bepackt mit unseren Einkäufen zum Bus kamen, belegte die Tante bereits den Fensterplatz, auf dem bei der Herfahrt die Mama gesessen hatte.

»Von wegen, das Essen ist gratis. Das war doch alles schon im Reisepreis inbegriffen«, schmollte sie. »Die rein-ste Kaffeefahrt ist das!«

»Damit kennst du dich ja bestens aus!«, konterte ich frech. »Ich sage nur Salzburg und Christkindlmarkt.«

Die Tante überhörte das geflissentlich. Das war damals wirklich eine Kaffeefahrt gewesen, und in einer Matrat-zenfabrik, die unterwegs besichtigt wurde, hatte sich die Rosa das Bein gebrochen, nur, weil sie die geschenkten Mozartkugeln auf der Toilette hatte liegen lassen und sie in allerletzter Minute vor der Abfahrt noch schnell hatte holen wollen.

»Der Puccetti wird von denen g'schmiert«, fuhr sie mit ihren absurden Verdächtigungen fort, »damit er ihnen die Kundschaft busweise ankarrt. Habt's ihr g'sehen, was der alles eingeladen hat? Kanisterweise Öl und einen ganzen Laib Parmesan. Wenn der alle vier Wochen nach Italien fährt und jedes Mal so viel Zeug bekommt, das kann der doch gar nicht alleine aufessen. Ich bin sicher, der verkauft das auf dem Schwarzmarkt!«

»Und wenn schon. Lass ihn doch«, gab ich, genervt von ihrer miesepetrigen Laune, zurück.

»Das sagst ausgerechnet du? Wo du doch als Polizistin für Recht und Ordnung sorgen sollst.«

»Kriminalkommissarin, bitte schön. Außerdem weißt du

doch gar nicht, ob er jeden Monat so eine Ladung mit- nimmt und wenn, dann kann dir das auch egal sein.« Ich musste feststellen, dass die liebe Tante Rosa ausgespro- chen anstrengend sein konnte. Die arme Mama.

»Freilich weiß ich das. Ich hab's doch gehört, wie der Verkäufer den Carlo gefragt hat, ob's in vier Wochen wie- der das Gleiche sein soll, und der Carlo hat genickt.«

»Das hat er ihn auf Deutsch gefragt?«, hakte ich nach und sah sie zweifelnd an.

»Vuoi lo stesso in quattro settimane?«, wiederholte Tan- te Rosa und hielt triumphierend ihr Wörterbuch in die Höhe. Ich kapitulierte.

»Ich hoffe, Sie haben nicht Ihr ganzes Geld ausgegeben«, begrüßte uns Carlo fröhlich vor der Weiterfahrt, »denn jetzt besichtigen wir noch den Ort, an dem die beste Sala- mi Italiens hergestellt wird. Sie haben sie ja soeben schon probiert.«

»Was für ein Glück!«, freute sich die Mama. Sie hat- te verzweifelt danach Ausschau gehalten, die begehrten Stücke aber nur in Präsentkörben verpackt zusammen mit Olivenöl, eingelegten Oliven und anderen Leckereien fin- den können. Die waren ihr dann aber doch zu teuer gewe- sen und sie musste ohne Salami abziehen.

Die Fabrik von Antonio Giordano lag in der Nähe von Peschiera del Garda. Auch dort bekamen wir zuerst eine Führung. Allerdings durften wir aus hygienischen Grün- den nicht alle Räume besichtigen. Auf einer Weide hinter der Fabrik suhlten sich wohlgenährte Schweine.

»Die Tiere stammen allesamt von Höfen mit Freiland- haltung und kommen von Bauern aus der Umgebung. Be- vor sie geschlachtet werden, dürfen sie noch einige Tage hier verbringen. Das reduziert den Stress und macht sich im Geschmack des Fleisches bemerkbar«, übersetzte Carlo für uns, was der Inhaber des Betriebes in seiner Landessprache erzählte.

»Das stimmt!«, bekräftigte die Mama. »Die Salami hat wirklich einen ganz anderen Geschmack als bei uns.«

»Natürlich setzen wir hier noch landestypische Kräuter und Zutaten mit ein, um die außergewöhnliche Note zu unterstreichen«, ergänzte Carlo.

Auf einer der Türen, an denen wir im Inneren der Fabrik vorbeigeführt wurden, klebte ein Schild mit der Aufschrift: »Vietato entrare!«, zusätzlich zu einer roten warnenden Hand. Das zeigte selbst dem Dümmsten an, dass dort der Zutritt verwehrt wurde. Nichtsdestotrotz hatte die Tante Rosa bereits die Hand auf der Türklinke und fragte laut: »Und wo geht es hier lang?«

Eilig versperrte ihr Antonio Giordano den Weg und sprudelte etwas auf Italienisch hervor.

»Hier werden die Zutaten für die Salamiherstellung gelagert. Und die unterliegen strengster Geheimhaltung, Sie verstehen?«, übersetzte Carlo und zwinkerte ihr zu. »Der Zutritt ist strengstens untersagt. Steht auch auf dem Schild.«

»Ich spreche ja leider kein Italienisch«, gab die Tante mit einem naiven Säuseln zurück.

Auf dem Weg zur Wurstabfüllung wanderten wir durch einen von mehreren Kühlräumen, in dem mehrere Schweinehälften an Metallhaken von der Decke hingen. Die Haken wiederum saßen alle in einer Führungsschiene.

Antonio Giordano erklärte uns mit stolzgeschwellter Brust, dass durch diese Schienen die Hälften direkt in die Verarbeitung geschoben werden konnten. Das schone die Gelenke seiner Mitarbeiter, denn eine Schweinehälfte wiege gut und gerne fünfzig Kilo, und für die Salamiproduktion benötige man täglich mehrere davon.

»Da könnte man auch leicht einen Menschen verschwinden lassen!«, ertönte es laut hinter mir. Die Tante. Stille ringsum, ein paar lachten und fanden die Bemerkung witzig. Man war ja in Italien, da war alles möglich. Ich sah das Entsetzen in Carlos Augen.

»Sie schaut sich einfach zu viele schlechte Krimis im Fernsehen an«, entschuldigte ich mich gequält lächelnd für ihr unmögliches Benehmen.

Auch Giordanos Mine wirkte einen Moment wie versteinert, fast so, als habe er das Gesagte verstanden. Aber das war völlig unmöglich. Vermutlich war es eher der Tonfall und Carlos erstarrte Miene, woraus er schloss, dass sie etwas Ungehöriges gesagt hatte.

Ich drehte mich zur Tante Rosa um. »Bist du jetzt ruhig!«, zischte ich sie an. Langsam wurde es wirklich blamabel mit ihr. Um die peinliche Situation aufzulösen, fragte ich schnell: »Und was passiert mit den Resten, die Sie nicht verwerten können?«

Carlo übersetzte die Frage für mich. »Die werden zu Tierfutter verarbeitet«, lautete die Antwort.

Nach der Besichtigung der Reifekammer, in der unzählige Würste zarten Edelschimmel ansetzen durften, ging es in den Verkaufsraum des Betriebs. Und während die Mama und ich uns in die Schlange der Kaufwilligen einreihten, verschwand die Tante zum x-ten Mal an diesem Tag auf die Toilette.

Langsam machte ich mir ernsthaft Sorgen. Das war schon nicht mehr normal. Hoffentlich hatte sie sich keine Blasenentzündung eingehandelt. Ein Arztbesuch war hier bestimmt eine kostspielige Angelegenheit. Die Tante Rosa hatte für diese fünf Tage sicher keine Auslandskrankenversicherung abgeschlossen. Dazu war sie viel zu knausrig.

Ich hatte beschlossen, für den Knogl und den Hafner je-

weils eine kleine Salami als Urlaubsmitbringsel mitzunehmen. Doch der Preisunterschied von der kleinen »Salami
tipico« zur großen »Salami speciale« war so gering, dass
ich beschloss, Letztere zu erwerben. Die machte weit mehr
her, und die beiden konnten sie sich ja teilen.

Ich hatte soeben bezahlt und die Mama wäre als Nächste
an die Reihe gekommen, da hörten wir hinter uns ein lau-
tes Gezeter und Geschrei.

Antonio Giordano tauchte wild fluchend auf dem Vorplatz auf, im Schlepptau die sich wehrende Tante Rosa.

Eilig verließen die Mama und ich den Laden, gefolgt
von einigen Neugierigen, die das Spektakel aus nächster
Nähe sehen wollten.

Auch Carlo kam schnurstracks angelaufen.

»Was ist denn passiert?«, fragte ich Böses ahnend.

Giordano schimpfte wie ein Rohrspatz, und die Tante,
die sich mittlerweile losgerissen hatte, stand da, als könne
sie kein Wässerchen trüben.

Carlo übersetzte. »Sie wollte in den Raum, zu dem der
Zutritt verboten ist, obwohl wir sie ausdrücklich auf das
Verbotsschild hingewiesen haben.«

Wütend funkelte ich die Tante an.

»Da muss man doch nicht so einen Aufstand machen«,
wiegelte diese ab. »Ja, es stimmt, ich war neugierig, na
und?«

Keine Einsicht, keine Entschuldigung. Dieses sture
Weibsbild.

»Bitte sagen Sie Herrn Giordano, dass ich mich in aller Form für das Benehmen meiner Tante entschuldigen
möchte.« Mit einem »Mi dispiace« wandte ich mich direkt
an Antonio.

»Ah!«, schimpfte der und riss dabei genervt beide Arme
hoch. »Maledetti tedeschi!«

Das verstand ich auch ohne Wörterbuch.

Wir wurden des Hauses verwiesen, alle drei, und das, obwohl die Mama und ich völlig unschuldig waren. Aber die Tante musste bis zur Abfahrt draußen auf dem Parkplatz bleiben, und wir sollten auf sie aufpassen. Das wäre nicht weiter schlimm gewesen, doch die Mama konnte nun nichts mehr einkaufen, und auf dem Parkplatz war niemand, den sie hätte bitten können, ihr eine Salami mitzubringen. Das machte sie wirklich sehr wütend, so wütend, dass sie mit der Tante Rosa kein einziges Wort mehr sprach.

»Du kannst meine Salami haben«, sagte ich zur Mama. »Der Knogl und der Hafner wissen ja nicht, dass sie eine hätten bekommen sollen. Für die beiden finde ich schon noch ein anderes Mitbringsel.«

»Auf keinen Fall!«, lehnte die Mama energisch ab. »Was soll ich denn mit dem Mordstrumm Wurst anfangen? Da ess' ich ja bis nächstes Jahr dran.«

»Ich helf' dir schon!«, sagte die Rosa, als sei nichts gewesen.

»Du hältst den Rand!«, zischte die Mama. »Wegen dir sind wir überhaupt erst in diesen Schlamassel geraten. Ich schäme mich in Grund und Boden. Jetzt stehen wir da wie Schulfratz'n, die was ausg'fress'n haben!«

Ein paar Minuten lang herrschte Stille. Dann sagte die Tante Rosa im Flüsterton: »Ich habe übrigens hineingeschaut, bevor sie mich erwischt haben. Wisst ihr, was da drinnen ist?«

Keine von uns beiden zeigte eine Reaktion, geschweige denn Interesse.

»Da waren ebenfalls Schweinehälften drinnen, wie im anderen Kühlraum auch. Und dann war da noch ein Mensch! Pudelnackert! Der hing mit den Füßen voran am Haken, wie die Sauen. Ich hab's ganz genau gesehen.«

»So ein Schmarrn!«, rief die Mama verärgert. »Rosa, du

verträgst anscheinend echt keinen Alkohol, und schon gar nicht untertags. Du halluzinierst ja richtiggehend.« Missmutig schüttelte sie den Kopf, lehnte sich an den Bus und schloss die Augen. »Ich möchte jetzt wirklich nix mehr von dir hören.«

»Aber wenn's doch wahr ist!«, beharrte die Tante Rosa. »Die Mafia lässt da drinnen Menschen verschwinden, das sag ich euch.«

»Lass das bloß niemanden hören«, sagte ich. »Nicht, dass du ihr nächstes Opfer bist!«

Wir konnten unser Gespräch nicht mehr fortsetzen, weil Carlo bepackt mit einigen dicken Salamiwürsten auf den Bus zukam und diese bei seinen anderen Einkäufen im Gepäckraum verstaute.

Ich würde ihn später fragen, ob er mir eine davon verkaufen würde, denn nun war es bereits zu spät, um zum Laden zurückzulaufen. Wir mussten los, und nach diesem peinlichen Zwischenfall wollte ich nicht diejenige sein, die einer pünktlichen Rückkehr nach Bardolino im Wege stand.

»Und dieser Antonio hatte mit jemandem einen fürchterlichen Streit«, flüsterte die Tante Rosa uns zu.

»Vermutlich mit dem Carlo, wegen dir«, flüsterte ich zurück. »Weil du dich an keine Regeln hältst.«

»Nein, die haben sich schon vorher gestritten. Das Fenster in der Toilette stand offen, und da habe ich die beiden gehört. Die haben sich gegenseitig angebrüllt, das war nicht mehr normal. Und mit einem Schlag war es mucksmäuschenstill. Richtig unheimlich. Es herrschte sozusagen Totenstille!«, betonte sie ganz dramatisch. »Darum habe ich mich beeilt und bin noch mal zurück zu den Kühlräumen, weil ich dachte, dort wäre niemand mehr. Dummerweise ist dann auf einmal dieser blöde Metzger mit einer großen Edelstahlwanne aufgetaucht. Die war übrigens mit einer großen, dunklen Plane abgedeckt. Bestimmt lag da noch eine weitere Leiche drinnen, die sie ebenfalls verwurschteln werden. Gut, dass die Liesbeth nix gekauft hat!«

Und jetzt war sie weg, die Tante Rosa! Auf unerklärliche Art und Weise verschwunden. War es doch keine Einbildung gewesen? Hatte sie tatsächlich einen Toten im Kühlraum hängen sehen?

Kapitel 13

»Ich gehe noch mal zur Questura und erzähle dem Commissario, was uns noch eingefallen ist«, sage ich zur Mama und stehe auf. »Du wartest inzwischen hier auf mich und schreibst alles auf, was dir die Tante Rosa sonst noch alles erzählt hat.«

»Das war nicht mehr, als sie dir auch erzählt hat. Ich war so sauer auf sie, dass wir nicht mehr miteinander geredet haben, bis wir zum Essen gegangen sind. Erinnerst du dich? Sie hat gesagt, sie sei einer großen Sache auf die Spur gekommen und dass es einen Riesenskandal geben würde, wenn sie die Katze aus dem Sack ließe.«

»Dio mio, Sie schon wieder!«, begrüßt mich Commissario Salvini und verdreht genervt die Augen. »Was gibt es denn diesmal?«

Ich schildere ihm genau, was am Vortag in der Wurstfabrik bei Pescheria del Garda vorgefallen ist.

Schweigend hört er sich meine Geschichte an und notiert von Zeit zu Zeit etwas auf einen Block.

»Gibt es weitere Personen, mit denen Ihre Tante in Streit geraten ist?«, erkundigt er sich schließlich.

Korrekterweise muss ich jetzt auch den Zwischenfall mit dem unfreundlichen Weilheimer erwähnen.

»Wir werden der Sache nachgehen«, sagt der Commissario zu guter Letzt. Mehr sagt er nicht.

Langsam geht es mir wie der Mama: Ich hege allmählich ebenfalls den Verdacht, dass ihn das Ganze überhaupt nicht tangiert.

»Und?«, fragt die Mama, als ich mich wieder zu ihr setze.
»Er wird sich auf jeden Fall der Sache annehmen. Hat sogar nachgefragt, mit wem sie sonst noch Ärger hatte.« Wie das Gespräch tatsächlich abgelaufen ist und welchen Eindruck ich gewonnen habe, behalte ich mal lieber für mich. »Ich begleite dich jetzt zurück zum Hotel und schau mal nach, ob ich den Carlo endlich finden kann. Der wird ja wohl inzwischen auch wieder im Hotel sein.«

Aber ich habe mich geirrt. Unser Busfahrer ist immer noch nicht zurück. Nachdem ich die Mama bis zu ihrer Zimmertür begleitet habe, gehe ich auf mein eigenes Zimmer. Es muss doch in den Reiseunterlagen eine Telefonnummer vermerkt sein, die man im Notfall anrufen kann. Da steht es ja: »In dringenden Fällen wenden Sie sich bitte an Ihren Reiseleiter, Herrn Carlo Puccetti.« Ha, ha, ha! Aber wenigstens habe ich jetzt seine Nummer. Dass ich da nicht schon früher draufgekommen bin. Ich wähle, das Freizeichen ertönt, doch es hebt niemand ab.

Durch den Hintereingang des Hotels gehe ich zu unserem Reisebus in der Hoffnung, ihn dort anzutreffen, aber der Parkplatz liegt wie ausgestorben da. Ich betrachte die Rückseite des Gebäudes. Auch der Balkon von Nonna Francesca ist leer. Kein Wunder, es ist auch schon zehn Uhr abends. Nur in wenigen Zimmern brennt noch Licht. Ich brauche eine Liste, wer in den Räumen zum Parkplatz hin untergebracht ist. Es könnte ja jemand darunter sein, der gestern irgendetwas bemerkt hat. Ich schaue mich im Hofraum um. Vorsichtig wühle ich in einem der Abfallcontainer herum. Hausmüll und Lebensmittelverpackungen aus der Küche. Bei der nächsten Tonne, die etwas kleiner ist, lasse ich den Deckel sofort wieder zufallen. Unzählige Maden krabbeln über verdorbene Essensreste. Ein furchtbarer Gestank strömt mir entgegen. Angewidert wende ich mich ab. Ich überquere den Parkplatz zum Holzschuppen.

Gerade will ich dessen Tür näher in Augenschein nehmen, da öffnet sich im zweiten Stock die Tür zur Feuertreppe. Um nicht gesehen zu werden, flüchte ich mich hinter den Bus. Eine Männerstimme spricht leise und gepresst. Da es in dem Hinterhof aber ausgesprochen still ist, höre ich mit etwas Anstrengung gut, was gesagt wird.

»Das geht so nicht weiter. Wir brauchen eine Lösung.«

Stille.

»Nein, sie muss auf jeden Fall von hier verschwinden. Sie pfuscht mir ständig dazwischen.«

Stille.

»Wo sie jetzt ist? Ich habe sie eingeschlossen, damit sie mir nicht entwischen kann, was denkt ihr denn? Entweder ihr holt sie sofort ab, oder ich lasse mir selbst etwas einfallen.«

Stille.

»Das werdet ihr dann schon sehen!«

Eine Tür knallt zu, daraufhin herrscht Ruhe. Die Aggression in der Stimme war nicht zu überhören. Das war eindeutig der Weilheimer, der da telefoniert hat. Sie pfuscht dazwischen. Die muss verschwinden? Du liebe Güte, meinte er damit die Tante Rosa? Es würde jedenfalls passen. Mit wem auch immer er gerade gesprochen hat, derjenige soll sie aber dringend von hier abholen. Er hat gesagt, er habe sie eingesperrt, damit sie nicht entwischen könne. Das kann unmöglich in seinem Zimmer sein, denn dort würde es seine Frau mitbekommen, und die ist so lieb und nett, der traue ich so etwas nicht zu. Oder doch? Nein, er hat eindeutig ich gesagt und nicht wir. Demnach muss die Tante Rosa noch irgendwo in der Nähe sein. Erneut schleiche ich mich zur Schuppentür, doch diese ist mit einem Vorhängeschloss zugesperrt. Vorsichtig klopfe ich dagegen. »Rosa? Tante Rosa, hörst du mich?«, flüstere ich, so laut es geht. Nichts. Kein Mucks ist zu hören. Dann werde ich eben die ganze Nacht hier unten bleiben und aufpassen. Was gäbe ich darum, meine Waffe dabei zu haben, aber die liegt sicher verwahrt in Schnaipfing.

Aus meinem Zimmer werde ich mir eine Jacke holen, denn trotz der heißen Sommertemperaturen kühlt es in den frühen Morgenstunden merklich ab. Aber erst muss ich diesen vermaledeiten Busfahrer finden. Das Reisebüro kann sich auf was gefasst machen, wenn ich wieder zu Hause bin. So ein Saustall, wenn im Notfall keiner erreichbar ist.

Während ich mich auf den Weg zurück zum Haus mache, drücke ich die Wiederholtaste meines Handys. Wieder dasselbe. Es läutet, aber es hebt niemand ab. Entnervt gebe ich auf und will das Telefon gerade einstecken, da sehe ich noch kurz aus den Augenwinkeln einen Lichtschein aufblitzen. War das eine optische Täuschung oder liegt da tatsächlich etwas hinter dem rechten Vorderreifen des Busses? Langsam nähere ich mich der Stelle, kann jedoch nichts entdecken. Noch einmal wähle ich Carlos Nummer. Da leuchtet es kaum sichtbar wieder an derselben Stelle auf. Ein leiser Summton ist nun ebenfalls zu hören. Ich muss mich auf den Boden legen, um an das Handy ranzukommen.

»Kann ich behilflich sein?«, sagt da jemand wie aus dem Nichts und der Schein einer kleinen Taschenlampe strahlt mich an.

Ich erschrecke so sehr, dass ich mir um ein Haar den Kopf an der Karosserie anstoße, bevor ich wieder auf die Beine komme. »Danke, es geht schon. Alles in Ordnung.«

Ich halte die Hand vor meine Augen, um in dem grellen Lichtschein etwas zu sehen. Langsam gewöhne ich mich an die Helligkeit und erkenne jetzt auch, wer da vor mir steht. Es ist Herr Becker.

»Was haben Sie denn da? Darf ich mal sehen?« Auffordernd hält er mir die Hand hin, ohne jedoch den Lichtstrahl von mir abzuwenden. Seine Stimme hat einen merkwürdigen Unterton, der mir nicht gefällt. Ein leichter Schauer läuft mir über den Rücken.

»Oh, das ist nur mein Telefon.« Ich bemühe mich, möglichst arglos zu klingen, und setze erklärend hinzu: »Ich bin im Dunkeln gestolpert, dabei ist es mir runtergefallen und hinter den Reifen gerutscht. Aber jetzt hab ich es Gott sei Dank wieder. Sie können Ihre Taschenlampe also gerne wieder herunternehmen.« Wie selbstverständlich lasse ich das fremde Handy in meiner Hosentasche verschwinden.

Er denkt jedoch gar nicht daran, die Lampe auszumachen, und leuchtet mir weiterhin ungeniert ins Gesicht. Das ist ziemlich unangenehm. Fast hat es den Anschein, als wolle er mich damit einschüchtern. Dazu dieses Timbre in seiner Stimme.

»So so, Ihr Telefon. Was treiben Sie hier überhaupt so allein in der Nacht? Ist das nicht sehr gefährlich für eine junge Frau, so schutzlos in der Finsternis? Wie leicht einem da etwas passieren kann! Haben Sie denn keine Angst?«

Was soll das? Ich straffe meine Schultern und signalisiere in jeder Hinsicht, dass mich seine Worte nicht im Geringsten einschüchtern. »Wovor soll ich Angst haben? Nein, ich fürchte mich vor nichts und niemand.« Meine Stimme hat einen festen Klang, außerdem beherrsche ich eine sehr effektive Methode der Selbstverteidigung. Forsch mache ich einen Schritt auf ihn zu. »Ich habe unseren Busfahrer gesucht und gehofft, ihn hier anzutreffen. Und Sie? Warum sind Sie so spät noch hier im Hof unterwegs, allein?«

»Ein kleiner Abendspaziergang«, sagt er mit süffisantem Unterton. Dabei macht er ebenfalls einen Schritt auf mich zu. »Nun, wir können Carlo ja gemeinsam anrufen und hören, wo er sich aufhält.« Wieder dieser unangenehme Unterton. Er greift in seine Jackentasche.

Verdammt! Wenn er jetzt sein Handy herauszieht und Carlos Nummer wählt, merkt er, dass ich gelogen habe. Ich fange an zu schwitzen. Carlos Mobiltelefon halte ich fest mit einer Hand umschlossen in meiner Hosentasche. Suchend blicke ich mich um, wohin ich es in einem geeigneten Augenblick werfen könnte, um nicht aufzufliegen.

»Guten Abend, die Herrschaften!«, ertönt es da. Wie aus dem Nichts steht plötzlich der Pfarrer hinter uns. Den schickt im wahrsten Sinn des Wortes der Himmel! Keine Ahnung, ob er schon länger dastand und unserer Unterhaltung gelauscht hat oder ob er eben erst dazugekommen ist. Ich bin echt dankbar, ihn zu sehen.

»Gibt es irgendein Problem, kann ich helfen?« Er schaut auf die Taschenlampe, deren Lichtstrahl immer noch auf mich gerichtet ist. »Suchen Sie etwas?«

»Danke, aber ich hab schon gefunden, wonach ich gesucht habe«, sage ich doppeldeutig und halte demonstrierend das Telefon von Carlo hoch.

Schlagartig erlischt das Licht der Taschenlampe. Einen Moment lang stehen wir drei reglos und schweigend im schwach beleuchteten Hinterhof.

»Nun, dann wünsche ich allseits eine gute Nacht!«, verabschiedet sich Herr Becker, jetzt wieder in normalem Tonfall. Dann verschwindet er so still und leise, wie er gekommen ist.

»Sind Sie sicher, dass Sie keine Hilfe benötigen?«, fragt der Priester, als wir beide allein sind.

»Hilfe?« Ich seufze. »Ich brauche jede Menge Hilfe, aber ich fürchte, Sie sind dafür nicht der Richtige.«

»Versuchen Sie es. Gottes Wege sind manchmal unergründlich.«

Ich bin echt kurz davor, mich ihm anzuvertrauen, aber ich möchte nicht mehr Personen als nötig in die Sache hineinziehen.

»Vielleicht ein anderes Mal. Trotzdem, vielen Dank.«

»Seien Sie vorsichtig, und passen Sie auf sich auf!«, rät er mir.

Dann bin ich wieder allein im dunklen Hinterhof.

Kapitel 14

»Das ist jetzt schon die dritte Tasse Kaffee, Mädi!«, rügt mich die Mama. »Denkst' nicht, es ist langsam genug?«

Ich bin total übermüdet, und Koffein ist das Einzige, das mich noch wachhalten kann. Am liebsten würde ich mich wieder in mein Zimmer verkriechen, die Decke über den Kopf ziehen und eine Runde schlafen. Die Nacht im Hinterhof, wo ich meinen Lauerposten bezogen hatte, war bis zum frühen Morgen ruhig geblieben, nur einmal war ich ganz kurz eingenickt.

Frühmorgens, es war noch dunkel und dürfte gegen drei Uhr gewesen sein, da fuhr auf der Straße vor dem Hotel die Straßenreinigung mit einem der üblichen weißen Kehrwagen vorbei. Der Wagen fuhr rückwärts in die Hoteleinfahrt, und der Fahrer stieg gerade aus, als ich aus meinem kurzen Nickerchen erwachte. Vermutlich wollte er sich unbemerkt neben dem Schuppen erleichtern. Leider hatte ich aber genau dort mein Lager aufgeschlagen und er erschrak fürchterlich, als er mich sah. Wie von der Tarantel gestochen, sprang er zurück in seinen Wagen und sauste davon. Auch Giovanni hatte ihn bemerkt, denn ich hörte ihn hinter dem flüchtenden Fahrer hinterherrufen. Gegen halb fünf gingen dann im Hotel die Lichter an. Giovanni rauchte eine Morgenzigarette im Hinterhof und telefonierte nebenbei. Als ich mich ihm näherte, verschwand er aber hastig in seine Küche. Schade, dabei hätte ich ihn gerne gefragt, was in dem Schuppen ist und ob ich da mal einen Blick hineinwerfen darf.

Es wird Zeit für ein ernstes Gespräch mit der Mama, so-lange wir noch allein sind. Im Grunde genommen ist da-für hier im Frühstücksraum nicht der richtige Ort, doch in einer halben Stunde wird sie sich mit den anderen Reise-teilnehmern zum geplanten Tagesausflug treffen, und ich muss das unbedingt vorher hinter mich bringen.

»Mama, wir müssen reden«, beginne ich vorsichtig. »Ich möchte, dass du heute vor allen Dingen aufpasst mit …«

»Guten Morgen, lieber Herr Becker! Bitte setzen Sie sich doch zu uns«, unterbricht sie mich mitten im Satz und rückt dem lieben Herrn Becker, der von mir unbemerkt an unseren Tisch getreten ist, einen Stuhl zurecht.

»Einen wunderschönen guten Morgen, die Damen. Ha-ben Sie gut geschlafen?« In seiner gewohnt freundlichen Manier nimmt er Platz. »Ach, entschuldigen Sie bitte, ich habe Sie soeben unterbrochen«, sagt er zu mir. »Sie woll-ten Ihrer Mutter noch einen Rat mit auf den Weg geben. Lassen Sie sich bitte nicht von mir davon abhalten.«

Er hat mich also gehört. Aber ich kann jetzt sowieso nicht mehr ansprechen, was ich eigentlich mit ihr bereden wollte. Abwartend blickt er mir direkt in die Augen. Da-bei schaut er freundlich und auffordernd, überhaupt nicht bedrohlich, und dennoch empfinde ich sein Verhalten als eine Provokation. Also wiederhole ich den Satz noch mal:

»Ich möchte, dass du heute vor allen Dingen gut auf-passt mit – der Sonne. Du musst dich vor eurem Ausflug heute wirklich gut eincremen!«, sage ich, als hätte ich nie etwas anderes sagen wollen. »Und setz bitte eine Kopf-bedeckung auf, wenn ihr auf dem Boot seid. Denn auf dem Wasser ist die Sonnenstrahlung noch viel intensiver als an Land.« Mit mir nicht, mein Lieber, denke ich. Mich bekommst du nicht so leicht dran! »Finden Sie das nicht auch, *lieber* Herr Becker?« Ich schenke ihm ein strahlendes Lächeln, als habe es unsere Begegnung in der Nacht zuvor auf dem Hinterhof beim Reisebus nie gegeben.

»Sie haben völlig recht, meine Liebe. Man kann gar nicht vorsichtig genug sein hier im Süden, wo Hut und eine Sonnenbrille einfach absolut notwendig sind«, bestärkt er mich. Dann wendet er sich der Mama zu. »Ich hoffe, Sie haben etwas Entsprechendes eingepackt?«

Die Mama zieht ihre Sonnenbrille aus der Handtasche und setzt sie auf. »Einen Hut besitze ich leider nicht.«

»Nimm doch dein Tuch!«, rate ich ihr.

Die Mama hat immer ein großes seidenes Schultertuch für kühlere Stunden dabei, das sie nun aus ihrer Handtasche zieht. Sie schlingt es locker um ihren Kopf und lässt dessen Enden leger über ihre Schultern nach hinten fallen.

»Fabelhaft! Sie sehen aus wie Sophia Loren«, schwärmt Herr Becker.

Hätte ich in der vergangenen Nacht nicht sein zweites Gesicht zu sehen bekommen, wäre ich auf diese Schmeichelei mit Sicherheit hereingefallen. Aber auf dem Hinterhof habe ich die andere Seite des freundlichen Witwers kennengelernt, und die gefällt mir ganz und gar nicht. Mit großem Unbehagen und nur äußerst ungern lasse ich die beiden ziehen. Mein einziger Trost ist, dass sie den ganzen Tag in einer großen Gruppe unterwegs sein werden.

»Bleibt immer mit den anderen zusammen«, bitte ich die Mama zum Abschied, obwohl Herr Becker direkt danebensteht. »Damit nicht noch jemand verloren geht.« Soll er doch denken, was er will, der liebe Herr Becker. Dann begleite ich die beiden zum Treffpunkt vor der Villa Franca, um mich selbst für diesen Ausflug abzumelden. Pünktlich zur vereinbarten Zeit erscheint eine Frau mit einem kleinen Fähnchen an einer Stange, wie es Stadtführer gerne bei sich haben, um im Getümmel sichtbar zu bleiben.

»Buongiorno! Mein Name ist Viola, und ich bin für heute ihre Reisebegleitung.«

»Ich dachte, Carlo begleitet uns zur Fähre?«, meldet sich eine Frau aus der Reisegruppe überrascht zu Wort.

»Nein, das werde ich heute übernehmen. Carlo wird am späten Nachmittag mit dem Bus nach Sirmione kommen und Sie alle wieder hierher zurückbringen. Ich werde jetzt mit Ihnen zusammen die Liste durchgehen und Ihre Namen abhaken. Wenn wir vollzählig sind, können wir losgehen.«

»Ich fahre nicht mit!«, sage ich laut.

»Sie haben den Ausflug aber schon bezahlt, und das Geld können wir Ihnen leider nicht zurückerstatten«, erklärt mir diese Viola und sieht mich mit hochgezogenen Augenbrauen an.

»Das ist schon in Ordnung«, erwidere ich.

»Va bene, wie Sie wollen. Dann bräuchte ich noch Ihren Namen, damit ich Sie von der Liste streichen kann. – Dann sind wir insgesamt vier Personen weniger«, sagt sie, nachdem sie meinen Namen durchgestrichen hat.

Das ist ja höchst interessant, finde ich. Wer außer mir nimmt denn ebenfalls nicht an diesem Ausflug teil? Unauffällig sehe ich mich unter den Anwesenden um und stelle fest, dass sowohl der Pfarrer wie auch Ernst Weilheimer und seine Frau fehlen. Alle anderen marschieren brav im Gänsemarsch hinter Viola her Richtung Anlegestelle. Ich dagegen sause zur Rezeption und klingele.

»Buongiorno, meine Liebe«, begrüßt mich Maria herzlich. »Machen Sie den Ausflug heute gar nicht mit?«, fragt sie überrascht.

»Leider nicht«, sage ich und zucke bedauernd mit den Schultern.

»Wie schade. Sie verpassen etwas. Limone ist wirklich eine wunderschöne Stadt.«

»Mag sein, aber ich suche noch immer nach meiner Tante, und zur hiesigen Polizei habe ich ehrlich gesagt nicht allzu viel Vertrauen«, erkläre ich ihr.

»Aber Signora«, ereifert sie sich. »Unsere polizia ist wirklich sehr, sehr gut. Sie wirkt vielleicht nicht so streng und ernsthaft bemüht, wie Sie das von Deutschland gewohnt sind, aber Sie können ihnen voll und ganz vertrauen. Ich bin sicher, sie werden Ihre Tante schon sehr bald finden.«

»Sie braucht ganz dringend ihre Medikamente. Ihr Herz, Sie verstehen? Darum ist es mir besonders wichtig, dass sie schnellstmöglich gefunden wird.«

Maria sieht mich an, als wolle sie mich am liebsten in den Arm nehmen.

»Wissen Sie zufällig, wo ich Carlo finden kann?«, frage ich sie. »Der ist auch wie vom Erdboden verschwunden.«

Maria sieht sich vorsichtig um. Dann beugt sie den Kopf über die Theke und flüstert: »Carlo kommt nicht mehr zurück.« Dabei sieht sie mich ganz ernst und mit einem Anflug von Traurigkeit an, der mich ziemlich erschreckt.

»Ist er …?« Maria nickt betrübt und bekreuzigt sich.

Mir wird leicht übel. »Was ist passiert?«

»Ein Motorradunfall. Gestern auf der Forrastraße. Sie kennen die Gegend?«

Stumm schüttle ich den Kopf.

»Die Straße zwischen Tremosine sul Garda und Pieve. Sie ist sehr kurvenreich und deshalb bei Motorradfahrern besonders beliebt. Man hat eine wunderbare Aussicht auf den See. Aber sie ist leider auch extrem gefährlich. Hat viele Engstellen und Tunnel. Es gab einen Regenschauer. Carlo ist mit seiner Maschine ins Schleudern geraten und gegen eine Steinmauer geprallt. Er ist noch an der Unfallstelle gestorben.«

»Ich dachte, er wollte Verwandte besuchen?«

»Si, das hat er auch gemacht. Er hat sich dafür ein Motorrad gemietet und den Besuch mit einer kleinen Spritztour verbunden. Das hat er immer so gemacht, wenn er mit einer Reisegruppe bei uns war. Sein Onkel und eine Cousine wohnen hier auf dem Land.«

»Woher wissen Sie von dem Unfall?«

»Ich habe Ihnen ja schon gesagt, wir sind una grande famiglia. Mein Bruder hat eine kleine Osteria, die in der Nähe der Forrastraße liegt. Er kannte Carlo, weil der ihm hin und wieder eine Kleinigkeit von mir vorbeigebracht hat. So ein schlimmer Unfall spricht sich schnell herum und von einem befreundeten poliziotto erfuhr er, dass es sich dabei um Carlo handelte. Er hat mich natürlich sofort informiert, da wusste es noch kaum jemand.«

»War deshalb Viola hier, um die Gruppe abzuholen?«

»Si. Wir wollten es heute Morgen noch nicht verkünden, um die Stimmung nicht zu trüben. Die Leute sollen diesen Ausflug unbelastet genießen können. Am Abend ist es immer noch früh genug, wenn sie von Carlos Tod erfahren.«

»Und wie soll es jetzt weitergehen?«, frage ich. »Schließlich müssen wir alle morgen wieder nach Deutschland zurück.«

»Ich habe natürlich sofort in Deutschland Bescheid gegeben. Das Reisebüro wird einen Ersatzfahrer schicken. Es ist für alles gesorgt. Machen Sie sich darum bitte keine Gedanken. Sie haben schon Sorgen genug mit Ihrer Tante.«

Da sie mir so unumwunden die Wahrheit anvertraut hat, ziehe ich sie nun ebenfalls ins Vertrauen.

»Maria, könnten Sie sich vorstellen, dass meine Tante hier irgendwo in der Nähe ist?«, frage ich vorsichtig.

»Wie meinen Sie das?«

»Nun, wie Sie ja selbst mitbekommen haben, ist meine Tante kein einfacher Mensch. Sie besitzt eben gewisse Eigenheiten, für die nicht alle Leute Verständnis haben.«

»Ah! Ich verstehe!«, sagt Maria und tippt sich an ihr kluges Köpfchen. »Sie meinen ihren Kontrolltick, ob alles sauber ist und so?« Dabei verdreht sie amüsiert die Augen.

»Zum Beispiel, oder ihre extreme Neugier. Sie steckt nun mal gern ihre Nase in anderer Leute Angelegenheiten, und außerdem ist sie einigen Leuten gegenüber unheimlich misstrauisch.«

»Tatsächlich?«, fragt Maria gespielt überrascht und sieht mich abwartend an.

»Ich glaube, meine Tante hat bei ihren – nun ja – Nachforschungen etwas entdeckt, was jemandem missfallen hat, und deshalb musste sie verschwinden.«

»Sie denken, hier bei uns? Jemand aus Ihrer Gruppe oder vom Personal? Madonna – non posso crederci, das kann ich nicht glauben. Im Hotel arbeitet überwiegend die Familie. Meine Tochter, mein Mann, gelegentlich hilft eine Nichte aus. No, no, non e possibile, das ist unmöglich.« Irritiert starrt Maria mich an.

Ich hebe beschwichtigend die Hände. »Ich habe gestern Abend zufällig ein Telefongespräch mitbekommen, das einer der Hotelgäste geführt hat. Darin war eindeutig von einer Frau die Rede, die ihm offenbar im Weg ist, die ihm überall dazwischenfunkt und die, seinen eigenen Worten zufolge, unverzüglich wegmüsse.«

Erschrocken schlägt sich Maria die Hand vor den Mund. »Haben Sie erkannt, wer das gewesen ist? Und mit wem der Mann gesprochen hat?«

»Leider nein. Ich habe zwar eine Vermutung, wer es gewesen sein könnte, aber nein, ich kann nicht eindeutig sagen, wer da telefoniert hat. Darum möchte ich mich zu dieser Person noch nicht äußern. Auch mit wem er gesprochen hat, kann ich nicht sagen. Aber ich habe laut und deutlich gehört, wie er sagte, sie sollen sie abholen, sonst ließe er sich etwas einfallen …«

»Aber Sie wissen nicht mit Sicherheit, ob er von Ihrer Tante gesprochen hat?«

Auch diese Frage muss ich leider verneinen.

»Könnten Sie sich vorstellen, dass man sie im Schuppen draußen versteckt hält?«, lasse ich schließlich die Katze aus dem Sack.

Maria runzelt die Stirn und schüttelt den Kopf.

»Der Schuppen ist eigentlich immer verschlossen«, gibt sie zu bedenken. »Aber, wenn Sie möchten, können wir da gern einmal nachschauen. Ich gebe gleich Giovanni Bescheid. Er soll mit Ihnen nach draußen gehen und für Sie aufschließen.«

»Vielen Dank. Ich gehe nur noch schnell in mein Zimmer und bin in fünf Minuten zurück.« Ehe Maria etwas erwidern kann, bin ich schon weg.

Direkt vor meinem Zimmer steht der Putzwagen und die Tür ist angelehnt. Offensichtlich ist Flavia gerade dabei, es zu putzen, was mir sehr ungelegen kommt, da ich dringend mal ins Bad müsste. Als ich den Raum betrete, sehe ich gerade noch, wie Flavia neben meiner geöffneten Reisetasche aufspringt. Hat sie soeben meine Sachen durchwühlt, im Glauben, ich wäre nicht im Hotel? Das wird ja immer besser. Ich tue so, als hätte ich es nicht bemerkt, bin allerdings einigermaßen überrascht, dass ich in Flavias Miene nicht die geringste Spur von schlechtem Gewissen entdecken kann.

»Ihr Zimmer ist jetzt fertig«, sagt sie mit einem freundlichen Kopfnicken und verlässt den Raum.

»Ach, Flavia?«, rufe ich ihr nach und sehe, wie sie kurz erschrocken zusammenzuckt.

»Richten Sie doch bitte Ihrem Vater aus, dass ich mich ein paar Minuten verspäten werde. Ich habe noch ein wichtiges Telefonat zu führen.«

Kapitel 15

»Hafner, ich brauche euch!«, falle ich gleich mit der Tür ins Haus, als ich meinen Dienststellenleiter an der Strippe habe.

»Schießen Sie los, Meisinger! Ich stelle das Gespräch auf laut, damit der Knogl gleich mithören kann.«

Gut so, dann sind beide auf demselben Informationsstand. Es dauert einige Minuten, bis ich ihnen alles erzählt habe. Der Hafner, so schließe ich aus seinen Nachfragen, macht sich Notizen, und vom Knogl höre ich nur hin und wieder ein »Wahnsinn!« oder das berühmte Zitat von Götz von Berlichingen.

»Die Tante ist nach wie vor verschwunden, der Busfahrer tot und sein Handy ist in Ihrem Besitz, sagen Sie?«, fasst der Hafner die Ereignisse schließlich zusammen.

»Korrekt!«

»Das gefällt mir ganz und gar nicht!«, meint er nachdenklich.

»Da geht es Ihnen wie mir. Deshalb rufe ich ja auch an. Die italienischen Kollegen sind mir zu lasch und zu undurchsichtig. Außer dass sie die Krankenhäuser abtelefoniert haben, haben sie weiter nichts unternommen, und ich werde ständig abgewimmelt, obwohl ich eine Kollegin bin. Das scheint denen irgendwie gar nicht zu passen.«

»Vielleicht haben sie Angst, dass du besser bist als sie«, feixt der Knogl.

»Hafner, ich nenne Ihnen jetzt ein paar Namen, die ihr bitte schnellstens für mich überprüfen müsst …«

»Das ist überhaupt kein Problem«, sagt der Hafner. »Schießen Sie los!«

Kein »Ja denken Sie, wir haben hier keine Arbeit?« und kein »Was gehen uns die Fälle in Italien an?«. Nur selbstlose Hilfsbereitschaft. Das werde ich ihm nicht vergessen.

»Da wären zuerst einmal Ernst und Inge Weilheimer, ein Ehepaar aus Straubing. Dann ein älterer Herr namens Theobald Becker und eine Gruppe von vier jungen Burschen so um die zwanzig. Von Letzteren habe ich leider keine Namen. Da müssten Sie im Reisebüro von Schnaipfing nachfragen. Die Tante Rosa hatte sie im Verdacht, Drogen zu konsumieren.« Ich kann mir zwar nicht vorstellen, dass die etwas mit ihrem Verschwinden zu tun haben, aber wenn die zwei schon mal dabei sind, können sie die Jungs gleich mit überprüfen.

»Wie kann ich Sie erreichen?«, erkundigt sich der Hafner abschließend.

»Mobil oder wenn Sie mich da nicht erwischen, hinterlassen Sie eine Bitte um Rückruf an der Rezeption der Villa Franca. Und keine Sorge, die sprechen hier alle fließend deutsch.«

»Wir machen uns sofort ans Werk«, sagt der Hafner. »Und noch etwas, Meisinger: Auch wenn Sie den Kollegen vor Ort nicht trauen, würde ich diese an Ihrer Stelle trotzdem mit einbeziehen. Passen Sie auf sich auf!«

»Das mach' ich. Und Hafner? Vielen Dank für alles!«

»Es tut mir leid, Giovanni hat die ganze Zeit auf Sie gewartet, aber jetzt musste er los zum Großmarkt, frischen Fisch besorgen. Er hat aber das Schloss für Sie geöffnet«, sagt Maria, als ich wieder vor der Rezeption stehe.

»Das ist wirklich sehr nett«, bedanke ich mich.

»Ich gebe nur kurz Flavia Bescheid, damit sie einen Blick auf die Rezeption hat, dann begleite ich Sie.«

»Das ist nicht nötig, ich weiß ja, wohin ich muss«, lehne ich ihr Angebot freundlich ab.

»No, assolutamente no, auf keinen Fall! Sollten Sie dort tatsächlich etwas Schreckliches vorfinden, möchte ich nicht, dass Sie alleine sind.«

Sie schreit einige italienische Sätze in Richtung Küche, dann machen wir uns gemeinsam auf den Weg durch die Hintertür in den Hof. Etwa auf Höhe des Busses, ungefähr dort, wo ich am Abend zuvor Carlos Handy gefunden habe, ist über eine größere Fläche Sand gestreut. Das war mir in der Dunkelheit gar nicht aufgefallen. Ich steuere direkt darauf zu und kratze vorsichtig mit meiner Schuhspitze ein wenig Sand zur Seite. Ein dunkler Fleck wird sichtbar.

»Ist das Blut?!«, frage ich.

»Si si«, sagt Maria. »Pepe, il gatto, er war schon sehr alt und blind. Carlo hat ihn nicht gesehen, als er den Bus rückwärts eingeparkt hat.« Eine Träne kullert aus ihren Augen, die sie schnell mit dem Handrücken abwischt. »Er war Nonna Francescas Liebling. Er war schon sehr alt, un nonno, Sie verstehen. Carlo war untröstlich. Er wusste ja, wie sehr unsere Nonna an dem alten Kater hing. Sein Tod war wie ein Trauerfall in der famiglia.« Im einen Moment noch tief traurig, zuckt sie im nächsten gleichgültig die Schultern und ergänzt ungerührt: »Wenigstens hat er nicht gelitten. Es war gleich vorbei.« Sie klatscht die Hände zusammen. »Platt wie ein piadina!«

»Ein was?« Der Ausdruck ist mir fremd.

»Piadina, ein Fladen, so sagt man, glaube ich.«

Ich besehe mir den Fleck genauer. »Das muss aber ein verdammt großer Kater gewesen sein«, sage ich.

»Si, un gatto delle foreste norvegese, eine Waldkatze.

Wir mussten immer lachen, wenn er bei Nonna auf dem Schoß saß. Man sah sie kaum mehr. Das war kein schöner Anblick, als der Bus ihn überrollt hatte, das können Sie mir glauben, überall Blut und anderes. Schrecklich.«

Wir marschieren weiter zum Schuppen. Der riesige Blutfleck hat mich derart abgelenkt, dass ich beinahe den eigentlichen Grund vergessen habe, weswegen wir hier sind.

»Ah! Giovanni, dieser Dummkopf. Er hat vergessen aufzuschließen und die Schlüssel hat er mitgenommen. Das Schloss ist zu.« Es ist ihr sichtlich unangenehm.

Wie schon am Tag zuvor lege ich mein Ohr an die Holzwand und lausche. Doch die Geräuschkulisse bei Tag ist zu laut, um etwas hören zu können. Dafür ist es um diese Tageszeit egal, wenn ich fest mit der Hand dagegen hämmere. »Hallo! Ist da jemand?«

»Hören Sie etwas?«, fragt Maria hoffnungsvoll.

»Nein.« Und dabei bin ich mir so sicher, die Rosa oder zumindest irgendeinen Hinweis auf ihren Verbleib in diesem verdammten Schuppen zu finden.

»Ich muss wieder zurück an die Rezeption«, entschuldigt sich Maria, »aber sobald Giovanni zurück ist, gebe ich Ihnen Bescheid.«

Nachdem sie im Haus verschwunden ist, durchkämme ich den Hof nach einem Werkzeug, mit dem ich das Schloss aufbrechen kann. Da dort jedoch nichts Brauchbares zu finden ist, muss ich wohl tatsächlich warten, bis der Chef des Hauses wieder von seiner Einkaufstour zurückkommt. Zu meiner großen Überraschung vibriert plötzlich Carlos Handy, das ich seit dem gestrigen Abend in meinem Bauchbeutel mit mir herumtrage. Ohne zu zögern, nehme ich das Gespräch an.

»Hallo?«

Funkstille am anderen Ende der Leitung. Dann sagt eine mir unbekannte Männerstimme: »Wer sind Sie?«

»Eine Freundin von Carlo. Wer spricht denn da?«

Der Anrufer legt auf. Mist! Nachdenklich betrachte ich das Telefon in meiner Hand. Es ist schon äußerst merkwürdig. Warum hatte Carlo sein Handy nicht dabei, als er auf Tour ging? Es musste ihm doch aufgefallen sein, dass er es verloren hatte. Wäre es meines gewesen, hätte ich überall danach gesucht. Und ich kann mir nicht vorstellen, dass Carlo das nicht auch getan hätte. Schließlich hatte er die Verantwortung für eine ganze Reisegruppe. Und es ist nach wie vor in Betrieb, also leicht zu finden, wenn man es mit einem anderen Telefon anwählt. An der Sache ist irgendetwas faul. Es widerstrebt mir absolut, aber ich muss die italienischen Kollegen um Hilfe bitten.

Maria ist nicht an der Rezeption. Ich hätte sie gerne darüber informiert, dass ich noch mal unterwegs bin, falls ihr Mann zwischenzeitlich zurückkehrt. Auf dem Weg zum Ausgang läuft der Pfarrer an mir vorbei. Wenn die Italiener feststellen, dass ich im Besitz von Carlos Handy bin, werden sie es mir mit Sicherheit abnehmen. Das aber will ich unter allen Umständen verhindern. Doch wie? Trage ich es bei mir und es klingelt zufällig wieder, könnte es mich in Erklärungsnot bringen. Nachdem ich aber langsam nicht mehr sicher bin, wem ich trauen kann und wem nicht, möchte ich es nicht in meinem Zimmer liegen lassen. Und nachdem ich absolut davon überzeugt bin, dass Flavia in meinen Sachen gestöbert hat, halte ich selbst den Hotelsafe nicht mehr für sicher. Schließlich gehört Flavia zur Familie und hätte jederzeit Zugriff darauf. Der Einzige, den ich momentan als absolut harmlos und ungefährlich einschätze, ist der Pfarrer. Entschlossen gehe ich ihm nach.

»Entschuldigen Sie bitte?«

Überrascht dreht er sich nach mir um. »Ja?«

»Sie hatten mir doch letzte Nacht Ihre Hilfe angeboten. Wenn Ihr Angebot noch gilt, würde ich jetzt doch gerne darauf zurückkommen.«

»Selbstverständlich«, sagt er zuvorkommend. »Wie kann ich Ihnen denn helfen?«

»Könnten wir das vielleicht in Ihrem Zimmer besprechen? Ich möchte nicht, dass uns jemand hört oder sieht, und in meinem Zimmer fühle ich mich momentan nicht ganz sicher.«

Nachdenklich runzelt der Pfarrer die Stirn. Doch dann bedeutet er mir, ihm zu folgen.

In seinem Zimmer gibt es lediglich einen einzigen Stuhl, den er mir höflich anbietet. Er selbst nimmt auf dem Bett Platz.

»Es wäre mir wirklich daran gelegen, dass alles, was ich Ihnen jetzt anvertraue, unter uns bleibt«, beginne ich vorsichtig.

»Spielen Sie auf das Beichtgeheimnis an?«, fragt er erstaunt.

»Nein, nein, ich will keine Beichte ablegen, aber ich bräuchte dringend einen Verbündeten, oder vielmehr einen Komplizen«, sage ich.

»Sie verlangen doch hoffentlich nichts Ungesetzliches von mir?«, entgegnet er und sieht mich ernst an.

»Sagen wir mal so, wir bewegen uns da möglicherweise in einer gewissen Grauzone.«

»Können wir uns darauf einigen, dass Sie mir Ihr Geheimnis anvertrauen und ich es mit meinem Chef und meinem Gewissen ausmache, inwieweit ich Ihnen behilflich sein kann?«

Ich weiß gar nicht, was die Tante gegen den Pfarrer hatte. Er ist doch eigentlich ganz locker. Und auf einen Deal mit seinem Chef kann ich mich nun wirklich einlassen. Der

122

liebe Gott wird mich sicher nicht bei Salvini verpfeifen. »Abgemacht!«, sage ich und reiche ihm die Hand. »Mein Name ist Maxi Meisinger. Ich bin Kriminalkommissarin in Schnaipfing. Und wer sind Sie?«

»Nennen Sie mich einfach Pater Gregor. Also, wofür genau brauchen Sie nun meinen Beistand?«, beendet er meine Fragen zu seiner Person.

Ich hätte gerne ein wenig mehr über den Mann erfahren, den ich nun ins Vertrauen ziehe. Da er jedoch auf alle Fragen nur recht einsilbig antwortet, erzähle ich ihm schließlich von der Tante Rosa und wie diese sich bei einigen Leuten ziemlich unbeliebt gemacht hat.

Aufmerksam hört der Pater zu, ohne eine einzige Zwischenfrage zu stellen. Nur als ich darauf zu sprechen komme, dass er die Tante Rosa ja bereits selbst in Aktion erlebt hat bei ihren penetranten Versuchen, immer wieder mal mit ihm ins Gespräch zu kommen, schmunzelt er. Doch als ich dann von der Wurstfabrik, Rosas furchtbaren Behauptungen und ihrem Verschwinden noch am selben Abend berichte, wird sein Blick wieder ernst und er fasst sich grübelnd ans Kinn.

Ich kann gut verstehen, dass sich meine Geschichte sehr unrealistisch anhört, aber so ist es nun einmal.

»Und gestern Abend, als wir uns auf dem Parkplatz begegnet sind, da hatten Sie gerade das Handy unseres Busfahrers gefunden?«, vergewissert er sich noch einmal.

»So ist es. Ich kann einfach nicht glauben, dass er ohne sein Telefon weggefahren sein soll. Deshalb möchte ich jetzt zur Polizei und mich erkundigen, ob es diesen ominösen Motorradunfall wirklich gegeben hat. Dorthin will ich das Handy aber nicht mitnehmen, weil es mir dann mit Sicherheit abgenommen werden würde. Sollte meine Tante mit ihrem Verdacht jedoch richtig gelegen haben, dann finden wir darauf vermutlich einige wichtige Informationen, möglicherweise sogar einen Hinweis auf ihren Aufenthaltsort. Wobei ich da mittlerweile einen ganz anderen Verdacht hege.« Ich weiß wirklich nicht, woran es liegt, dass ich dem Pfarrer das alles so frei von der Leber weg erzähle. Das passt eigentlich gar nicht zu mir. Vermutlich liegen mittlerweile einfach meine Nerven blank, weil in der Sache nichts vorwärtsgeht. Und ich vermisse meine Kollegen, mit denen ich sonst jeden Fall durchsprechen kann. Als Pfarrer, denke ich mir, ist er sicher gut darin, Dinge für sich zu behalten, die ihm anvertraut werden.

»Und was für ein Verdacht wäre das?«, erkundigt der Pater sich interessiert.

»Kennen Sie zufällig unseren Mitreisenden Ernst Weilheimer?«, frage ich ihn.

»Der ältere Herr mit der kleinen zierlichen Frau?« Pater Gregor zieht überrascht die Augenbrauen hoch. »Ja natürlich. Sie bewohnen das Zimmer direkt gegenüber von mir. Aber was soll ausgerechnet er mit der ganzen Sache zu tun haben?«

Ich erzähle ihm von dem Telefongespräch, das ich am Vorabend zufällig belauscht habe.

»Darum würde ich Sie bitten, ein Auge auf ihn zu haben und den Parkplatz zu beobachten, bis ich wieder zurück bin.«

Schweren Herzens übergebe ich ihm Carlos Handy, mein vielleicht einziger Trumpf in diesem finsteren Spiel.

»Ich verspreche Ihnen, gut darauf aufzupassen«, sagt er, während er das Handy in seiner Jackentasche verschwinden lässt.

Da läutet mein Telefon. Meine Dienststelle. »Entschuldigung«, sage ich zu Pater Gregor, »aber das ist wichtig, da muss ich rangehen!«

Er hebt beschwichtigend die Hände. »Kein Problem!«

Der Knogl.

»Ja, Knogl, was ist los?«

»Es gibt keinen Weilheimer, Ernst in Straubing.«

»Wie, den gibt's nicht? Unter diesem Namen ist das Ehepaar hier im Hotel aber gemeldet. Weilheimer Ernst und Inge aus Straubing. Was steht denn auf eurer Liste?«

»Der Hafner ist gerade dabei, sich die Teilnehmerliste aus dem Reisebüro zu besorgen, aber ich hab schon mal den Namen durch den Computer laufen lassen. Keine Chance. Ich habe sämtliche Schreibweisen ausprobiert. Die beiden existieren nicht in Straubing. Kannst du uns nicht ein Foto von den beiden mailen?«

»Scheiße! Danke, Knogl. Ich schau, was ich machen kann. Gib mir Bescheid, wenn der Hafner die Liste hat und ihr was Neues wisst. Servus!«

Pater Gregor sieht mich abwartend an.

»Hab ich's doch gewusst. Der Weilheimer hat was zu verbergen. Mein Kollege hat gerade herausgefunden, dass die beiden unter falschem Namen unterwegs sind. Es tut mir leid, aber ich muss jetzt wirklich dringend weg«, entschuldige ich mich und flitze zur Zimmertür.

Pater Gregor versucht, mich zurückhalten, aber ich habe sie bereits geöffnet. Im selben Moment öffnet sich auch die Tür gegenüber, und der Mann, der unter dem Namen Weilheimer unterwegs ist, tritt auf den Flur. Ich bin nicht sicher, wer von uns beiden mehr überrascht ist. Er oder ich. Alle drei verharren wir kurz, wie in einem Standbild. Seine Frau ist nicht zu sehen.

»Vielen Dank, dass Sie mir zugehört haben, Pater Gregor«, sage ich schließlich. »Jetzt fühle ich mich schon viel besser!« So hört es sich für mein Gegenüber an, als hätte ich ein persönliches Gespräch mit dem Pater gesucht.

Weilheimer zieht die Zimmertür hinter sich zu und sperrt sie ab. Dann setzt er seinen Weg fort. Wenig später folge ich ihm so unauffällig wie möglich. Eine ganze

Weile schleiche ich quer durch den Ort hinter ihm her. Wo will er nur hin, frage ich mich. Ich kann mir einfach keinen Reim darauf machen. Dann sehe ich ihn plötzlich die Straße überqueren und geradewegs auf eine Autovermietung zugehen. Plötzlich fällt mir wieder ein, was er in dem Telefongespräch am Abend zuvor zu seinem Gegenüber gesagt hatte: »Entweder ihr holt sie ab oder ich lasse mir was einfallen.« Offensichtlich hat er genau das jetzt vor, und dafür braucht er nun ein Fahrzeug.

Mit mir nicht, mein Lieber! Da ich auf der anderen Seite geblieben bin, drehe ich mich um und tue so, als betrachte ich die Auslagen im Schaufenster eines Schuhgeschäfts. Damit fällt man als Frau ja nun wirklich nicht sonderlich auf. Da sich die Autovermietung direkt im Schaufensterglas spiegelt, sehe ich Weilheimer wenige Minuten später mit einem dunklen Mittelklassewagen vom Hof fahren. Wenn ich mit ihm mithalten will, brauche ich ebenfalls ein Fahrzeug. Entschlossen marschiere ich hinüber.

Aus Kostengründen miete ich mir einen Kleinwagen. Der genügt für meine Zwecke völlig. Schließlich will ich mir mit dem Weilheimer ja kein Rennen liefern. Außerdem ist er natürlich längst weg, als ich mit dem Kleinwagen vom Hof der Autovermietung fahre. Also beschließe ich, erst noch auf der Questura vorbeizuschauen.

Kapitel 16

Entgegen meiner Befürchtung bestätigt man mir dort, dass es am Tag zuvor am späten Nachmittag bei Tremosine sul Garda tatsächlich einen Motorradunfall mit tödlichem Ausgang gegeben hat. Offensichtlich habe ich Maria unrecht getan, als ich ihr diese Geschichte nicht geglaubt habe. Doch nun habe ich von offizieller Seite mehr oder weniger die Bestätigung dafür.

»Signora Meisinger?«

Gerade im Begriff, die Polizeistation zu verlassen, laufe ich dem überraschten Commissario Salvini in die Arme.

»Haben Sie schon Neuigkeiten von Ihrer Tante?«, erkundigt er sich.

Ich zögere. Bei diesem Mann weiß ich einfach nie, ob ich ihm vertrauen kann. Einerseits finde ich es sympathisch, dass er meine Sprache spricht und in München gearbeitet hat, andererseits behandelt er mich so dermaßen von oben herab und erweckt in mir nicht den Eindruck, als habe das Verschwinden der Tante Rosa bei ihm oberste Priorität.

»Leider nein«, antworte ich auf seine Frage. »Ich bin wegen etwas anderem hier.«

Er hebt nur fragend die Augenbrauen und wartet auf eine weitere Erklärung.

»Das war unser Busfahrer, der da gestern Nachmittag mit dem Motorrad auf der Forrastraße tödlich verunglückt ist«, sage ich schließlich.

»Ah, ja. Das ist eine wirklich schlimme Sache. Kommen Sie«, sagt er und führt mich am Arm zurück in die Questura. Dort wechselt er zunächst einige Sätze mit den Kollegen, bevor er den Durchlass zum internen Amtsbereich öffnet und mich bittet, ihm zu folgen. Dann führt er mich in einen Raum, der einem Verhörzimmer gleicht.

Was soll das, frage ich mich.

»Setzen Sie sich.«

Der Raum und seine plötzlich sehr kurz angebundene Art bringen mich leicht aus dem Konzept.

»Woher wissen Sie vom Tod Ihres Busfahrers?«, fragt er. Dabei sieht er mir streng in die Augen.

»Maria, die Inhaberin des Hotels Villa Franca, hat es mir erzählt. Allerdings unter dem Siegel der Verschwiegenheit, weil sie die Gäste nicht damit belasten wollte. Heute findet ja ein Tagesausflug statt, und sie war in Sorge, dass die Nachricht die Stimmung der Reisegruppe trüben könnte.«

»Sprechen Sie von Maria Androli?«

Ich bestätige ihm das und er nickt ein paarmal stumm.

»Und Sie? Warum sind Sie nicht bei diesem Ausflug dabei?«, erkundigt er sich schließlich.

»Weil ich nach meiner Tante suche!«, gebe ich zur Antwort und sehe ihm dabei fest in die Augen. Wieder nickt er nur stumm.

»Sie sind eine poliziotta«, sagt er nun, ohne irgendeinen Unterton. Fast so, als müsse er sich das selbst noch einmal klarmachen. Dann lehnt er sich in seinem Stuhl zurück.

»Kriminalkommissarin, wenn Sie es ganz genau wissen wollen«, sage ich schließlich. Was soll's. Vielleicht ist es ganz gut, wenn er Bescheid weiß.

»Dann sind wir sozusagen auf Augenhöhe«, stellt er fest und lässt mich dabei nicht aus den Augen.

»Sozusagen«, erwidere ich und halte seinem Blick stand.

Salvini beugt sich nun vor, stützt sich mit den Ellbogen auf der Tischplatte ab und legt das Kinn auf seine Hände. Dabei sieht mich eindringlich an. »Hören Sie auf, hier herumzuspionieren! Hai capito?«

Ja, ich habe ihn verstanden. Aber das interessiert mich nicht. »Ich denke nicht daran«, entgegne ich ruhig. »Morgen Abend nach dem Opernbesuch in Verona fährt der Bus wieder zurück nach Deutschland. Mit mir, meiner Mutter und mit meiner Tante. Dafür werde ich sorgen, wenn Sie es nicht tun. Hai capito?« Die Fronten sind geklärt.

»Sie machen einen großen Fehler, glauben Sie mir«, sagt der Commissario tonlos.

»Überlassen Sie das mir«, sage ich, stehe auf und gehe forschen Schrittes zur Tür.

»Sie haben recht! Es hat gestern tatsächlich einen tödlichen Unfall auf der Forrastraße gegeben«, sagt er plötzlich. »Aber es war nicht Ihr Busfahrer Carlo Puccetti, der dabei ums Leben gekommen ist!«

Wie angewurzelt bleibe ich stehen und drehe mich langsam zu Salvini um.

Er lehnt mit verschränkten Armen völlig entspannt in seinem Stuhl und genießt sichtlich meine Reaktion.

Ich bin unfähig, etwas darauf zu sagen.

Maria hat mich also doch belogen. Aber wozu? Um mich … in Sicherheit zu wiegen? Abzulenken? Keine Ahnung. Aber sie hat gelogen, und das so überzeugend, dass ich ihr bedingungslos geglaubt habe. Nachdem ich mich wieder gesetzt habe, unterbreitet mir Salvini, dass der tote Motorradfahrer ein Franzose war. Aber woher hat Maria überhaupt die Information von diesem Unglück gehabt? Die Geschichte mit ihrem Bruder halte ich nun auch für sehr unglaubwürdig. Und weshalb hat sie mir erzählt, der Verunglückte sei Carlo gewesen? Das kann doch nur bedeuten, dass sie offenbar weiß, was wirklich mit Carlo geschehen ist. Und das ist anscheinend etwas, das sie nicht preisgeben will. Langsam beginne ich, die ganze Familie Androli in einem völlig anderen Licht zu sehen.

Meine Gedanken kreisen im Kopf und lenken mich so sehr vom Straßenverkehr ab, dass ich beinahe einen Auffahrunfall produziere.

Aus der Zufahrt zur Villa Franca kommt mir wieder einmal ein Wagen der städtischen Straßenreinigung entgegen. Meine Güte, wie oft am Tag kehren die eigentlich die Straßen? Die Einfahrt zum Hotelparkplatz ist von Mülltonnen blockiert, die Giovanni gerade gemächlich vom Straßenrand zurück in den Hof befördert. Und auf dem einzigen Stellplatz vor dem Hotel parkt ein dicker Benz mit deutschem Kennzeichen. Heute ist nicht mein Tag.

Schlecht gelaunt fahre ich einige Meter weiter und finde eine kleine Parklücke auf dem Seitenstreifen. Als ich zum Hotel zurückgehe, steuert ein Mann mittleren Alters, bepackt mit einer Reisetasche, auf den Mercedes zu. Ihm folgt der Weilheimer mit seiner Frau. Rasch gehe ich in einem Hauseingang in Deckung, um die drei unbemerkt zu beobachten.

Weilheimer hält seiner Frau die Tür zur Beifahrerseite auf. Er hilft ihr, einzusteigen, und steckt anschließend den Kopf in den Wagen. Sieht wie eine Verabschiedung aus. Dann tritt er zu dem Jüngeren, der die Tasche im Kofferraum verstaut hat.

Das ist die Gelegenheit, ein Foto für den Knogl zu schießen. Vorsichtig darauf bedacht, nicht entdeckt zu werden, mache ich mehrere Aufnahmen.

Die beiden wirken angespannt, fast so, als gäbe es einen Disput zwischen ihnen. Dann setzt sich der Jüngere hinters Steuer, und Weilheimer bleibt so lange stehen, bis der Wagen abfährt. Anschließend verschwindet er zurück ins Hotel.

Maria sitzt wieder an der Rezeption, als ich hineingehe.

»Buongiorno, Maria. Irgendwelche Neuigkeiten für mich?«, sage ich und setze ein strahlendes Lächeln auf.

»No, mi dispiace«, sagt sie bedauernd. »Oder doch!«, fügt sie plötzlich hinzu. »Der Ersatzfahrer ist eingetroffen, und Giovanni ist zurück. Er hätte jetzt Zeit, um mit Ihnen zum Schuppen zu gehen.«

»Vielen Dank. Das wäre sehr nett. Dann marschiere ich schon mal voraus.«

»Bene. Ich sage ihm sofort Bescheid.«

Die vordere Bustür ist geöffnet, zu sehen ist jedoch niemand. Langsam schlendere ich zum Schuppen hinüber. Es dauert nicht lange, bis der Chef persönlich erscheint.

Giovanni wirkt nicht sonderlich erfreut über mein Anliegen. Grimmig vor sich hin brummelnd betritt er den Hof und überquert ihn zügig. Er nickt mir zu, öffnet das Schnappschloss und bedeutet mir wortlos, einzutreten. Es ist duster da drinnen. Ich erkenne einen Hackstock, eine Schubkarre, zwei Fahrräder und eine Leiter. Und eine voluminöse Plastikplane liegt achtlos zusammengeknüllt in der hinteren Ecke.

»Niemand hier, sehen Sie?«, sagt Giovanni, der abwartend in der Tür stehen geblieben ist und jetzt ungeduldig auf seine Armbanduhr schaut. »Können wir dann wieder? Ich muss die Fische ausnehmen.«

Ich lasse die Plane wieder fallen, die ich eben im Begriff war, anzuheben. Ja, ich habe gesehen, was ich wollte. Hier ist niemand.

»Warum sind hier so viele Fliegen?«, frage ich Giovanni. Er zuckt nur desinteressiert mit den Schultern.

Dann zeige ich auf einen dunklen Fleck am Boden. »Und was ist das?«

»Motoröl.« Giovanni schließt ab und stapft ohne ein weiteres Wort zurück ins Haus.

Im Bus ist jetzt ein Mann zu sehen.

»Hallo?« Ich stecke den Kopf durch die offene Tür.

»Ja bitte?«

»Mein Name ist Meisinger. Ich gehöre zur Reisegruppe aus Schnaipfing. Sind Sie unser neuer Fahrer?«

Der neue, ein gemütlicher älterer Mann mit Halbglatze, stellt sich als Herr Jordan vor.

»Es tut mir sehr leid, was mit Ihrem Kollegen passiert ist«, sage ich. Ich vermute mal, man hat ihm die gleiche Lüge mit dem Unfall aufgetischt wie mir.

Jordan nickt. »Danke. Dann sehen wir mal zu, dass wir euch morgen wieder alle heil nach Hause bekommen.«

»Was geschieht denn jetzt mit Carlos Sachen?«, erkundige ich mich bei ihm.

»Keine Ahnung. Soviel ich weiß, hat er Verwandte hier in der Gegend. Die Hotelchefin hat mir angeboten, sein Gepäck so lange aufzubewahren, bis sie die Familie ausfindig gemacht haben. Macht ja auch keinen Sinn, das ganze Zeug erst nach Deutschland zu verfrachten, um es dann wieder hierher zu schicken. Viel ist es ja nicht.«

»Hat er in Deutschland denn keine Angehörigen?«, frage ich.

»Nicht, dass ich wüsste. Darum war der Carlo ja immer so spitz auf diese Italientouren. Weil er da zu seiner Familie kam. Diese Fahrten hat er keinem anderen überlassen. Ein Kollege wollte sich die mal unter den Nagel reißen. Das gab vielleicht einen Aufstand in der Firma. Aber hallo! Der Carlo hat sein Revier verteidigt wie ein Platzhirsch. Da hat sich sein südländisches Temperament bemerkbar gemacht. Mein lieber Scholli!« Jordan grinst. »Das Thema war aber eh schnell erledigt.«

»Wieso das denn?«

»Na ja, er konnte ganz gut mit dem Chef. Hat ihm immer wieder mal Delikatessen aus Italien mitgebracht. Olivenöl, Parmaschinken, Käse und so weiter. Ein bisschen verwöhnt und bei Laune gehalten, wie man so schön sagt. Der Carlo hatte hier anscheinend ganz gute Kontakte, wo er die besten Sachen herbekommen hat, und seine Fahrten waren recht beliebt, weil er die Leute an ganz besondere Orte gefahren hat. Er hat sich halt ausgekannt in der Gegend. Das war sein Vorteil. Darum konnte ihm den Posten auch nie jemand ernsthaft streitig machen.«

Das war mein Stichwort. »Der Carlo hat auch diesmal eine ganze Menge an Lebensmitteln eingekauft.«

»Davon weiß ich gar nichts. In seinem Zimmer ist jedenfalls nichts«, sagt Herr Jordan.

»Er hat sie hinten im Bus eingelagert. Wissen Sie, für wen er die besorgt hat?«

»Wie schon gesagt, vielleicht für den Chef daheim, keine Ahnung.«

»Er wollte mir nämlich eine der Salamis abtreten«, lüge ich. »Das hatte er mir fest versprochen.«

Jordan steigt aus dem Bus und schließt den Gepäckraum an der Seite auf. Dann betrachtet er die Ladung und kratzt sich nachdenklich am Kopf.

»Ich glaube zwar nicht, dass das alles für den Chef bestimmt ist, aber ich werde vorsichtshalber mal anrufen und nachfragen«, sagt er.

»Und was wird jetzt mit meiner Salami?«, hake ich nach. Er zieht eine der fünf Würste heraus und drückt sie mir in die Hand. »Wird schon so passen, wenn es so ausgemacht war.«

»Das war es«, sage ich. »Aber ich weiß leider nicht, was die Salami kostet. Wenn Sie eine Rechnung finden, sagen Sie mir bitte, was ich Ihnen dafür schuldig bin.«

»Warum mir? Ich habe sie ja nicht gekauft. Lassen Sie

es gut sein. Der Carlo kann da, wo er jetzt ist, mit Geld eh nichts mehr anfangen.« Er schließt den Gepäckraum wieder zu und steigt zurück in den Bus.

»Vielen Dank.« Glücklich, doch noch eine Salami für die Mama ergattert zu haben, mache ich mich auf den Weg in mein Zimmer. Dort wickle ich die Salami in eine Jeans ein und verstaue sie tief unten in meiner Reisetasche. Als Nächstes wähle ich aus den Fotos, die ich vom Weilheimer schießen konnte, zwei aus, auf denen er einigermaßen deutlich zu erkennen ist. Die schicke ich dem Knogl zu. Dann rufe ich den Hafner an.

»Also, auf der Teilnehmerliste steht zwar dieses Ehepaar Weilheimer drauf, aber die stimmen nicht mit der Adresse überein, die angegeben wurde«, sagt der Hafner.

Ich erzähle ihm, dass die Frau heute vor dem Hotel von einem anderen Mann abgeholt wurde. »Der Weilheimer selbst hat sich am Vormittag einen Leihwagen genommen. Ich hänge mich auf alle Fälle an ihn dran. Bleiben Sie bitte am Ball, Hafner. Vielleicht können Sie ja etwas mit den Fotos anfangen, die ich dem Knogl gerade geschickt habe.« Da fällt mir was ein. »Eventuell bringt Sie auch das Kennzeichen des deutschen Wagens weiter, in dem die Frau mitgenommen wurde.« Ich sehe kurz noch mal die Bilder auf dem Handy durch. Leider ist das Nummernschild teilweise verdeckt. Schade.

»Gibt's sonst noch was?«, fragt der Hafner nach.

»Ich war heute Morgen bei den italienischen Kollegen, weil ich das mit dem Unfall des Busfahrers genauer wissen wollte.«

»Und?«

»Der Verunglückte war nicht Carlo Puccetti, sondern ein Franzose!«

Am anderen Ende herrscht Stille.

»Meisinger, Meisinger. Sie kann man nicht einmal ein

paar Tage in den Urlaub schicken, ohne dass was passiert. Wo sind S' da bloß wieder hineingeraten?«

Ich sehe ihn förmlich vor mir, wie er kopfschüttelnd an seinem Schreibtisch sitzt. »Das frage ich mich langsam auch. Die Geschichte wird immer verworrener, und ich weiß langsam nicht mehr, wem ich trauen kann und wem nicht.«

»Aber Sie haben immer noch das Handy des Busfahrers?«

»Nein, das habe ich dem Pfarrer anvertraut.«

»Sind Sie wahnsinnig geworden? Wie können Sie so etwas aus der Hand geben! Meisinger, das ist vermutlich ein Beweismittel!«, schimpft er wie vor den Kopf geschlagen.

»Ich weiß, doch heute früh hatte ich das Gefühl, dass mein Zimmer durchsucht worden ist. Zur Polizei wollte ich es nicht mitnehmen, damit es mir dort nicht abgenommen wird, und die Mama ist in Begleitung von Herrn Theobald Becker unterwegs, und der ist auch irgendwie ein seltsamer Kauz. Ich hatte keine andere Wahl, als es bei jemandem zu deponieren, dem ich halbwegs vertrauen kann, und da blieb nur noch der Pfarrer übrig.«

Der Hafner schweigt einen Moment. »Verstehe. Wie heißt denn der Pfarrer?«, fragt er dann.

»Er nennt sich Pater Gregor.«

»Steht nicht auf der Liste.«

»Das ist mir klar. Das ist schließlich sein Ordensname. Er wird selbstverständlich unter seinem richtigen Namen reisen.«

Mein Magen knurrt, es ist schon weit nach Mittag. »Hafner, ich hole mir jetzt schnell was zu essen und dann hänge ich mich an den Weilheimer dran. Sie melden sich bitte, sobald Sie was Neues wissen.«

Jetzt weiß ich zumindest, dass ich mit meiner Vermutung bezüglich Weilheimer richtigliege. Der ist nicht ganz astrein. Wer reist schon unter falschem Namen? Doch nur ein Verbrecher oder die Prominenz. Bisher wollte jedoch niemand ein Autogramm von ihm. Bleibt nur Ersteres übrig.

»Die Küche hat heute Mittag leider geschlossen«, entschuldigt sich Maria. Wie so oft sitzt sie an der Rezeption und kümmert sich um Bürokram. »Die meisten Gäste sind unterwegs, darum lohnt es sich gar nicht, extra zu kochen.«

Das leuchtet mir ein, zumal das kleine, familiengeführte Hotel fast vollständig von unserer Reisegruppe belegt ist.

»Dafür gibt es heute Abend ein ganz besonderes Essen. Giovanni kocht Fisch. Das ist seine Spezialität.«

»Wie schön«, sage ich, möglichst um Normalität bemüht. Dabei rätsle ich immer noch fieberhaft, warum sie Carlo mir gegenüber für tot erklärt hat und was sie mit seinem Verschwinden zu schaffen haben könnte.

»Dann sehen wir uns später«, sage ich und will gehen, da kommt sie plötzlich um den Tresen herum und hält mich am Arm zurück.

»Sie haben den Fleck am Schuppenboden gesehen.« Es ist eine Feststellung, keine Frage. Da ich nichts entgegne, sagt sie: »Der ist von Pepe. Ich musste seinen Kadaver im Schuppen verstecken, damit Nonna nichts davon mitbekommt. Giovanni hat ihn erst vergraben, als es dunkel war. Wir konnten ihn doch nicht in die Tonne werfen. Er war doch ein membro della famiglia.«

Das erklärte zumindest die vielen Fliegen im Schuppen. Aber das hätte Giovanni mir doch sagen können.

Maria nimmt ein Foto von der Wand und reicht es mir. Nonna Francesca ist darauf zu sehen, neben ihr eine Katze von stattlicher Größe. Ich betrachte das Foto ausgiebig und gebe es ihr lächelnd zurück. Auf der Rückseite eine Zahl. Sollte sie das Bild datieren, wäre es vor über 20 Jahren gemacht worden. Wie alt werden Katzen für gewöhnlich? Pepe war zu diesem Zeitpunkt schon voll ausgewachsen, wie es scheint.

»Ein schönes Bild von den beiden.«

»Ja nicht wahr? Sie waren, wie sagt man? Un cuore e un'anima. Ein Herz und eine Seele!«

»Wie alt können solche Katzen eigentlich werden?«

Maria blickt mich etwas verstört an. »Wie meinen Sie?«

»Pepe, Sie erwähnten, dass er schon ein Nonno war. Wie alt war er eigentlich?«

»Oh …«, sie wirkt etwas verwirrt, »so genau weiß ich das gar nicht. Sicherlich schon 15 Jahre oder älter. Ein Nonno eben.«

Aus dem Hinterhof ist ein lautstarker Streit zu hören.

Maria horcht verwundert auf und geht zur Hintertür. »Mi dispiace! Ich muss sehen, was da los ist.« Sie eilt, wie mir scheint erleichtert über die Unterbrechung, hinaus, und ich hinterher.

Giovanni und Herr Jordan sind in einen scharfen Wortwechsel verwickelt. Als Maria sich fragend an Giovanni wendet, schimpft er aufgebracht in seiner Muttersprache und gestikuliert dabei wild mit den Armen.

Herr Jordan, die Ruhe selbst, steht inzwischen gelassen daneben und betrachtet den wütenden Giovanni, als ginge ihn das alles nichts an. Maria redet ihrerseits nun äußerst temperamentvoll auf Giovanni ein, wobei nicht ersichtlich ist, ob sie ihn beruhigen will oder ihm Vorwürfe macht. Darum erkundige ich mich leise bei Jordan nach dem Grund für die ganze Aufregung.

»Er behauptet, das ganze Zeug im Kofferraum gehöre ihm«, erklärt mir Herr Jordan gelassen. »Carlo hätte es in seinem Auftrag bei der Kooperative besorgt.«

»Ja und, stimmt denn das? Haben Sie inzwischen bei Ihrem Chef nachgefragt, für wen die Lebensmittel sind?«

Jordan nickt. »Der weiß davon nichts. Er sagt, er habe diesmal keine Bestellung aufgegeben. Mir ist es im Grunde ja egal, wer den ganzen Krempel nimmt. Ich brauche ihn jedenfalls nicht«, sagt er und bleibt weiterhin völlig entspannt.

»Und wo liegt dann das Problem?«, frage ich.

»Dieser Giovanni behauptet, es würde etwas fehlen. Ich habe ihm gesagt, alles, was im Bus liegt, kann er haben. Den Käse, die Wurst, das Öl. Aber mehr ist nicht da und damit basta!«

Scheibenkleister! Die Salami, die ich abgezweigt habe.

Maria kommt zu uns herüber. »Giovanni sagt, es müssen fünf Salami sein.«

»Cinque, non quattro!«, schimpft Giovanni aufgebracht und reckt fünf Finger in die Höhe.

Jordan zuckt mit den Schultern und deutet mit seiner Hand in den Laderaum. »Das ist alles, was da ist. Das hab ich ihm schon gesagt. Entweder er nimmt das, oder er lässt es bleiben. Das ist mir völlig egal, dann nehme ich halt die ganzen Lebensmittel mit nach Deutschland und verteile sie in der Firma unter den Kollegen. Ich mache mich doch nicht verrückt. Was oder wie viel Carlo wovon eingekauft hat, weiß ich nicht. Genau so wenig, wie ich weiß, wer das bezahlt hat. Ich bin nur der Aushilfsfahrer und hole die Leute hier ab. Morgen geht's zurück in die Heimat, ob mit oder ohne Ladung, das ist mir egal.«

Komplizenhaft zwinkert er mir kurz zu, damit ich den Mund halte.

Maria redet unterdessen weiter auf Giovanni ein, der daraufhin fluchend beginnt, die Lebensmittel auszuräumen. Auf Italienisch, versteht sich. Nachdem er mit Maria im Haus verschwunden ist, flüstere ich Jordan leise ein Danke zu.

»Das war sehr nett von Ihnen, dass Sie mich nicht ver-
pfiffen haben.«

»Gern geschehen!«, sagt er und grinst. »Die sitzen doch
hier an der Quelle. Verstehe nicht, was er sich da so auf-
regt. Und sind wir mal ehrlich. Wenn Carlo die Sachen tatsächlich für diesen Giovanni besorgt hat, wieso liegen sie
dann die ganze Zeit im Bus herum? Er hätte sie ihm dann
doch sofort übergeben, nachdem er sie besorgt hatte.«

Ich hebe zustimmend den Daumen. Da ist in der Tat was
Wahres dran.

»So ein alter Bazi!« Den letzten Satz sagt er mehr zu sich,
als zu mir.

Kapitel 17

Der Hunger treibt mich hinunter in den Ort, aber auf den Touristenrummel dort habe ich ehrlich gesagt überhaupt keine Lust. Unentschlossen schlendere ich ein wenig durch die Gegend. Die leichte Brise weht ein Blatt über den Boden. Es ist eines der Flugblätter, die die Mama mit Herrn Becker verteilt hat.

Verdammt, Tante Rosa, wo bist du nur?

An einem Straßenverkauf duftet es verführerisch nach frischer Pizza. Kurz entschlossen fällt meine Wahl auf ein Stück Regina. Verzückt beiße ich hinein und genieße die Geschmacksexplosion in meinem Mund. Der weiche warme Käse zerfließt förmlich auf der Zunge. Das können sie einfach, unsere Nachbarn. In Sachen Pizza macht ihnen niemand etwas vor.

Mir fällt auf, dass ich von Bardolino bisher relativ wenig gesehen habe. Alles hat sich bisher nur noch um die Tante Rosa gedreht. Und so nutze ich die wenigen Minuten meiner Verschnaufpause, um ein paar Schritte herumzuflanieren. Als ich gerade in eine kleine Seitengasse einbiege, schießt ohne Vorwarnung ein Mofa knapp an mir vorbei. Mit einem Sprung zur Seite kann ich gerade noch verhindern, über den Haufen gefahren zu werden. So etwas Rücksichtsloses. Der Fahrer entschuldigt sich nicht einmal, sondern setzt seine rasante Fahrt ungehindert fort. Was meine Verärgerung noch mehr anheizt.

Von hinten sieht er aus wie Giovanni, denke ich mir. Ich bin ohnehin in dieselbe Richtung unterwegs, und sollte mir dieser Wahnsinnige noch mal begegnen, kann er sich auf etwas gefasst machen.

Ein paar hundert Meter weiter sehe ich tatsächlich das besagte Mofa vor einem Geschäft parken und daneben steht auch sein Besitzer. Es ist tatsächlich Giovanni, der schon wieder mitten in eine hitzige Diskussion verwickelt ist. Schau an. Der meist gut gelaunte, bei der Arbeit singende Koch muss heute aber einen ausgesprochen schlechten Tag haben. Erst musste er sich über mich ärgern, dann über Herrn Jordan, und jetzt? Wie vom Donner gerührt stelle ich fest, dass auch sein Kontrahent kein Unbekannter für mich ist. Was zum Henker macht Antonio Giordano hier in Bardolino? Sollte der nicht in seiner Wurstküche bei Peschiera del Garda stehen und Salamis herstellen? Da hätte Giovanni vorhin bei Jordan doch nicht so ein Trara um eine fehlende Salami machen müssen, wenn er am selben Tag ohnehin noch den Chef der Wurstfabrik persönlich trifft.

Die beiden diskutieren neben einer großen schwarzen Limousine mit verdunkelten Scheiben. Direkt vor dem Eingang zu einem Laden. Anscheinend sitzt im Wagen jemand, der mit ihnen kommuniziert, denn nun beugen sich die beiden zum Seitenfenster der Limousine hinab. Dann richten sich die beiden wieder auf und nicken der Person im Wageninnern kommentarlos zu. Während sich das Auto langsam in meine Richtung in Bewegung setzt, betreten Antonio Giordano und Giovanni das Geschäft. Ich bleibe abwartend stehen. Als der Wagen etwa auf meiner Höhe angelangt ist, drosselt der Fahrer das Tempo fast auf Schrittgeschwindigkeit. Ich versuche, ins Wageninnere zu spähen, was mir jedoch nicht gelingt. Aber der da drinnen, der nimmt mich eindeutig in Augenschein.

Er muss bemerkt haben, dass ich sie beobachtet habe. Dann gibt der Chauffeur unvermittelt Gas und verschwindet um die nächste Ecke.

Ich hätte mir das Kennzeichen merken sollen, denke ich verärgert. Aber die ganze Situation hat etwas so Sonderbares an sich gehabt, dass sie mir fast surreal vorgekommen ist. Wie in einem Film. Das hat mich aus dem Konzept gebracht. Ich bleibe an meinem Posten stehen und warte ab, was als Nächstes passiert. Etwa eine Viertelstunde vergeht, dann kommen Antonio und Giovanni wieder aus dem Laden heraus. Ohne sich zu verabschieden, verschwinden beide in entgegengesetzte Richtungen. Jetzt bin ich richtig neugierig geworden, um was für ein Geschäft es sich da handelt.

Lederwaren Paolo Giordano. Entweder ist Giordano in Italien ein weitverbreiteter Familienname oder der Inhaber ist mit Antonio, dem Metzger, verwandt. Maria hatte mir doch eine Visitenkarte von einem Laden mit preisgünstigen Taschen zugesteckt.

Ich ziehe das Kärtchen aus meinem Geldbeutel und bin nicht weiter überrascht.

»Ah, Sie kommen auf Empfehlung!«, begrüßt mich eine attraktive Verkäuferin mit einem Blick auf das Kärtchen in meiner Hand.

Mir fällt auf, dass ich sofort als Deutsche erkannt und in meiner Landessprache begrüßt werde. Sieht man mir das so deutlich an?

»Darf ich fragen, wer Sie uns empfohlen hat?«, erkundigt sie sich freundlich.

»Maria Androli«, erwidere ich und lasse sie dabei nicht aus den Augen. »Ich bin derzeit in der Villa Franca zu Gast.«

Keine Reaktion. Auch nicht darauf, dass der Hotelbesitzer der Villa Franca eben erst hier gewesen ist.

»Suchen Sie etwas Bestimmtes? Möchten Sie, dass ich Ihnen etwas zeige?«

»Ist es in Ordnung, wenn ich mich ein wenig umschaue?«, frage ich freundlich. Ich kann es nicht leiden, wenn mir beim Einkaufen die Verkäuferin nicht von der Seite weicht. Man fühlt sich dann so zum Kauf genötigt.

»Bitte sehr, sehen Sie sich in Ruhe um. Unsere Taschen sind aus echtem, sehr weichem Leder. Sehr hochwertig gearbeitet. Wenn Ihnen etwas gefällt, mache ich Ihnen einen besonders guten Preis. Marias Freunde sind auch unsere Freunde.«

»Woher wissen Sie, dass wir befreundet sind?«, frage ich.

Sie zwinkert mir zu. »Nicht jeder bekommt eine goldene Karte! Nur ganz besondere Gäste.«

Erst jetzt bemerke ich den Goldrand, der die Karte einfasst. Aha, es gibt da eine Staffelung. Jetzt wäre es interessant, die anderen Farben zu kennen. Gold rangiert anscheinend ganz weit oben. Eine Weile wandere ich an den verschiedenen Regalen entlang. Taschen und Rucksäcke in sämtlichen Farben und Formen. An der Längsseite des Ladens hängen Lederjacken. Ich ziehe einige Teile heraus und betrachte sie eingehend. Eine Motorradjacke ist leider nicht dabei. Ich frage nach.

»Mi dispiace, so etwas führen wir leider nicht. Aber wir haben sehr schöne Modelle für alle Anlässe. Diese hier ist für jeden Tag gedacht und hier hinten haben wir die eleganteren aus feinem Lammleder. Es trägt sich fast wie eine zweite Haut. Fühlen Sie mal.«

»Das ist leider nichts für mich«, lehne ich freundlich, aber bestimmt ab.

Dann schaue ich mir einen hübschen, weichen Gürtel und eine Geldbörse an.

»Beides eine sehr gute Wahl«, betont die Verkäuferin.

»Was würde das zusammen kosten?«

Die Verkäuferin nimmt ein Blatt Papier, notiert den ursprünglichen Preis, streicht diesen durch und schreibt daneben den neuen. Alles, ohne ein einziges Wort zu sprechen. Wahrscheinlich deshalb, weil außer mir mittlerweile noch andere Kunden den Laden betreten haben. Der Nachlass beträgt sechzig Prozent, da kann ich schlecht Nein sagen. Maria warnte mich bereits vor, dass in diesem Laden nur Barzahlung möglich ist. Dann hat mir die Verkäuferin sicher die Mehrwertsteuer, die der Fiskus eingestrichen hätte, gleich mit abgezogen.

»Dann ist ja der Geldbeutel quasi ein Geschenk des Hauses«, flüstere ich ihr zu. »Vater Staat muss ja nicht alles wissen«, ergänze ich mit einem Augenzwinkern und spiele damit auf das Schwarzgeld an, das sie mit ihren Verkäufen auf diese Weise sicher mehr als genug zur Seite schaffen.

Sie schaut mich bestürzt an. »Das dürfen Sie nicht sagen.«

»Das bleibt unser kleines Geheimnis«, ergänze ich daher.

Sie überlegt einen Moment. »Wenn Sie das so verstehen?« Sie nimmt den Geldbeutel wieder an sich.

Hab ich etwas Falsches gesagt? Denkt sie jetzt, ich bin von der Finanzbehörde und will sie auffliegen lassen? So ein Mist. Ich fand den Geldbeutel wirklich hübsch. Das war dann wohl ein kurzes Einkaufsvergnügen.

Doch die Verkäuferin greift in ihre Kasse und nimmt einen blitzenden Cent heraus. Den gibt sie in das Münzenfach der Geldbörse. »Nun ist der Fluch gebannt!«, strahlt sie und überreicht mir meine Neuerwerbung. »Verschenkt man einen Geldbeutel ohne Inhalt, bleibt dieser für immer leer und der Besitzer arm. Es muss immer Geld enthalten sein!«, erklärt sie ihr Tun.

So ein Aberglaube.

Bevor ich den Rückweg zum Hotel antrete, gönne ich mir noch ein Eis. Es ist der vierte Tag, den ich jetzt bereits am Gardasee verbringe, und bisher habe ich kein einziges Gelato probiert. Das ist wahrlich eine Schande. Auf der Piazza gibt es mehrere Eisdielen, doch vor einer hat sich eine lange Schlange gebildet. Da muss es dann logischerweise das Beste geben. Meine Wahl ist rasch getroffen. Doch Eis muss man genießen können, am besten im Sitzen, aber ein freier Stuhl oder eine Bank ist nicht in Sicht, und so bleibt mir nichts anderes übrig, als mich an einen Poller am Hafenbecken zu lehnen.

Freche Möwen spazieren umher, darauf lauernd, ein Stück von meiner Waffel zu ergattern. Kleine Motorboote schaukeln sanft auf den Wellen des tiefblauen Sees. Es ist wirklich wunderschön hier. Unter anderen Umständen würde ich durchaus Gefallen an dieser Gegend finden. Auf der dem See abgewandten Seite sehe ich geradewegs auf die Kirche San Nicolo, vor der jede Menge Menschen flanieren, Junge, Alte, Frauen mit Kindern, Familien und mittendrin ein mir bekanntes Gesicht, dem ich jetzt lieber nicht über den Weg laufen möchte. Commissario Salvini.

Die Augen hinter einer großen dunklen Sonnenbrille verborgen, schlendert er an den Souvenirläden entlang. Das hingegen finde ich nun wieder so seltsam für einen Einheimischen, dass ich es nun doch in Kauf nehme, von ihm gesehen zu werden. Darum folge ich ihm mit gebührendem Abstand. Mein Eis ist mir dabei im Weg. Ich kann nicht gleichzeitig genießen und wachsam sein. So überlasse ich es mit einem Seufzen den Möwen, die sich gierig darüber hermachen.

Vor einem Geschäft mit Ansichtskarten bleibt Salvini stehen und betrachtet eingehend die bunten Postkarten in einem Drehständer. Einzelne Karten nimmt er heraus, besieht sie und steckt sie dann wieder zurück. Genau so, wie es gewöhnliche Touristen machen. Es wirkt so normal und unverfänglich, dass niemand auf die Idee käme, das Ganze sei inszeniert.

Doch Salvini würde nie und nimmer eine Karte schreiben, davon bin ich überzeugt. Er observiert.

Während ich mich noch frage, wen oder was, drückt sich ein Mann an ihm vorbei und lässt, so schnell, dass man es kaum wahrnimmt, etwas in Salvinis Anzugtasche gleiten. Eindeutig. Er hat ihm etwas zugesteckt.

Salvini verharrt noch einen Augenblick bei den Karten, dann schlendern beide in entgegengesetzte Richtungen davon.

Entgeistert starre ich dem anderen Mann hinterher. Das war kein Taschendieb gewesen, sondern vielmehr der Einzige, dem ich hier noch vertraut hatte. Pater Gregor.

In mir steigt blanke Wut hoch. Gibt es in diesem Land niemanden mehr, der ehrlich ist? Bislang habe ich es nur mit dubiosen Gestalten zu tun. Langsam habe ich vom Gardasee die Nase gestrichen voll.

Was zum Teufel haben der Pfarrer und der Commissario miteinander zu schaffen? Warum treffen sie sich heimlich, wie Komplizen? Komplizen, das ist es. Die beiden haben etwas mit Carlos Verschwinden zu tun, und das, was Pater Gregor ihm in die Tasche gesteckt hat, war Carlos Handy, das ich ihm anvertraut hatte! Mein Beweismittel!

Ich Idiotin! Ich könnte mich in den Hintern beißen. Und was soll ich jetzt machen? Salvini würde garantiert alles abstreiten, wenn ich ihn darauf ansprechen würde. Genau genommen müsste ich das Handy von Pater Gregor zurückfordern. Dann würde sich zeigen, was er dazu zu sagen hat.

Aufgewühlt stapfe ich zum Hotel zurück und kicke zornig eine Cola-Dose zur Seite. Dafür, dass hier ständig die

Straßenreinigung durch die Gegend fährt, liegt aber erstaunlich viel Müll herum.

Der Pfarrer öffnet nicht. Auch nicht, als ich mehrfach seinen Namen rufe. Bestimmt kann er sich denken, was ich von ihm will. Am liebsten würde ich diese verdammte Tür eintreten, so wütend und enttäuscht bin ich. Ein letztes Mal hämmere ich an die Tür. »Hallo? Pater Gregor?

»Ja, bitte?« Der Pater steht unvermittelt hinter mir.

Ich zucke erschrocken zusammen. »Verdammt noch mal, müssen Sie mich so erschrecken!«, entfährt es mir.

»Sie haben mich gesucht. Ist etwas passiert?«

»Ich, ich brauche das Handy«, stammle ich und versuche, mich wieder zu beruhigen.

Der Pater schließt die Tür auf und schiebt mich am Ellbogen in sein Zimmer. »Nicht hier auf dem Flur«, sagt er und sieht sich vorsichtig um. Dann kommt er ebenfalls ins Zimmer und schließt leise die Tür.

Ich versuche, mich zu sammeln, und stelle mich innerlich auf einen Angriff ein.

Stattdessen verschwindet Pater Gregor wortlos im Bad und kommt sogleich wieder zurück. »Bitte sehr«, sagt er und hält mir das Handy auf der ausgestreckten Hand entgegen.

Ungläubig starre ich es an. »Äh …«, stammle ich. Mir fehlen im wahrsten Sinn die Worte. Damit habe ich nicht gerechnet.

»Sie wollten doch das Smartphone zurück?«, sagt er und reißt mich damit aus meiner Schockstarre. »Bitte schön.«

Ich nehme das Handy an mich. Es ist eindeutig dasselbe, das ich ihm vor wenigen Stunden überlassen habe. Ich erkenne es an einem winzigen Sprung im Display wieder.

»Ist alles in Ordnung mit Ihnen?«, fragt der Pater behutsam.

Tja, was soll ich darauf antworten? Dass ich ihm nun

ebenso misstraue wie Salvini, den Hotelbesitzern, dem Wertheimer und allen anderen hier? Und was, so frage ich mich, hat er Salvini da vor dem Postkartenladen zugesteckt?

»Sie wirken so aufgewühlt. Was ist passiert?«, fragt der Pater einfühlsam nach.

»Entschuldigung, es tut mir leid. Ich hatte Sie im Verdacht, mir in den Rücken zu fallen. Auf der Piazza habe ich beobachtet, wie Sie Salvini etwas zugesteckt haben. Darum dachte ich, es wäre das Handy gewesen«, erkläre ich mein seltsames Verhalten.

»Salvini? Wer soll das sein? Ich kenne niemanden mit diesem Namen.«

»Commissario Salvini von der Questura in Bardolino. Sie haben ihn doch erst vor einer halben Stunde am Stand bei den Postkarten getroffen und etwas in seine Jackentasche gesteckt. Das habe ich nun wirklich ganz genau gesehen.«

Pater Gregor scheint einen Augenblick zu überlegen und schüttelt dann nachdenklich den Kopf. »Es stimmt, dass ich im Ort Ansichtskarten gekauft habe, aber ich habe dort niemanden getroffen, geschweige denn jemandem etwas zugesteckt. Hier bitte, damit Sie mir glauben.« Er zieht eine kleine Papiertüte aus seiner Jackentasche und entnimmt ihr zwei Karten. Eine von Bardolino, eine von der Chiesa di San Nicolo.

Ich bin verrückt, übergeschnappt und bilde mir Sachen ein, die es gar nicht gibt, denke ich verzweifelt. Vielleicht habe ich einen Sonnenstich? Es ist auch verdammt heiß hier in Italien. Ich fasse mir an die Stirn und fühle die Temperatur. Alles in Ordnung. Dann bin ich wohl einfach nur fertig, erledigt, ausgepowert, wie man so schön sagt. Wäre ja auch kein Wunder. Ich komme, seit wir hier sind, ja kaum noch zum Schlafen.

»Sie sollten sich ein wenig ausruhen«, sagt der Pater, als hätte er meine Gedanken gelesen. »Sie sind seit gestern Abend auf den Beinen, haben kaum geschlafen, da spielt einem das Gehirn gerne mal einen Streich. Legen Sie sich für ein paar Stunden hin, ehe Sie mir hier noch zusammenklappen.«

»Das geht nicht«, sage ich bockig. »Ich darf Weilheimer nicht aus den Augen lassen. Er hat irgendetwas vor, das weiß ich. Wozu hätte er sich sonst einen Wagen besorgt? Darf ich das Telefon so lange noch in Ihrer Obhut lassen, bis ich wieder zurück bin?«

»Selbstverständlich, kein Problem.«

Kapitel 18

Ich überlege, von wo aus ich am besten sehen kann, wann Weilheimer das Hotel verlässt. Da sein Mietwagen vor der Villa Franca parkt, gehe ich davon aus, dass er sich noch in seinem Zimmer aufhält. Vermutlich ist die kleine Bar an der Straße der perfekte Platz für meine Zwecke. Von da aus kann ich schnell genug agieren, ohne ihn aus den Augen zu verlieren. Und mein Auto steht noch immer da, wo ich es am Vormittag geparkt habe.

Nach einer raschen Dusche, die meine Lebensgeister wieder weckt, schlüpfe ich in ein sauberes T-Shirt und frische Jeans, dazu ziehe ich den neu erworbenen Gürtel an. Statt eines Sonnenhuts wähle ich das luftige Baumwolltuch, das ich im Nacken unter den Dreadlocks verknote. Bevor ich den Raum verlasse, werfe ich noch einen Blick auf mein Handy. Nichts. Keine Nachricht, weder vom Hafner noch vom Knogl.

Mit einer Sonnenbrille vor dem grellen Licht geschützt, nehme ich wenig später meinen Posten in der Bar ein und bestelle einen Eiskaffee und eine Flasche Wasser. Obwohl ich kein Italienisch kann, nehme ich mir eine der ausliegenden Zeitschriften und blättere darin herum. Der Kellner stellt das Tablett mit meiner Bestellung vor mir ab, und ich begleiche die Rechnung sofort, um jederzeit sprungbereit zu sein.

Die Zeit vergeht, und nichts geschieht. Nur Jordan fährt

irgendwann am späten Nachmittag mit dem Bus vom Hof, um die Reisegruppe in Sirmione abzuholen.

Das Magazin habe ich unterdessen einige Male durchgeblättert, aber mehr, als die Bilder darin zu betrachten, bleibt mir nicht übrig. Auch die Getränke gehen langsam zur Neige, darum winke ich den Kellner erneut zu meinem Tisch und bestelle dasselbe noch einmal.

Nach einer weiteren Stunde geduldigen Wartens kehrt dann Trubel ein. Jordan hält mit dem Bus direkt vor der Bar. Einige Teilnehmer unserer Reisegruppe wirken bedrückt beim Aussteigen, andere dagegen so, als wäre nichts geschehen. Als die Mama, gefolgt von Becker, den Bus verlässt, erhebe ich mich von meinem Platz und gehe auf sie zu.

»Hast du auf uns gewartet?«, erkundigt sie sich hoffnungsvoll.

»Ja, aber es gibt noch immer keine Neuigkeiten in Sachen Rosa. Leider.«

Die Mama lässt enttäuscht die Schultern hängen. »Was sagst du zu Carlo? Ist das nicht schrecklich? Wir sind alle wie vor den Kopf gestoßen.«

»Wie habt ihr es denn erfahren?«

»Von Viola, im Bus. Zuerst wollten wir gar nicht einsteigen. Wir haben zwar gesehen, dass es unser Bus war, der da stand, doch den Mann, der ihn fuhr, kannten wir nicht. Viola war aber bereits informiert. Sie bat uns alle, Platz zu nehmen, und dann haben sie uns die traurige Nachricht überbracht.«

»Wie geht es denn Ihnen denn damit?«, frage ich Herrn Becker. »Sie haben Carlo ja schon länger gekannt.«

Der alte Mann winkt müde ab. »Es ist furchtbar. Ich reise schon so viele Jahre mit diesem Unternehmen, und immer war Carlo der Chauffeur. Es ist unvorstellbar für mich, dass er nicht mehr leben soll. Ich glaube, das wird dann auch meine letzte Reise hierher gewesen sein.« Wehmut schwingt in seiner Stimme mit.

»Wie war denn euer Ausflug? Hattet ihr es schön?«, versuche ich, die beiden auf andere Gedanken zu bringen.

»Sehr schön und sehr aufregend!«, sagt die Mama. »Nicht wahr, Herr Becker?«

»Aufregend?«, hake ich leicht alarmiert nach.

»Ja, stell dir vor, wir haben uns aus den Augen verloren und auf einmal war Herr Becker weg«, sagt die Mama und setzt sich zu mir an den Tisch.

Becker bleibt hingegen stehen.

»Ich weiß eigentlich gar nicht, wie das passiert ist. Wir waren doch immer in der Gruppe beisammen, aber auf einmal legte das Schiff ab, obwohl Herr Becker noch an der Anlegestelle stand.« Vorwurfsvoll schüttelt sie den Kopf und schaut Herrn Becker an, der bedächtig lächelt.

»Es ist mir so unangenehm, einen solchen Wirbel verursacht zu haben, das dürfen Sie mir glauben. Dabei wollte ich kurz vor der Abfahrt nur noch ein kleines Steinchen aus meinem Schuh schütteln, das mich schon die ganze Zeit gedrückt hatte. Aber das hat anscheinend doch etwas zu lange gedauert, denn als ich wieder hochsah, hatte das Schiff schon abgelegt.«

»Warum haben S' das denn nicht auf der Fähre gemacht?«, tadelt die Mama ihn.

»Ja, wenn ich das geahnt hätte«, verteidigt sich Herr Becker. »Aber Sie wissen ja, wie das ist: Man meint immer, man hat noch Zeit, und plötzlich …«, bedauernd zuckt er die Schultern.

»Wie sind Sie dann nach Sirmione gekommen? Mit dem Taxi?«, frage ich.

»Wo denken Sie hin. Das wäre viel zu teuer gewesen. Ich bin mit dem nächsten Schiff nachgekommen. Das hat zwar leider etwas gedauert und ich konnte mir die Festung nicht mehr ansehen, aber am Treffpunkt beim Bus war ich pünktlich wieder zur Stelle!«, bemerkt er stolz.

»Und die Reiseleiterin hat nichts unternommen, um Sie zu holen?«, wundere ich mich.

»Der Fahrkartenverkäufer hat auf der Fähre Bescheid gegeben, dass ich eigenverantwortlich nachkomme. Wir konnten alles telefonisch regeln.«

»Ich finde es unverantwortlich von Viola, dass sie nicht nachgezählt hat, ob alle an Bord sind«, erbost sich die Mama über die Reiseleiterin. Doch Herr Becker beschwichtigt sie.

»Jeder macht mal Fehler. Wenn mich die Damen jetzt entschuldigen. Ich möchte mich vor dem Abendessen noch ein wenig ausruhen und frisch machen.« Mit einer kleinen Verbeugung verabschiedet sich der alte Herr.

»Ich finde, du solltest dich auch ein wenig hinlegen«, sage ich zur Mama, die einen müden Eindruck auf mich macht.

»Ach, Mädi. Was, wenn wir die Rosa nicht mehr rechtzeitig finden? Wir können's doch nicht alleine hier in Italien lassen.« Mit einem Seufzer wischt sie sich über ihre feuchten Augen.

»Ich verspreche dir, dass das nicht geschehen wird«, versichere ich ihr, und sie drückt wortlos meine Hand.

»Hör zu, Mama. Ich werde heute Abend nicht zum Essen kommen. Ich habe vielleicht eine Spur, der ich unbedingt nachgehen will, aber das muss unter allen Umständen unter uns beiden bleiben, hörst du? Du darfst zu niemandem ein Wort sagen. Auch nicht zu Herrn Becker. Wenn jemand nach mir fragen sollte, sagst du, ich fühlte mich nicht wohl. Hätte ein wenig zu viel Sonne abbekommen und wäre bereits schlafen gegangen. Ist das klar?«

Hoffnungsvoll schaut mich die Mama an und nickt. »Aber Mädi, warum denn so geheimnisvoll?«

»Das erkläre ich dir später. Jetzt ist es wichtig, dass du dich so unauffällig wie möglich benimmst. Versprochen? Zu keinem ein Wort!«

Die Mama drückt mich fest an sich. Das hat sie schon lange nicht mehr gemacht. »Aber du passt auf dich auf, Mädi, gell. Ich möchte nicht alleine nach Hause zurückfahren«, sagt sie.

Ich nicke. »Ich versprech's dir.«

Dann nimmt sie ihre Tasche, strafft die Schultern und marschiert tapfer ins Hotel.

Kapitel 19

Eine weitere Stunde vergeht, in der nichts geschieht. Langsam kommen mir Zweifel an meinem Plan. Gerade als ich darüber nachdenke aufzugeben, kommt der Weilheimer aus dem Hotel und marschiert schnurstracks auf sein Mietauto zu.

Ich setze mich ebenfalls in Bewegung. So schnell wie möglich laufe ich zu meinem Mietwagen und starte. Mühelos wende ich auf der Straße. Als ich am Hoteleingang vorbeifahre, springt mir plötzlich jemand vor die Motorhaube. »Verdammt noch mal!«, fluche ich laut, während ich eine Vollbremsung hinlege. Die Wagentür wird aufgerissen und Pater Gregor lässt sich außer Puste auf den Beifahrersitz plumpsen.

»Ich lasse Sie doch nicht ohne geistlichen Beistand ziehen!«, schnauft er schwer.

Für eine Diskussion ist keine Zeit, also rufe ich nur: »Tür zu!«, und sause los.

Erschrocken greift er zum Gurt. »Was genau haben Sie vor?«, erkundigt sich der Pater, während ich mich frage, woher er wohl wusste, dass ich jetzt losfahre. Aber inzwischen wundert mich hier gar nichts mehr.

»Ich denke, der Weilheimer fährt dorthin, wo er meine Tante versteckt hält. Sobald ich sicher weiß, dass das so ist, werde ich versuchen, ihn zu überwältigen, zur Not mit Commissario Salvinis Hilfe.«

Eine Zeit lang fahren wir schweigend dahin. Wir verlassen Bardolino in Richtung Norden und nehmen dann beim Kreisverkehr die Ausfahrt SR249. Nach etwa sieben Kilometern kommen wir erneut an einen Kreisel. Dort ist das Verkehrsaufkommen höher, und ich muss warten, bis ich mich in den Kreisverkehr einfädeln kann.

»Verdammt, verdammt, verdammt!«, schimpfe ich los und haue dabei wütend auf das Lenkrad. »Entschuldigen Sie, Pater!« Es ist mir ein bisschen unangenehm vor dem Pfarrer, dass ich mich nicht besser beherrschen kann. Endlich geht es weiter, doch Weilheimers Wagen habe ich zwischenzeitlich aus den Augen verloren. Da ich nicht habe sehen können, wo er abgefahren ist, drehe ich drei Runden in dem Kreisel, sehr zum Ärger der anderen Verkehrsteilnehmer, die dies mit lautem Gehupe kundtun. Bei der zweiten Runde lese ich auf einem Schild »Peschiera«. Die Salamifabrik, natürlich! Dass ich da nicht gleich draufgekommen bin. Ich werfe einen vorsichtigen Seitenblick auf meinen Beifahrer. Er wirkt etwas bleich um die Nase und spricht kein Wort mehr mit mir. Vermutlich ist ihm vom »Karussellfahren« übel. Egal, nach Konversation steht mir sowieso nicht der Sinn.

Mein Handy klingelt. Während ich mit der rechten Hand in meine Gesäßtasche greife, hält die linke das Lenkrad weiter fest im Griff. Der Hafner. Endlich. Es brennt mir unter den Nägeln zu erfahren, was er über den Weilheimer herausgefunden hat.

»Hafner, Servus, was gibt's?«, rufe ich erfreut ins Telefon.

»Meisinger, hören S' gut zu, was ich Ihnen jetzt sage.«

Sein Tonfall gefällt mir ganz und gar nicht. Da ich den Weilheimer sowieso schon aus den Augen verloren habe, mir aber ziemlich sicher bin zu wissen, wohin er gefahren ist, gehe ich etwas vom Gas.

»Wo sind S' denn gerade?«, erkundigt sich mein Dienst-stellenleiter.

»Mit dem Auto unterwegs nach Peschiera del Garda zu einer Salamifabrik! Ich verfolge diesen ominösen Weilheimer. Ich denke, er will dorthin.«

»Sie müssen sofort wieder umdrehen. Haben Sie mich verstanden? Drehen Sie sofort um, Meisinger!«

»Was sagen Sie da?« Der spinnt wohl! »Auf keinen Fall!«, blaffe ich ihn an.

»Meisinger, Sie sind da in eine Riesensache hineingeraten. Das ist eine Nummer zu groß für Sie. Ich sage nur: Mafia!«

Jetzt fängt der auch noch damit an! Sind denn plötzlich alle verrückt geworden? Und woher will ausgerechnet der Hafner das so genau wissen? »Hafner, das ist mir alles vollkommen egal. Ich muss endlich meine Tante finden, und ich glaube, ich weiß jetzt, wo sie ist. Ich werde mich von nichts und niemandem aufhalten lassen, basta!« Unbewusst drücke ich wieder auf die Tube.

»Na gut. Sie wollen es wohl nicht anders. Also passen Sie auf: Auf der Teilnehmerliste des Reisebüros stehen mehrere Leute, die nicht diejenigen sind, für die sie sich ausgeben«, redet er eindringlich auf mich ein.

»Ja, das weiß ich doch längst. Der Weilheimer ist nicht der Weilheimer. So weit waren wir doch schon«, entgegne ich genervt, den Blick fest auf die Straße gerichtet.

»Und Ihr Pater Gregor ist weder ein Ordensbruder noch sonst irgendein Geistlicher. Er arbeitet mit diesem Weilheimer zusammen!«, brüllt der Hafner aufgeregt in den Hörer. »Ich habe diese Information vom BKA. Das ist topsecret! Haben Sie mich verstanden?«

Ich bin wie vom Donner gerührt. Fest presse ich das Handy ans Ohr, damit mein Nachbar nur ja nichts von unserem Gespräch mitbekommt.

»Was sagen Sie da?«, entgegne ich geschockt. Entsetzt starre ich meinen Beifahrer an.

Einen Ticken zu lange, denn plötzlich schreit dieser laut: »Vorsicht!«

Ich schaue nach vorne und trete voll auf die Bremse. Mit beiden Händen umklammere ich das Lenkrad, wobei mir das Handy auf den Boden fällt. Was der Hafner außerdem noch zu vermelden hat, höre ich deshalb nicht mehr. Gerade noch rechtzeitig kann ich den Zusammenstoß mit einem Radfahrer verhindern, der ohne Vorwarnung die Straße überquert. Das Blut pocht in meinen Schläfen, und immer wieder denke ich denselben Satz: »Der Pfarrer gehört zum Weilheimer dazu!« Es gibt keinen Pfarrer. Pater Gregor, der wahrscheinlich nicht einmal Gregor heißt, ist ein Komplize vom Weilheimer. Wie hat der Hafner noch gesagt? »Sie sind da in eine Riesensache hineingeraten. Mafia!« Ich muss den Pater loswerden, hallt es in meinem Schädel. Nur wie? Denk nach, Maxi! Er ist mit Sicherheit bewaffnet, im Gegensatz zu mir.

Als nach einigen Metern ein Feldweg von der Straße abbiegt, halte ich den Wagen parallel zur Straße an. Den Motor lasse ich laufen.

»Was ist los?«, fragt mein Beifahrer und schaut mich argwöhnisch an.

»Ich glaube, mit einem der Reifen ist etwas nicht in Ordnung«, sage ich. »Vielleicht wegen der Vollbremsung vorhin.« Ich steige aus und gehe um den Wagen herum. Dabei überprüfe ich zum Schein die Räder, während mein Beifahrer tatenlos im Auto sitzen bleibt. »Könnten Sie sich das bitte einmal ansehen?«, rufe ich.

Mein Begleiter öffnet die Wagentür, aber nur einen Spalt breit. »Tut mir leid, aber von Autos verstehe ich nichts«, sagt er.

Ich bleibe abwartend stehen.

Seufzend steigt er aus. Die Tür lässt er dabei offen.

Mist! Aber egal. Ich zeige auf das rechte Hinterrad.

»Ich glaube, wir verlieren Luft«, sage ich.

Mein Begleiter geht wie erhofft in die Hocke und drückt mit dem Daumen gegen das Rad. Darauf habe ich gewartet. Mit einem gezielten Fußtritt will ich ihm voll in die Seite treten. Doch er weicht geschickt aus, sodass mein Fuß knapp vorbeizielt. Dafür packt er mich jetzt am Bein, dreht es mit Schwung, sodass ich der Länge nach mit voller Wucht auf dem Boden lande. Meine Sonnenbrille fliegt in einem hohen Bogen davon. Eine Weile kämpfen wir auf dem staubigen Feldweg miteinander, und es ist nicht absehbar, wer von uns beiden als Sieger aus der Rauferei hervorgehen wird.

Ich wende sämtliche Griffe meiner Judoausbildung an, doch mein Gegner ist offenbar ebenfalls kampfsporterprobt. Letztendlich ist er mir körperlich einfach überlegen. Schließlich sitzt er auf mir drauf und drückt mit seinen Knien meine Oberarme auf den Boden. Durch sein Gewicht bekomme ich fast keine Luft mehr.

Mit einem gezielten Griff öffnet er den Gürtel meiner Jeans, und für einen Moment überkommt mich Panik. Will er mich hier auf offener Straße vergewaltigen? Kommt denn in dieser gottverlassenen Gegend niemand vorbei, der mir helfen könnte?, schießt es mir durch den Kopf.

Wie verrückt strample ich mit den Beinen und versuche verzweifelt, ihn abzuschütteln. Vergeblich. Doch er nimmt mir den Gürtel nur ab, um mich damit zu fesseln. Während er den Ledergürtel um meine Handgelenke schlingt, schreie ich aus Leibeskräften und versuche, ihn zu beißen.

Geschickt weicht er all meinen Angriffsversuchen aus und hält mir schlussendlich den Mund zu. Dann zieht er mir das Tuch vom Kopf und knebelt mich damit, was mich allerdings nicht daran hindert, weiter zu schreien.

»Fordern Sie mich nicht noch mehr heraus!«, sagt er und zieht ein geknülltes Stofftaschentuch aus der Hosentasche.

Ich verstumme. Das finde ich nun wirklich eklig.

Er steht auf und wischt sich den Staub von seinen schwarzen Klamotten. Erschöpft setze ich mich auf. Meine Kleidung ist ebenfalls über und über mit Staub bedeckt, ebenso mein Haar. Meine Ellbogen sind blutig geschrammt und schmerzen.

»Darf ich?« Gregor vergewissert sich erst, dass ich nicht wieder nach ihm trete. Dann hilft er mir mit Schwung auf die Beine und wischt mir grob den Schmutz von der Jeans. Er nimmt sein Taschentuch und betupft damit vorsichtig meine Wunden. »Steigen Sie ein!«, sagt er und hält mir die Beifahrertür auf.

Ich weigere mich. Grob packt er mich am Arm und zieht mich zur Beifahrertür. Dann drückt er meinen Kopf nach unten und zwingt mich, einzusteigen. »Los jetzt! Ich kann Sie auch in den Kofferraum sperren, wenn Sie es darauf anlegen«, droht er mir. Dann setzt er sich auf den Fahrersitz, schnallt mich fest, hebt mein Handy vom Boden auf und steckt es triumphierend grinsend ein.

Ich werfe ihm bitterböse Blicke zu und verfluche ihn durch meinen Knebel hindurch. Das lässt ihn jedoch völlig kalt. Anschließend setzt er den Wagen etwas zurück, biegt in den schmalen Feldweg ein und fährt diesen entlang, bis wir zu einem kleinen Waldstück kommen.

Was hat er vor? Vermutlich wird er mich hier erschießen und im Wald liegen lassen. Hierher kommt so schnell niemand, und hier wird man bestimmt auch nicht nach mir suchen. Na prima! Was für ein gelungenes Geburtstagsgeschenk für die Mama. Die Schwester entführt und vielleicht schon tot. Die Tochter ermordet.

»Cordiali saluti – la tua mafia! Mit freundlichen Grüßen – Ihre Mafia!«

»Hach chut weh!«, presse ich wütend hervor und hebe anklagend meine schmerzenden Hände.

Gregor wirft einen kurzen Blick darauf. »Ich musste den Gürtel so festziehen«, entgegnet er und es klingt fast wie eine Entschuldigung. Kurz darauf hält er den Wagen an und steigt aus. Langsam kommt er zur Beifahrerseite. Er öffnet mir die Tür.

»Steigen Sie aus!« Er wirkt absolut gelassen.

Während ich überlege, ob ich tun soll, was er von mir verlangt, geht er einige Schritte den Weg entlang. Er verschränkt die Arme im Nacken und streckt seinen Rücken durch.

Schade, dass er ein Verbrecher, wahrscheinlich sogar ein Mörder ist, denke ich mir. Er sieht eigentlich gar nicht mal so übel aus. Ich betrachte ihn eine Weile. Wenn ich mich weigere auszusteigen, muss er mich hier erschießen. Das hinterlässt dann wenigstens einen schönen Blutfleck auf dem Sitz, und er kann den Wagen nicht zurückgeben, ohne dass die Autovermietung etwas bemerkt. Außer, er lässt das Auto verschwinden. Aber dann würde der Autoverleiher mit Sicherheit nach dem Wagen und mir suchen lassen.

Gregor kommt auf mich zu. »Ich bin kein Pater«, sagt er ruhig und lässt mich dabei nicht aus den Augen.

»Hach weich ich chon!«, entgegne ich mühsam mit dem Tuch im Mund. Er greift in seine Jackentasche und holt etwas hervor. Seine Pistole vermute ich.

Scheiß drauf! Ich steige aus und lehne mich mit dem Rücken an die Wagenseite. Den Feind immer im Blick. Verloren ist verloren! Ich weiß, wann das Spiel aus ist. Wenn ich schon sterben muss, dann wenigstens erhobenen Hauptes. Ich bin selbst überrascht, dass ich meinen letzten Sekunden so entspannt entgegentrete. Nicht die geringste Angst. Mir ist viel eher danach zu lachen. Darüber, dass ich mein Leben so dilettantisch in den Sand gesetzt habe. »Alcho loch, bwingen wir es hinter unch. Erchiechen Sie mich chon!«, ermutige ich ihn schwer verständlich durch meinen Knebel.

Gregor sieht mich an, als sei ich total durchgeknallt. Das hat man als Killer wohl nicht so oft, dass das Opfer um den Tod bettelt. Er atmet tief durch die Nase ein und hörbar über den Mund wieder aus. Er greift mit der Hand in mein zerzaustes Haar und zieht einen Grashalm heraus. Dann lehnt er sich neben mich an den Wagen, zieht eine Zigarette aus der Schachtel, die er gerade aus seiner Jacke geholt hat, und zündet sie an. Er nimmt einen tiefen Zug und bläst den Rauch langsam in die Luft.

»So was Verrücktes wie du ist mir lange nicht mehr begegnet«, sagt er schließlich kopfschüttelnd.

»Ganke chön.« Sollte das ein Kompliment sein?

Er hält mir die Schachtel hin. »Auch eine?«

»Cha, cha, cha«, versuche ich ein ironisches Lachen und deute mit meinen gefesselten Händen in mein Gesicht.

»Ach ja.« Grinsend nimmt er mir den Knebel ab. »Tut mir leid. Aber es ging nicht anders.«

Ich öffne meinen Mund weit und beiße ein paarmal laut die Zähne zusammen. Dann spucke ich neben mich auf den Boden, um den unangenehmen Geschmack, den das Stoffband im Mund hinterlassen hat, loszuwerden.

Gregor zündet mir eine Zigarette an und steckt sie mir zwischen die Lippen.

Ein wenig unbeholfen nehme ich sie zwischen meine zusammengebundenen Hände.

»Wenn du mir versprichst, keine Dummheiten zu machen, nehme ich dir die Fessel ab.« Er sieht mich eindringlich an.

Es irritiert mich, dass er plötzlich so freundlich ist – und dass er mich duzt. Aber das ist sicher nur Taktik. Ich könnte es zwar noch mal auf einen Zweikampf ankommen lassen, doch seit vorhin weiß ich, dass ich gegen ihn kaum eine Chance habe. Außerdem empfinde ich ihn seltsamerweise weder als gefährlich noch als bedrohlich. Also nicke ich zustimmend, und er löst umgehend die Fessel. Es ist ein sehr weicher Ledergürtel, trotzdem hat er rote Striemen an meinen Handgelenken hinterlassen.

Gregor nimmt sanft meine Hände und massiert vorsichtig die malträtierten Stellen.

»Wer sind Sie und was wollen Sie von mir?«

Die Frage ist überfällig, und ich bin gespannt auf die Antwort.

Kapitel 20

Das glaubt mir kein Mensch. Wenn ich diese Geschichte zu Hause in Schnaipfing erzähle, glaubt mir das im Leben niemand.

Nach der kurzen Zigarettenpause und einem klärenden Gespräch nehmen wir schleunigst wieder die Fahrt auf. Verstohlen werfe ich immer wieder mal einen Seitenblick auf den Mann neben mir, der erneut das Steuer übernommen hat. Diesmal ohne Kampf. Nachdem der Hafner teilweise sein Inkognito auffliegen ließ, musste er bei mir wohl oder übel die Hosen runterlassen. Bildlich gesprochen, versteht sich, was dachten Sie denn?

Pater Gregor, oder besser gesagt, Daniel Freese, wie er im richtigen Leben heißt, ist ein Kollege vom Drogendezernat. Er und sein Vorgänger Roman Gärtner, der sich unter dem Namen Ernst Weilheimer zur Reise angemeldet hatte, sind hinter einer Bande von Drogenschmugglern her. Es bestand schon längere Zeit der Verdacht, dass die Deals über die Busreisen an den Gardasee abgewickelt werden. Gärtner ermittelte schon Jahre in diese Richtung, konnte aber nie den entscheidenden Beweis erbringen. Bevor er sich in den Ruhestand verabschiedet, wollte er diesen Fall unbedingt zu Ende bringen. Sie waren schon ziemlich nahe an der Auflösung dran, da kam ihnen die Tante Rosa dazwischen, und dann auch noch ich. Mehr wollte Daniel mir vorerst nicht verraten.

Weilheimer beziehungsweise Gärtner ist sich sicher, dass Antonio Giordano einer der wichtigsten Drahtzieher ist. Er und Daniel wollen deshalb heute in die Salamifabrik einsteigen, um nach eindeutigen Indizien dafür zu suchen. Da ich jedoch den Weilheimer respektive den Gärtner verdächtigte, die Tante Rosa entführt zu haben, und ihn beschattete, musste Daniel stattdessen auf mich aufpassen. Eine verworrene Geschichte. Fakt ist jedenfalls, dass wir nun alle zusammen an einem Strang ziehen.

»Wieso hast du mich nicht von vornherein eingeweiht? Das wäre doch so viel einfacher gewesen«, frage ich Daniel.

»Das Ganze ist eine streng geheime Aktion, und du warst so fixiert darauf, deine Tante zu retten, dass du dich vielleicht verplappert oder einen Fehler gemacht hättest, der dir oder uns geschadet hätte.«

»Na hör mal, was denkst du denn von mir? Ich bin doch keine Anfängerin.«

»Maxi, ich glaube, du hast es immer noch nicht begriffen. Das hier ist kein Spiel. Wir haben es nicht mit irgendwelchen Kleinkriminellen zu tun. Das ist ein ganz großes Ding. Hier hat die Mafia ihre Hand im Spiel.«

Wir befinden uns bereits ganz in der Nähe der Fabrik. Das Firmengelände können wir nicht befahren, ohne Aufsehen zu erregen. Daher biegen wir kurz vorher in einen Seitenweg ein, der hinter den Weiden vorbeiführt, auf denen die schlachtreifen Schweine ihre letzten Tage fristen.

»Du hältst dich ab jetzt strikt an meine Anweisungen. Ist das klar? Keine Alleingänge!« Daniel sieht mich eindringlich an.

Ich verspreche es ihm.

Wir steigen aus und suchen nach einer Stelle, an der wir möglichst unauffällig über den Zaun klettern können, ohne vom Firmengelände her entdeckt zu werden.

Dann schleichen wir uns vorsichtig geduckt in Richtung Schlachterei.

Von Zeit zu Zeit bedeutet mir Daniel, in die Hocke zu gehen. Wir sprechen ab jetzt kein Wort mehr. Immer wieder suchen wir die Gegend mit den Augen nach Überwachungskameras oder Personen ab. Gleichzeitig müssen wir darauf achtgeben, die Schweine nicht aufzuscheuchen. Schon die kleinste Unachtsamkeit könnte für Unruhe sorgen, und man würde uns entdecken.

Da es Freitagabend ist, wird hier nicht mehr gearbeitet. Trotzdem müssen wir davon ausgehen, dass sich jemand auf dem Gelände befindet. Ein Wachmann oder vielleicht sogar Giordano selbst, dessen Wohnhaus nur wenige Meter von der Schlachterei entfernt steht.

Wir arbeiten uns in kleinen Etappen bis zu einem Unterstand für die Tiere vor. Dort signalisiert mir Daniel zu warten. Er selbst hat zwischenzeitlich Kontakt mit Gärtner aufgenommen und will sich mit ihm treffen.

»Egal was passiert, du bleibst hier und rührst dich nicht von der Stelle!«, flüstert er mir eindringlich zu.

Ich nicke. Beim Unterstand sind einige Büsche, die mir Sichtschutz bieten. Von der Fabrik aus bin ich nicht zu sehen, und die Stelle, wo unser Wagen steht, ist zu weit entfernt. Sollte dort jemand vorbeifahren, könnte man mich für eines der Tiere halten, solange ich geduckt zwischen den Sträuchern bleibe.

»Aber du gibst mir sofort Bescheid, wenn du die Tante Rosa findest«, verlange ich mit Nachdruck. Er verspricht es und verschwindet.

Eine ziemlich lange Zeit, so kommt es mir vor, bleibt alles ruhig. Von meinem Versteck aus kann ich wenig sehen. Daher lausche ich angespannt auf jedes Geräusch. Hin und wieder fährt ein Auto auf der Straße vorbei. Sogar ein Fahrzeug der Straßenreinigung hatte bei unserer Ankunft seine Runden gedreht und offensichtlich das Firmengelände gereinigt.

Ich sitze wie auf Kohlen und halte das Warten kaum mehr aus. Der Mann hat doch keine Ahnung, was er da von mir verlangt. Von einer Kollegin noch dazu. Ich soll hier seelenruhig abwarten, während nur einen Steinschlag entfernt eine große Razzia stattfindet? Aber im Gegensatz zu den anderen trage ich keine Waffe.

Plötzlich ist ganz in meiner Nähe ein lauter Knall zu hören, wie von einer kleinen Explosion. Ich halte erschrocken die Luft an. Vorsichtig versuche ich, von meinem Unterschlupf aus etwas zu erkennen. Die Tür am Rückgebäude steht offen. Ein paar Minuten vergehen, dann laufen zwei Männer über das Gelände. Schüsse fallen. Von Weitem sind auch Martinshörner zu hören, die sich rasch nähern.

Ganz schön fix, die Kollegen in Italien, stelle ich anerkennend fest. Aus der Fabrik sind Schreie zu hören. Ein Einsatzfahrzeug stoppt mit quietschenden Reifen, und Uniformierte stürmen das Gebäude. Da drinnen scheint es ziemlich hart herzugehen. Dann ist es mit einem Mal beängstigend still. Totenstill. Nach einiger Zeit kommen die Polizisten zurück. Vor ihnen zwei Gefangene in Handschellen, Gärtner und Freese.

Ich fasse es nicht. Dahinter, ganz ohne Handschellen und ohne Polizeigeleit, Giordano und noch ein Mann, den ich nicht erkenne – und mein ganz spezieller Freund: Commissario Salvini.

Einen Moment hocke ich völlig fassungslos am Boden und verstehe die Welt nicht mehr. Daniel und sein Chef werden in den Polizeiwagen verfrachtet und weggebracht. Auch der andere Mann verzieht sich nach einem kurzen Gespräch mit Giordano. Salvini bleibt bei Giordano zurück und spricht mit ihm. Er klopft ihm sogar freundschaftlich auf die Schulter. Dieser Verräter! Sie unterhalten sich eine ganze Weile. Salvini besieht sich gemeinsam mit Giordano den Schaden an der Tür, die sich offenbar nicht mehr abschließen lässt.

Während Giordano an dem Schloss hantiert, schaut Salvini hinter dessen Rücken lange in meine Richtung. Hat er mich womöglich entdeckt? Das wäre ja wirklich zu dumm. Ich kann mir das kaum vorstellen, denn durch das Buschwerk bin ich ganz gut abgeschirmt, aber vielleicht blitzt ja meine Kleidung zwischen den Blättern hindurch. Schließlich beendet Giordano die Begutachtung des defekten Schlosses, und nachdem ihm Salvini wie einem Freund auf die Schulter geklopft hat, verschwinden beide ums Gebäude herum, vermutlich in Richtung Wohnhaus.

Ich muss mich sammeln. Was war das denn für ein dilettantischer Einsatz? Und das sollen Profis sein? Haben die beim Drogendezernat nichts von ihrem Handwerk gelernt? Ich bin stinksauer, fühle mich wie in einem schlechten Film. Das hätte der Knogl auch hingebracht. Oder, was sagen Sie?

Jetzt hocke ich hier allein zwischen Schweinen auf einer Weide, und meine Kollegen wurden von der örtlichen Polizei abgeführt. Das kann doch wohl alles nicht wahr sein. Und was ist mit der Tante Rosa?

Die Tür steht immer noch offen, und Giordano und Salvini sind verschwunden. Das ist meine Chance. Flink wie ein Wiesel laufe ich geduckt die kurze Distanz über die Koppel. Vorsichtig klettere ich über den Zaun. Ich lausche. Nichts und niemand ist zu hören. Nach wenigen Metern habe ich die Tür erreicht. Drinnen brauche ich einen kurzen Augenblick, um mich zu orientieren. Dann weiß ich wieder genau, wo ich bin. Ein paar Schritte geradeaus den Gang entlang, dann nach rechts. Die erste Tür gehört zum Kühlraum für das Schlachtfleisch. Ich öffne sie vorsichtig. Der Kühlraum ist leer.

Auf leisen Sohlen schleiche ich zur nächsten Tür. Es ist diejenige mit der warnenden Hand darauf. Ich habe Angst, dahinter etwas Furchtbares vorzufinden, doch ich muss hinein. Auch dort ist es kalt, so wie im Kühlraum nebenan. Einige Schweinehälften hängen an Haken von der Decke. In einer Ecke steht eine fahrbare Wanne, bedeckt mit einer blauen Plane, genauso wie es die Tante Rosa beschrieben hat. Angespannt bis in die Haarspitzen hebe ich die Abdeckplane vorsichtig mit zwei Fingern hoch. Die Wanne ist leer. Keine Anzeichen dafür, dass sich ein Mensch darin befunden hätte.

Von draußen sind nun Stimmen zu hören. Das können nur der Metzger Giordano und der Commissario sein, die wieder zurückkommen. Verdammt, die Tür zum Lagerraum ist nur angelehnt. Das fällt ihnen sicher auf. Ich muss mich irgendwo verstecken, sonst finden sie mich hier. Mir bleibt keine andere Wahl, als in die Wanne zu klettern. Rasch ziehe ich die Plane über mich und halte die Luft an. Gleich darauf betritt jemand den Raum. Ich höre Gemurmel und Schritte, die beim Näherkommen ein quietschendes Geräusch auf dem Fliesenboden verursachen. Jeden Moment wird jemand die Plane anheben.

Ich schließe die Augen und versuche, gleichmäßig zu atmen. Mein Puls schlägt wie verrückt und Schweiß tritt mir aus sämtlichen Poren. Eine gefühlte Ewigkeit bleibt es still, doch ich spüre, dass die beiden immer noch im Raum sind. Die Schritte kommen näher. Einer der beiden muss jetzt direkt vor der Wanne stehen. Gleich wird derjenige unter die Plane schauen und mich entdecken. Doch just in dem Moment ergreift Salvini das Wort. Seine Stimme klingt etwas entfernt, woraus ich schließe, dass er an der Tür und der Metzger vor meinem Versteck stehen muss. Ich kann die Worte »nessuno« und «andiamo« deutlich hören. Giordano erwidert etwas in seiner Landessprache.

Und ich höre das Rascheln der Plane in seiner Hand.

Salvini wiederholt das Gesagte. Diesmal ungeduldig und mit Nachdruck.

Giordano verharrt einige Sekunden in seiner Bewegung, dann lässt er die Plane los.

Endlich entfernen sich die Schritte wieder und meine Anspannung lässt etwas nach. Die Tür wird geschlossen. Absolute Stille. Einen Moment lang warte ich noch ab, dann luge ich vorsichtig unter dem Plastik hervor. Nachdem ich mich vergewissert habe, dass ich wirklich allein bin, schlage ich die Plane zurück und schnappe erst mal nach Luft. Jetzt aber nichts wie raus. So leise wie möglich öffne ich die Tür und renne aus dem Gebäude. Gerade noch rechtzeitig, denn schon höre ich, wie die beiden wieder näherkommen. Hastig sehe ich mich um.

Auf der linken Seite befinden sich mehrere große Müllcontainer, so wie ich sie von der Villa Franca her kenne. Ich quetsche mich zwischen die beiden letzten und mache mich klein.

Giordano und Salvini treten aus der Tür. Da sich diese nach wie vor nicht schließen lässt, sieht sich Giordano nach einer Möglichkeit um, sie geschlossen zu halten. Dabei fällt sein Blick auf die Container. Während er beim ersten die Rollen löst, um sie vor den Eingang zu schieben, kommt er mir gefährlich nahe. Die Mülltonne sperrt sich etwas. Wenn er ein wenig weiter zurückgeht, wird er mich zweifellos entdecken.

Doch ganz unvermutet kommt ihm Salvini zu Hilfe. Er schaut kurz in meine Richtung, und ich bin mir sicher, dass er mich diesmal gesehen hat. Doch nichts passiert. Es hat eher den Anschein, als würde sich Salvini extra so postieren, um mich vor Giordanos Blicken zu schützen. Sonderbar. Die beiden schieben die Mülltonne vor die Tür und gehen wieder davon.

Salvini muss mich gesehen haben. Da bin ich mir jetzt absolut sicher. Doch sein Verhalten ist mir dennoch schleierhaft.

Jetzt aber nichts wie weg. Ich habe zweimal Glück gehabt, eigentlich sollte ich es nicht ein drittes Mal herausfordern, doch ich kann nicht von hier verschwinden, ohne einen Blick in die Tonnen geworfen zu haben. Nacheinander öffne ich sie und wühle darin herum.

In der ersten Tonne befinden sich stinkende Fleischabfälle. Die sollen wohl zu Tierfutter verarbeitet werden, wie Giordano bei seiner Führung erwähnt hat. Hier will ich keineswegs mit der Hand hineinfassen. Ich schaue mich immer wieder um und haste zu einem Busch, von dem ich einen Ast abbreche. Damit stochere ich, von Würgereiz begleitet, in dem Gemenge aus tierischen Überresten herum.

Einmal sieht es aus wie menschliches Haar, was da tiefschwarz am Stock hängt. Vor Schreck fällt er mir fast aus der Hand. Fieberhaft überlege ich, wie ich etwas davon sichern könnte. Doch ich habe natürlich keinen Plastikbeutel oder Ähnliches eingesteckt und die Zeit drängt. Außerdem ist das Haar meiner Tante eher grau, darum schließe ich die Tonne unverrichteter Dinge und suche in den anderen weiter. Die letzte enthält trockene Abfälle. Plastik, Papier und sonstige Kartonagen. Erleichtert schleudere ich den dreckigen Stock in die Büsche und wühle ab jetzt tief mit den Händen im Müll herum. Dann werde ich endlich fündig und mir bleibt fast das Herz stehen, als meine Hand etwas ertastet. Langsam ziehe ich das Fundstück hervor. Tränen schießen mir in die Augen. In meiner rechten Hand halte ich die Handtasche der Tante Rosa.

Kapitel 21

Ich weiß nicht, wie ich es geschafft habe, zu meinem Leih-wagen zurückzukommen. Ab dem Zeitpunkt, als ich die Henkel der Tasche ergriffen habe, bis jetzt, da ich völlig erschöpft ins Auto springe, habe ich nur noch roboterhaft funktioniert. Wie einen Schatz habe ich die Tasche an mich gerissen und bin losgerannt. Quer über die Weide, ohne Rücksicht darauf, die Tiere aufzuscheuchen oder gesehen zu werden.

Wie im Takt der Laufschritte hämmern die Worte durch meinen Kopf: »Sie ist tot! Sie ist tot! Sie ist tot!«

Auch jetzt noch, wo ich total erledigt im Wagen sitze, hört es nicht auf. Ich verriegle die Türen und drücke die Tasche wie einen Schatz fest an mich. Mir fehlt selbst die Kraft zu weinen, so fertig bin ich.

»Wo bleibst du denn so lange?«, ertönt es plötzlich hin-ter mir.

Erschrocken fahre ich hoch und schreie laut auf. Ich drehe mich um. »Daniel?!« Es dauert einige Zeit, bis ich begreife, dass er wirklich und leibhaftig auf der Rückbank sitzt. Fassungslos starre ich ihn an. »Wo kommst du denn her?« Ich kann nicht glauben, dass er tatsächlich hier bei mir im Wagen sitzt, als wäre nichts geschehen.

»Das erkläre ich dir später, wir müssen hier schleunigst verschwinden«, sagt er stattdessen. »Ich denke, es ist bes-ser, wenn ich fahre.«

Nachdem ich die Türen wieder entriegelt habe und auf den Beifahrersitz gerückt bin, übernimmt er das Steuer. Geschickt wendet er bei nächster Gelegenheit und braust einige Kilometer weit ins Landesinnere. Wir schweigen beide während der Fahrt.

Daniel sieht mich aber immer wieder besorgt von der Seite an. Nach etwa einer Viertelstunde hält er bei einer kleinen Osteria an. Wir steigen aus und suchen uns einen Platz im hinteren Bereich des Lokals, abgeschirmt von der Straße. Er bestellt für mich einen doppelten Grappa. Dann nimmt er sein Handy heraus und tippt darauf herum.

»Woher kommst du?«, frage ich ihn erneut.

Daniel winkt den Wirt abermals heran und bestellt eine Flasche Vino Rosso und vier Gläser. Er wartet, bis das Tablett vor uns auf dem Tisch steht, dann gießt er ein, hebt das Glas und prostet mir zu. Er schwenkt den Inhalt, riecht daran und nimmt bedächtig einen Schluck. Danach stellt er das Glas zurück auf den Tisch und beginnt zu erzählen.

Die Polizei hat ihn und Gärtner sofort wieder freigelassen, da ihre Festnahme nur fingiert gewesen ist. Ihre dilettantische Vorgehensweise ist also Teil des Plans gewesen, so viel kapiere ich zumindest schon mal. Während Daniel dabei ist, mir die ganze Sache zu erklären, geht die Tür der Osteria auf und Gärtner erscheint, gefolgt von Salvini.

Perplex schaue ich die beiden an, die nun ebenfalls an unserem Tisch Platz nehmen.

»Weiß sie Bescheid?« Gärtner richtet diese Frage an Daniel, als wäre ich gar nicht anwesend.

»Bin gerade dabei, es ihr zu erklären«, antwortet dieser und fährt fort. »Der Plan war, dass Gärtner und ich die Hintertür aufbrechen, und zwar so, dass es Giordano in jedem Fall mitbekommen sollte.«

»Daher der laute Knall!«, sage ich.

»Er sollte uns dabei erwischen. Salvini und seine Männer standen schon bereit. Wir waren fest davon ausgegangen, in den Kühlräumen Beweise zu entdecken, und die Italiener wären unsere Zeugen gewesen. Sie parkten praktisch schon um die Ecke und warteten nur darauf, von Giordano alarmiert zu werden.«

»Deswegen waren sie so schnell da.« Das erklärte einiges.

»Doch die Lagerräume waren leer. Giordano muss vorgewarnt gewesen sein. Wir konnten absolut nichts finden«, sagt Gärtner.

»Ich war mir sicher, dass du nicht in deinem Versteck bleiben würdest. Deshalb musste Salvini den Metzger Giordano in Sicherheit wiegen und ist mit ihm ins Haus gegangen«, grinst Daniel.

Bin ich wirklich so leicht zu durchschauen, frage ich mich und schüttle verblüfft den Kopf.

»Aber Giordano wollte unbedingt die zerstörte Tür verriegeln, deshalb sind wir wieder zurückgekommen«, kommt es nun vom Commissario.

»Sie haben mich gesehen. Auf der Koppel und später bei den Müllcontainern«, sage ich zu ihm.

»Man muss seine Gegner in Sicherheit wiegen«, kontert er grinsend, und ich bin mir nicht ganz sicher, wen er damit meint. Giordano oder mich.

Die ganze Aktion ist also bereits von langer Hand geplant gewesen, und zwar in Form einer Kooperation zwischen den deutschen und italienischen Behörden. Es sollte ein großer Schlag gegen die Mafia werden, der nun leider ins Leere gegangen ist.

»Es gab mittlerweile einige Anzeichen dafür, dass die Drogen in Deutschland durch eine Pizzeria in Straubing verbreitet werden«, erklärt mir Daniel. »Wir wussten nur nicht, wie sie dorthin gelangten. Mittlerweile sind wir uns aber ziemlich sicher, dass Carlo Puccetti das Verbindungsglied ist, das uns noch gefehlt hat. Puccetti bringt die Drogen auf seinen Fahrten für das Reisebüro nach Straubing. Wie er sie schmuggelt, wissen wir noch nicht. Aber die Route ist immer dieselbe, und die Gäste werden ausnahmslos in der Villa Franca untergebracht. Von einem V-Mann wissen wir bereits, dass die Androlis und die Giordanos alle einem großen Mafiaclan angehören. Anscheinend gab es in der letzten Zeit allerdings irgendwelchen Ärger, denn dieses Mal wollte der Patrone selbst die aktuelle Lieferung überwachen.«

»Haben Sie Ihren Mittelsmann inzwischen erreicht?«, wendet sich Salvini nun an Daniel.

»Der ist seit Tagen wie vom Erdboden verschluckt. Wir befürchten, dass er aufgeflogen ist. Die Nostra Onore, wie sich der Clan nennt, kennt keine Gnade.«

»Wir hätten das Oberhaupt der Familie, den Totengräber, höchstpersönlich erwischt, wäre Ihre Tante nicht mit ihren Verdächtigungen dazwischengekommen und hätte alle aufgescheucht«, seufzt Gärtner. »Dieser Fall beschäftigt mich schon seit Jahren. Es war mir mehr als eine Herzensangelegenheit, ihn endlich aufzuklären, bevor ich das Zepter an Freese übergebe. Daraus wird nun leider nichts mehr. Wir können denen wieder nichts nachweisen. Die Mafia ist uns einfach immer eine Nasenlänge voraus.«

»Nicht ganz!«, melde ich mich zu Wort. »Meine Tante war in der Salamifabrik. Ich habe ihre Tasche in einem der Abfallcontainer gefunden. Vielleicht konnte sie darin ja irgendeinen Hinweis hinterlassen, der uns weiterbringt. Nach der Besichtigungstour hatte sie ja felsenfest behauptet, im verbotenen Kühlraum eine Leiche entdeckt zu haben, und noch in derselben Nacht ist sie spurlos verschwunden. Ich denke, sie hatte mit ihrer Behauptung recht. Darum wurde sie zur Gefahr. Da Giordano gewusst hat, dass sie in der Villa Franca untergebracht war, war es für ihn ein Leichtes, sie zu finden und …«, die letzten Worte kann ich nicht aussprechen.

»Aber wie hat er sie weggebracht, ohne dass es auffiel, und warum ist Carlo spurlos verschwunden?«, fragt Gärtner resigniert. »Den Reisenden und selbst dem Busunternehmen haben die Androlis die Lüge von seinem Motorradunfall aufgetischt, doch die ist völlig haltlos. Es gibt bisher keine Leiche von ihm. Trotzdem müssen wir davon ausgehen, dass er umgebracht wurde.«

Ratloses Schweigen am Tisch. Daniel beginnt gedankenverloren, kleine Papierkugeln aus einer Serviette zu drehen, und schnippt sie dann mit dem Finger vom Tisch. Ich sehe ihnen zu, wie sie beinahe lautlos auf den Boden fallen. »Müll«, murmle ich halblaut vor mich hin. Natürlich, das ist es! »Müll!«, rufe ich laut.

Die anderen drei fahren verwundert hoch.

»Es ist die Straßenreinigung!«

Die Männer schauen mich an, als wäre ich nicht ganz dicht.

»Ist euch schon einmal aufgefallen, wie oft der Wagen der städtischen Straßenreinigung durch Bardolino fährt und die Straßen trotzdem immer schmutzig sind?« Ich erzähle von meiner Nachtwache, als ich noch in dem Glauben war, Weilheimer, also Gärtner, habe die Tante Rosa versteckt und wolle sie in der Nacht beseitigen. Während ich das erwähne, zucke ich entschuldigend mit den Schultern in seine Richtung.

Er winkt mit der Hand ab. »Vergeben und vergessen!«

»Aber eine Frage habe ich trotzdem«, sage ich zu ihm. »Wen meinten Sie damit, als Sie am Telefon sagten, sie sei Ihnen im Weg und man solle sie abholen?« Darauf habe ich bisher keine Erklärung gefunden.

»Inge, also meine Frau«, sagt Gärtner und sieht dabei ein wenig bekümmert aus. »Sie hat Alzheimer. Ich wollte sie mitnehmen, zur Tarnung und weil ich dachte, die Reise würde uns beiden guttun, aber das war leider ein Irrtum. Zu Hause war mir nicht bewusst, wie sehr sie sich schon verändert hat. Doch hier, in einer fremden Umgebung. Es wurde zunehmend schwieriger mit ihr. Die Krankheit schreitet zu schnell voran, und ich konnte sie nirgendwo mehr alleine lassen. Gleichzeitig hatte ich Angst, sie könnte mein Inkognito auffliegen lassen. Das wäre eine Katastrophe gewesen. Und dann stolpert sie gleich bei der Anreise auf diesem vermaledeiten Berg über ihre eigenen Füße und rollte einige Meter den Abhang hinab, ehe ich sie festhalten konnte. Sie hätte sich dabei weiß Gott was brechen können. Unsere ganze Mission geriet durch sie in Gefahr. Ich war seit Beginn der Reise nur noch angespannt und gereizt. Ich wollte diesen Fall unbedingt auflösen, aber Inge konnte ich auch kaum mehr aus den Augen lassen. Außer, wenn sie geschlafen hat. Darum habe ich unseren Sohn angerufen, damit er sie abholt.«

Und von diesem Gespräch bin ich Zeuge gewesen und hatte sofort falsche Schlüsse daraus gezogen.

»Und Sie denken wirklich, die Mafia transportiert die Leichen ihrer Opfer mit einem Wagen der Stadtreinigung zur Fabrik von Antonio Giordano, um sie dort, sagen wir mal, verschwinden zu lassen?«, wendet sich nun Commissario Salvini an mich.

»Es wäre zumindest nicht völlig ausgeschlossen«, sage ich. »Lasst uns doch mal zusammen rekapitulieren.

In der Nacht, als ich Carlos Handy fand, war der Schuppen abgeschlossen, aber ich war fest überzeugt, dass die Tante Rosa darin versteckt gehalten wird, weil ich zuvor Ihr Telefonat mitbekommen hatte.«

Gärtner nickt. »Okay. Fahren Sie fort.«

»Ich habe in dieser Nacht vor dem Schuppen campiert. Irgendwann, so zwischen drei und vier Uhr, setzte ein

Wagen der Straßenreinigung rückwärts in die Einfahrt und der Fahrer stieg aus. Ich dachte, er wolle sich erleichtern. Als er mich entdeckt hatte, ergriff er buchstäblich wie ertappt die Flucht. Am nächsten Morgen sollte mich Giovanni in den Schuppen lassen, doch er hatte angeblich keine Zeit, weil er zum Fischmarkt musste. Im Hof neben dem Bus war ein riesengroßer Blutfleck am Boden, der mit Sand abgedeckt war. Maria behauptete, Carlo hätte ihren Kater überfahren.«

»Naja.« Daniel verzieht zweifelnd das Gesicht.

»Angeblich irgendeine große Rasse«, ergänze ich.

»Weiter«, fordert Gärtner.

Auch Salvini nickt zustimmend.

»Giovanni hatte angeblich den Schlüssel mitgenommen und ich musste warten, bis er zurückgekommen war. Und da war auch zuvor die Straßenreinigung unterwegs.«

»Das klingt in der Tat etwas sonderbar«, stimmt mir Gärtner zu. »Was sagen Sie, Salvini?«

»Haben Sie im Schuppen irgendeinen Hinweis auf ein Verbrechen entdecken können?«, erkundigt sich unser italienischer Kollege.

»Jede Menge Fliegen und ein Fleck am Boden, der durchaus von Blut stammen konnte. In der Ecke war eine Plane. Als ich sie anheben wollte, drängte Giovanni, er müsse in die Küche. Und vor eurem Einsatz war zumindest ein Fahrzeug der Straßenreinigung auf dem Fabrikgelände unterwegs«, gebe ich zu bedenken. Dann füge ich noch hinzu: »Aber in einem der Abfallcontainer bei der Salamifabrik habe ich etwa entdeckt, dass wie menschliches Haar aussieht. Ich konnte es nur nicht sichern, weil ich nichts zum Einstecken dabeihatte.«

Salvini tippt eifrig in seinem Handy herum.

»Gehen wir mal davon aus, dass man Carlo und meine Tante tatsächlich in die Fabrik brachte, um sie dort zu beseitigen. Wenn Giordano tatsächlich gewarnt wurde, dann musste er ihre Körper schnellstmöglich verschwinden lassen, damit man ihm nichts nachweisen kann. Doch irgendwo müssen sie doch wieder auftauchen. Ich könnte mir gut vorstellen, dass man sie bald zurückbringt und er mit ihnen das macht, was er ohnehin vorhatte«, schlussfolgere ich.

Drei Augenpaare sehen mich nachdenklich an, und ich schwöre mir bei allem, was mir heilig ist und bei meiner Tante Rosa, dass wir »die famiglia« zur Strecke bringen werden.

»Wollen wir nicht nachsehen, was in der Tasche ist? Sie dachten doch, Ihre Tante könnte irgendetwas Relevantes gefunden haben?« Gärtner schaut mich erwartungsvoll an.

Ich reiche ihm die Handtasche. Soll er das Geheimnis lüften. Eine Packung Taschentücher, Zettel und Stifte, ein Reiseführer und ihr Wörterbuch.

Aus einem Seitenfach fördert er den ersehnten Fotoapparat von Tante Rosa zutage. Die Spannung steigt.

Gärtner schaltet die Kamera ein. »Verdammter Mist!« Laut fluchend knallt er das Teil auf den Tisch.

»Was ist los?« Daniel und wir anderen sind konsterniert.

Gärtner ist vor lauter Wut unfähig, etwas zu sagen. Er greift nach seinem Rotweinglas und trinkt. Resigniert schüttelt er immer wieder den Kopf. Da von ihm kein Wort der Erklärung kommt, schnappt sich Daniel nun selbst das Gerät und nimmt es unter die Lupe.

»Die Speicherkarte ist weg«, sagt er und legt den Apparat zurück auf den Tisch.

»Das ist aber doch kein Grund, die Flinte gleich ins Korn zu werfen«, sage ich. »Ich denke, es ist höchste Zeit, wieder zur Fabrik zurückzukehren und abzuwarten, ob ich mit meinen Vermutungen recht habe. Wenn das zutrifft, dürfte dort in den nächsten Stunden die Straßenreinigung vorfahren.«

Gärtner strafft die Schultern. »Sie haben recht.«

Gemeinsam entwerfen wir einen Plan, wer sich wo positioniert, damit wir das Gelände von allen Seiten im Blick haben. Salvini alarmiert indessen seine Brigade.

Die Operation »Nostra Onore« – »Unsere Ehre« kann beginnen.

Kapitel 22

Im Auto gibt mir Daniel mein Handy zurück. Dann setzt er mich wenige Meter vor der Zufahrt zum Fabrikgelände ab, wo ich in einem Graben auf der anderen Straßenseite vor Blicken geschützt bin. Von dort aus beobachte ich die Umgebung. Sobald sich ein Auto der Straßenreinigung nähert, so der Plan, werde ich per WhatsApp der Gruppe Bescheid geben, die wir in der Osteria eingerichtet haben. Ich muss gestehen, durchaus stolz darauf zu sein, plötzlich zum Ermittlerteam des Drogendezernats zu gehören. Daniel, Gärtner und Salvini beziehen innerhalb des Geländes ihre Posten. Es vergeht einige Zeit ohne sonderliche Vorkommnisse. Hin und wieder fährt ein Auto vorbei, und jedes Mal lege ich mich so flach wie möglich auf den Boden, um nicht gesehen zu werden.

Es ist beeindruckend, wie laut Stille sein kann. Und wie man die Geräusche der Natur wahrnimmt, wenn der Alltagslärm verstummt. Jedes kleinste Rascheln im Laub, jeden Vogelruf. Inzwischen dürften bereits mehr als zwei Stunden seit dem ersten Zugriff vergangen sein. Der Vollmond scheint für meine Begriffe ungewöhnlich hell. Und meine Blase drückt. Ich muss dringend zur Toilette, aber das geht leider nicht. Wieder raschelt es neben mir. Ich hoffe inständig, dass es eine Maus ist, die sich auf Nahrungssuche begibt. Alles, was Füße hat, ist in Ordnung. Bis auf Ratten, die kann ich auf den Tod nicht ausstehen.

Wieder nähert sich ein Fahrzeug, diesmal mit anderen Scheinwerfern als bei normalen PKWs. Es kommt von vorne in moderater Geschwindigkeit auf mich zu. Ich greife nach meinem Handy. Es ist tatsächlich ein Wagen der Straßenreinigung, und es ist kein schabendes Geräusch zu hören, was bedeutet, dass die Bürsten nicht benutzt werden. Doch er fährt an der Einfahrt und an mir vorbei. Soll ich trotzdem Bescheid geben?

Unschlüssig betrachte ich das Telefon in meiner Hand. Vielleicht ist es ja diesmal wirklich die richtige Straßenmeisterei auf dem Weg zu ihrem Standort. Aber um diese Uhrzeit? Während ich noch vor mich hin grüble, sehe ich, dass das Fahrzeug ein Stück weiter hinten zum Wenden ansetzt. Verdammt! Wenn er nun auf meiner Straßenseite zurückkommt, wird mich der Fahrer sehen, da diese Wagen den Fahrersitz auf der rechten Seite haben, um die Bordsteinkanten im Blick zu haben. Außerdem sitzt der Fahrer so erhöht, dass er ohne Weiteres in meinen schützenden Graben sehen kann.

Rasch überblicke ich im fahlen Licht des Mondes die Gegebenheiten. Dann sprinte ich los. Auf der anderen Seite ist eine Hecke. Ich muss sie erreichen, bevor mich die Kegel des Scheinwerferlichts erwischen. Während ich in einem Affenzahn über die Straße hechte, drücke ich das Mikrofon und brülle meine Sprachnachricht hinein:

»Es geht los!« Dann krabble ich, so tief es geht, in die Hecke hinein. Die Äste stechen und piksen, doch das ist mir egal. Schützend halte ich die Hand vor die Augen und ducke mich, soweit es mir möglich ist.

Langsam nähert sich der Wagen. Fast schon in Schrittgeschwindigkeit. Wieder fährt er an der Einfahrt vorbei, doch ich bin mir sicher, dass er nur abchecken will, ob die Luft rein ist.

Zwischen den Ästen hindurch habe ich einen besseren Blick auf das Fabrikgelände als vom Straßengraben aus, aber ich bin leider trotzdem zu weit weg, um etwas zu erkennen. Kann es sein, dass sich dort jemand über den Hof bewegt? Ich kneife die Augen zusammen. Hoffentlich ist es keiner von unseren Leuten.

Von vorne nähert sich erneut der Wagen und steuert diesmal durch das Tor und dann auf den rückwärtigen Bereich der Fabrik zu. Diesmal kann ich ganz genau sehen, dass die Kehrvorrichtung nach oben gestellt ist. Hier soll kein Schmutz beseitigt werden, sondern etwas ganz anderes. Davon bin ich überzeugt.

Der hintere Teil des Fabrikgeländes entzieht sich leider meinem Sichtbereich. Nur zu gerne würde ich sehen, was sich jetzt dort abspielt. Da das ganze Gelände jedoch frei einsehbar ist, habe ich keine Möglichkeit, dort hinzugelangen, ohne die Aktion zu gefährden. Das ist mein Schicksal. Wenigstens kann ich hier ungesehen die Hose runter- und der Natur ihren freien Lauf lassen. Verdammt! Wieder einmal muss ich in einem dreckigen Versteck ausharren und abwarten, was geschieht. Das ist die Hölle für mich. Außer vielleicht …

Nach der Einfahrt erstreckt sich zwischen Straße und Schweinekoppel ein Weizenfeld. Wenn ich es schaffe, ungesehen dorthin zu gelangen, könnte ich mich im Schutz der Dunkelheit zumindest bis an die Koppel schleichen. Das wäre immerhin nahe genug, um wenigstens ein bisschen etwas mitzubekommen. Also vergewissere ich mich, ob die Straße und auch die Einfahrt zur Fabrik frei sind. Dann laufe ich am Tor vorbei und noch etwa dreißig Meter am Feldrand entlang. Gebückt schleiche ich meinem Ziel entgegen. Ich höre metallenes Scheppern. Giordano schiebt den Container zur Seite, vermute ich.

Ein fahler Lichtschein dringt aus der Fabrik durch die

geöffnete Tür. Ich bin jetzt an der Umzäunung der Weiden angelangt. Weiter darf ich nicht vordringen, wegen der neugierigen Schweine. Außer Giordano und dem Fahrer des Wagens kann ich niemanden entdecken. Wo zum Teufel sind die anderen? Wenn ich es nicht besser wüsste, würde ich meinen, ich wäre alleine hier.

Ich ziehe mein Handy heraus. Keine Nachricht. Der Fahrer der Straßenreinigung hat sich mittlerweile an sein Gefährt gelehnt und zündet sich entspannt eine Zigarette an. Die Helligkeit des Displays könnte mich zwar verraten, trotzdem schalte ich die Videokamera an. Ich habe keine Ahnung, ob man auf dem Film etwas erkennen kann, aber ich halte fest drauflos.

Giordano kommt mit einer mobilen Edelstahlwanne aus dem Gebäude. Es könnte dieselbe sein, in der ich kurz zuvor noch selbst gelegen habe. Sie wechseln einige Worte miteinander. Es sieht so aus, als würde Giordano den Fahrer des Reinigungsfahrzeugs zur Eile antreiben. Wütend wirft der seine Zigarette zu Boden, die ein kleines Stück davonrollt und weiterglimmt. Der Fahrer aktiviert die Kippvorrichtung am Heck des Fahrzeugs und Giordano rollt die Wanne dicht davor.

Beide verschwinden mit ihren Oberkörpern im Heck des Transporters, da hallen Schüsse durch die lautlose Nacht. Während Giordano erschrocken hochfährt und ins Firmengebäude rennt, versucht sein Komplize, mit dem Wagen zu türmen. Behände springt er auf den Fahrersitz und startet den Motor. Doch er kann nicht weg, weil Gärtner ihm den Weg versperrt und mit einer Pistole auf ihn zielt. Das hält den Fahrer jedoch nicht von seinem Vorhaben ab. Mit der Absicht, Gärtner über den Haufen zu fahren, prescht er los. Doch Gärtner kann sich durch einen Sprung zur Seite retten.

Salvini ist nirgends zu sehen, vermutlich weil er Giordano ins Gebäude gefolgt ist. Gebannt folge ich dem Geschehen auf dem winzigen Display meines Handys, als mich plötzlich jemand von hinten umklammert und mir den Mund zuhält.

»Bleib ruhig, ich bin es nur.«

Daniel! Dieser Mensch kostet mich noch meinen letzten Nerv. »Verdammt, was machst du hier?«, fluche ich erleichtert.

»Dasselbe könnte ich dich fragen. Waren wir uns nicht einig, dass du draußen wartest?«

Ich weigere mich, darauf zu antworten.

»Ich muss Salvini und Gärtner unterstützen. Es hat wohl keinen Sinn, dich zu bitten, so lange hierzubleiben?«, sagt er grinsend und läuft zur Fabrik.

Wieder vergehen unzählige Minuten, in denen ich zwischen Bangen und Hoffen ausharre. Dann, nach einer gefühlten Ewigkeit, führen sie Giordano in Handschellen heraus. Wenige Augenblicke später kommt ein Streifenwagen angebraust.

»Non hanno nulla contro di me!«, brüllt Giordano den Commissario an und spuckt auf den Boden. »Fanculo alla polizia!«

Da ich denke, dass die Gefahr nun gebannt ist, komme ich aus meiner Deckung.

»Er sagt, wir hätten nichts gegen ihn in der Hand«, übersetzt Salvini den ersten Teil von Giordanos Tirade.

»Stimmt vermutlich«, pflichte ich ihm bei. Dann halte ich mein Smartphone in die Höhe. »Ich weiß leider nicht, ob die Aufnahme verwertbar ist. Vielleicht ist ja da der Wagen mit dem Fahrer drauf, der ja leider entwischt ist.«

»Das ist nicht ganz richtig«, korrigiert mich Salvini.

»Wir haben auf beiden Seiten Straßensperren errichtet. Weit dürfte er nicht gekommen sein.« Mit einem kurzen Kopfnicken erteilt er den Befehl, Giordano zu verhaften.

»Stopp!« Ich stelle mich dem Metzger in den Weg und blitze ihn hasserfüllt an. »Wo ist meine Tante? Wo halten Sie sie versteckt?«

Giordano zuckt die Schultern, ein dreckiges Grinsen im Gesicht. »Non capisco.« Er versteht ganz genau, was ich von ihm wissen will.

Angestachelt durch seine Überheblichkeit, balle ich die Hand zur Faust und will sie ihm am liebsten mit aller Macht in den Magen schlagen.

Daniel legt mir beruhigend die Hand auf die Schulter.

Salvini fordert Giordano nun in seiner Landessprache auf, uns zu sagen, wo er die Tante Rosa versteckt hält. Und er scheint ihm auch zu drohen.

»Tot!«, schmeißt mir Giordano angewidert entgegen. »Kaputt, tot!«

Daniel muss sich ins Zeug legen, um mich festzuhalten. Ich vergesse gerade alles, was ich auf der Polizeischule gelernt habe.

Salvini weist seine Kollegen an, Giordano wegzubringen. Die greifen nicht gerade zimperlich zu, als sie den wutschnaubenden Metzger ins Auto verfrachten und abtransportieren.

Ich bin wie in Trance, nehme nur schemenhaft zur Kenntnis, was um mich herum passiert.

Der erlösende Anruf kommt wenig später. Man hat den Wagen vor einigen Minuten gestoppt. Beim anschließenden Handgemenge ist jedoch der Fahrer erschossen worden. Nachdem man die geöffnete Ladeluke näher in Augenschein genommen hatte, fand man darin die Körper zweier Menschen. Ein Mann und eine Frau.

»Ich will sie sehen«, sage ich und versuche dabei, nicht die Fassung zu verlieren. Wir wissen alle, um wen es sich bei der Frau handelt.

Daniel nimmt mich fest in den Arm.

186

Selbst Andrea Salvini sieht mich teilnahmsvoll an. »Sind Sie sicher? Wir wissen nicht, was uns erwartet. Und in welchem Zustand die Toten sind«, gibt er zu bedenken.

»Ich will sie sehen!«, sage ich diesmal mit Nachdruck.

»Come vuoi, wie Sie wünschen!« Salvini greift zum Telefon und fordert einen Wagen für mich an.

»Wir begleiten Sie selbstverständlich«, sagt Gärtner.

Ich bin ihm sehr dankbar für seine Unterstützung. Es ist fast so, als hätte ich hier neue Freunde gefunden.

Das Polizeiaufgebot ist nicht zu übersehen. Kurz vor der nächsten Ortschaft kreist das Blaulicht gleich mehrerer Einsatzwagen. Auch eine Ambulanz ist da.

Auf der Erde am Straßenrand liegen zwei mit dunklen Planen abgedeckte Körper. Mit zögerlichen Schritten gehen wir darauf zu. Salvini spricht mit einem Beamten, der dann die Abdeckung der ersten Leiche anhebt.

Ich kenne den Mann nicht, aber es muss der Fahrer des Wagens von der Straßenreinigung sein. Seine Gesichtsfarbe ist noch leicht rosa. Allzu lange kann er noch nicht tot sein.

Die italienischen Polizisten wechseln ein paar Worte miteinander, während mein Blick zur anderen Plane wandert. Daniel, der mir die ganze Zeit nicht von der Seite weicht, verstärkt seinen Griff um meine Schulter.

Ich nicke Salvini zu, und er beugt sich selbst hinunter, um die dunkle Plastikfolie anzuheben. Carlo! Kein schöner Anblick. Das Gesicht wächsern und farblos erstarrt. Er wirkt vollkommen fremd.

»Er wurde mit einem gezielten Kopfschuss getötet«, sagt Salvini.

Ein Beamter tritt zum Commissario und redet lange auf ihn ein. Dann betrachtet mich Salvini mit einem Blick, den ich nicht zu deuten vermag.

»Sie müssen jetzt ganz stark sein«, sagt er.

Wir folgen ihm zum Fahrzeug der Straßenreinigung. Auf einer Trage davor liegt die Tante Rosa.

Andächtig knie ich mich zu ihr auf den Boden. Ich muss die Lippen fest aufeinanderpressen, um nicht laut loszuschreien. Diese Schweine! Dafür werden sie bezahlen. Ich höre nicht mehr, was um mich herum gesprochen wird, so gefangen bin ich von ihrem Anblick. Jedes Detail an ihr will ich mir ganz genau einprägen, um es später der Mama erzählen zu können.

Die Tante Rosa sieht aus, als würde sie schlafen. Ihre Gesichtszüge sind weich, und selbst ihr Teint ist in nichts mit demjenigen von Carlo zu vergleichen. Aber die leicht rötliche Färbung ihrer Haut ist vermutlich dem weichen Mondlicht geschuldet, dass sanft auf ihr Gesicht fällt. Doch das ändert nichts an der Tatsache, dass ich zu spät gekommen bin.

»Es tut mir leid, Tante Rosa«, flüstere ich kaum hörbar, während die Tränen haltlos über meine Wangen fließen. »Es tut mir so unendlich leid, dass ich nicht rechtzeitig da gewesen bin.«

»Sie müssen sie jetzt wegbringen«, sagt Salvini leise zu mir.

»Nur noch einen Moment«, bitte ich ihn.

Ich beuge mich vor und gebe meiner Tante einen Abschiedskuss auf die Stirn, und da spüre ich es ganz deutlich. Ganz fein und leicht dringt ihr Pulsschlag an meine Lippen. Die Tante Rosa lebt!

Kapitel 23

Man hat mir eine Decke gebracht und einen Becher Kaffee, hier im ospedale. Jetzt, weit nach Mitternacht, sitzen wir auf der Bank vor der Notaufnahme und warten auf den Arzt. Es ist der blanke Horror. Nicht nur, weil ich wegen der Tante Rosa wie auf Kohlen sitze, sondern weil ich generell ein Problem mit Krankenhäusern habe. Allein schon auf den Geruch reagiere ich allergisch. Allerdings muss ich zugeben, dass er hier in der Notaufnahme nicht ganz so penetrant ist wie auf den Stationen. Dort kommt zum Geruch nach Desinfektionsmitteln auch noch der Duft von Essen, Blumen und Fäkalien hinzu. Eine Mischung, die sich mir jedes Mal auf den Magen schlägt.

Obwohl Salvini mir sofort gesagt hat, dass die Tante Rosa am Leben sei, habe ich das nicht zur Kenntnis genommen, als sie so leblos vor mir auf der Bahre gelegen hat. Mein Verstand hat nicht mehr richtig funktioniert. Kennen Sie das? Vielleicht ist das eine Art von Schutzmechanismus, damit wir schlimme Dinge besser aushalten können. Nachdem ich dann selbst bemerkt habe, dass sie nicht tot ist, bin ich in eine Art Schockstarre gefallen. Und Salvini hat angeboten, die Tante Rosa und mich in das Krankenhaus von Peschiera del Garda zu begleiten. Um zu übersetzen, falls das nötig sei, gab er vor.

Gärtner und Daniel wollten ebenfalls in meiner Nähe bleiben, doch sie brauchten dringend eine Pause, weshalb ich sie bat, mit meinem Leihwagen zurück zur Villa Franca zu fahren.

Der Kaffee in meiner Hand ist zwar nicht sonderlich stark, aber er tut gut nach den aufregenden Ereignissen der vergangenen Stunden. Und es ist zumindest keine Automatenplörre, wie es sie in deutschen Kliniken oft zu trinken gibt.

Der Commissario entschuldigt sich von Zeit zu Zeit und verschwindet nach draußen, um zu telefonieren. Doch er kommt in regelmäßigen Abständen vorbei, um sich zu erkundigen, ob es Neuigkeiten gibt.

Eben fährt die Ambulanz mit einem Neuzugang vor. Wenig später höre ich eine besorgte weibliche Stimme sagen: »Machen Sie sich keine Sorgen, es wird alles wieder gut. Man wird sich hier um Sie kümmern.«

Die Mama?

Theobald Becker wird auf einer Trage von zwei Sanitätern den Gang entlanggeschoben, flankiert von meiner besorgten Mutter, die ihm nicht von der Seite weicht. Verdutzt bleibt sie stehen, als sie mich da sitzen sieht.

»Was machst du denn hier?«, fragen wir beide gleichzeitig.

»Herr Becker hatte einen Herzinfarkt«, sagt die Mama aufgeregt. »Schon beim Abendessen hat er sich ganz seltsam benommen. War nervös, fahrig, hat über Übelkeit geklagt und Schweißausbrüche bekommen. Aber er wollte keinesfalls, dass Maria einen Arzt kommen lässt.«

»Es ist mitten in der Nacht. Warst du etwa die ganze Zeit über bei ihm?«, frage ich die Mama.

»Natürlich nicht, aber ich habe mir Sorgen gemacht und immer wieder mal an seiner Tür gehorcht, ob alles in Ordnung ist«, sagt sie. »Dann hab ich ganz unruhig geschlafen und bin vom Blaulicht vor dem Haus aufgewacht. Ich hatte gleich so eine Ahnung und bin zu seinem Zimmer gegangen. Da waren die Sanitäter schon da. Maria konnte nicht weg wegen der anderen Gäste, und da er sonst hier niemanden kennt, bin ich eben mitgefahren.« Sie seufzt und schaut mich erwartungsvoll an. »Und du? Was ist passiert? Ist mit dir alles in Ordnung?«

Nun bin ich an der Reihe mit Erklärungen. Aber zuerst bitte ich die Mama, sich hinzusetzen. Behutsam bringe ich ihr bei, dass wir die Tante Rosa gefunden haben.

»Sie lebt!«, sagt sie immer wieder. »Gott sei Dank, sie lebt!«

»Ja, aber das ist derzeit auch schon alles, was ich weiß. Ich kann dir nicht sagen, was mit ihr passiert ist, ob sie verletzt wurde und ob sie es schaffen wird. Wir müssen auf den Arzt warten.«

Die Mama ist überrascht, Salvini hier zu sehen, also erkläre ich ihr, dass er an dem Einsatz, bei dem die Tante Rosa gefunden wurde, maßgeblich beteiligt war.

Versöhnlich bietet sie ihm den Sitzplatz neben sich an. Keinem von uns ist jetzt nach einem Gespräch, und so vergehen wieder unzählige kräftezehrende Minuten endlosen Wartens und Nichtstuns. Dafür teile ich mir mit der Mama zumindest die Decke und den Kaffee.

Durch die geschlossene Tür zu den Behandlungsräumen dringt hin und wieder ein Geräusch. Ansonsten ist nur mehr das beständige Ticken einer großen Wanduhr zu hören.

Salvini ist mittlerweile im Sitzen eingeschlafen und schnarcht leise vor sich hin.

»Signora Meisinger?« Wir springen beide hoch. Auch der Commissario erwacht und blinzelt schläfrig auf sein Handy.

»Er wird es schaffen. Es war nur ein kleiner Infarkt«, sagt der Arzt auf Italienisch zu uns. Salvini übersetzt.

Wir sehen uns fragend an.

»Ach, der Herr Becker«, sagt die Mama. Den hatten wir total vergessen. »Und meine Schwester? Frau Strobel?«

Der Arzt zuckt bedauernd die Schultern und gibt eine kurze Erklärung an Salvini.

»Das weiß er nicht. Er bittet Sie, auf seinen Kollegen zu warten, der Ihre Schwester behandelt«, übersetzt Salvini für die Mama.

»Buona notte«, verabschiedet sich der Arzt.

Auch Salvini verschwindet wieder nach draußen, um zu telefonieren. Als er nach einer halben Stunde wieder vorbeikommt, um nach dem Rechten zu sehen, bitte ich ihn nachzufragen, wie es um die Tante Rosa steht. Wenige Minuten später erklärt er uns: »Sie ist stark unterkühlt, und ihr Herzschlag erheblich verlangsamt. Fast, als läge sie in einem Winterschlaf. Deshalb hat man sie in ein Wärmebett gelegt, um ihre Körpertemperatur langsam zu erhöhen. Die Nacht könnte noch kritisch werden, doch der Doktor meinte, sie habe einen starken Puls und könnte es schaffen.«

»Dürfen wir sie sehen?«, fragt die Mama, und ich bitte Salvini, beim Arzt nachzufragen.

Kurz darauf stehen wir zusammen am Krankenbett der Tante Rosa.

Die Mama streichelt ihr sanft über den Kopf und flüstert ihr etwas zu. »Warum wird sie nicht wach?«, wendet sie sich an den Commissario, der die Frage an den Arzt übersetzt.

Ich verstehe nicht, was daran so komisch ist, doch nach der Antwort des Arztes muss sich der Commissario eindeutig ein Grinsen verkneifen.

»Sie war wohl ein Versuchskaninchen«, erklärt er vorsichtig und reißt sich sichtlich zusammen.

»Versuchskaninchen wofür?« Ich begreife nicht, was er damit meint.

»Für Drogen. Die Mafia testet den Verschnitt meistens an wehrlosen Personen, bevor sie eine neue Lieferung an ihre Abnehmer ausliefern. Wie es aussieht, wurde Ihre Tante mit Heroin ruhiggestellt.«

Der Arzt hebt vorsichtig die beheizte Bettdecke hoch und zeigt auf mehrere feine Einstiche am Arm.

»Das ist doch unglaublich!«, erbost sich die Mama.

»Jetzt wird die Rosa auf ihre alten Tage noch zum Junkie!«

Kapitel 24

»Die komplette Villa Franca ist in Aufruhr wegen der ganzen Geschichte, spürst du das?« Die Mama schneidet sich ihr Frühstücksbrötchen auf und bestreicht es dick mit Butter und Marmelade, während sie das Personal beobachtet. »Ich hätte nicht gedacht, dass sich die Sache mit der Rosa so schnell herumspricht. Da. Jetzt hat die Maria um Haaresbreite den Kaffee verschüttet, so fahrig ist sie.«

Das war mir selbst schon aufgefallen. Die sonst so gelassene Chefin macht an diesem Morgen einen extrem nervösen Eindruck auf mich. Kein Wunder, sie stecken ja dick mit drin, sie und ihr Mann Giovanni, und sie müssen wohl jeden Moment mit einer Razzia rechnen. Wahrscheinlich sitzen sie eh schon auf gepackten Koffern. Das erzähle ich der Mama allerdings nicht, die bisher nur die halbe Wahrheit kennt, und dabei will ich es vorerst belassen. Darum sage ich nur: »Das ist doch völlig verständlich. Erst verschwindet die Tante Rosa, dann hat der Carlo einen tödlichen Unfall, und jetzt auch noch der Herzinfarkt eines beliebten Stammgastes. Das kann einen durchaus aus dem Gleichgewicht bringen.«

Daniel Freese sitzt wieder einsam und allein als Pater Gregor an einem Tisch und frühstückt. Ebenso wie Ernst Weilheimer, der gewohnt mürrisch dreinblickt. Doch jetzt weiß ich, dass sein muffliges Verhalten Teil seiner Tarnung ist und dass er durchaus auch nette Züge an sich hat.

»Wo hat er denn heute seine Frau gelassen?«, wundert sich die Mama.

Beinahe wäre mir herausgerutscht, dass sie tags zuvor von ihrem Sohn abgeholt wurde. Gerade noch rechtzeitig fällt mir ein, dass ich das ja nicht wissen kann. So zucke ich nur wortlos mit den Schultern.

Wir haben keine Ahnung, inwieweit der Clan über die Verhaftung von Giordano bereits informiert ist, doch ich bin mir sicher, dass der Familienfunk schon ordentlich brummt.

Für uns heißt es am Nachmittag, Abschied nehmen, von Bardolino und der Villa Franca. Der letzte Programmpunkt unserer Gardasee-Fahrt steht unmittelbar bevor – Verona. Dort erwartet uns das i-Tüpfelchen der Reise, der Besuch einer Opernaufführung in der weltberühmten Arena. Anschließend bringt uns der Bus von dort aus direkt zurück in die Heimat. Treffpunkt am Bus zur Abreise ist um fünfzehn Uhr. Darum schlage ich vor, schon mal die Koffer zu packen, da wir ja vorher noch ins Krankenhaus fahren wollen.

»Ich werde Maria fragen, wer sich um Herrn Becker kümmern wird. Der kann ja unmöglich mit dem Bus mitkommen.«

Als die Mama aufsteht, landet auf meinem Handy eine Nachricht. »Treffen nach dem Frühstück in meinem Zimmer? Gruß P. G. Zwinkersmiley.« Verstohlen schaue ich hinüber, doch er lässt sich nichts anmerken und frühstückt seelenruhig weiter. »Okay«, simse ich zurück.

»Alles schon geregelt«, sagt die Mama zufrieden und setzt sich wieder zu mir an den Tisch. »Die sind hier ja alle so rührend. Maria hat gesagt, der Herr Becker gehöre ja quasi zur Familie. Sie würden seine Sachen im Zimmer lassen, bis er wieder aus dem Krankenhaus entlassen wird, und dann kümmern sie sich höchstpersönlich darum, wie er nach Hause kommt. Das gäbe es bei uns nicht, Mädi, das kannst du mir glauben. Die Deutschen wären da nicht so großzügig. Da heißt's höchstens: ›Sind S' versichert? Nein? Dann schauen S' selbst, wie S' z'rechtkommen.‹«

In meinem Kopf hat sich ein Gedanke festgesetzt, den ich nicht mehr loswerde. Völlig darin versunken, trinke ich den Kaffee aus. Anschließend begleite ich die Mama auf ihr Zimmer, um ihr beim Packen zu helfen. Doch ich bin eher im Weg, als zu nützen.

»Was hast' denn?«, sagt sie genervt, weil sie mir schon zweimal die gleiche Frage gestellt hat und ich nicht darauf reagiere.

»Entschuldige, aber ich muss unbedingt noch schnell etwas erledigen.« Gärtner hatte in der Osteria den Padrone des Clans bei einem ganz bestimmten Namen genannt. Toten…? Totenschänder? Totenwächter? Totengräber!« Ich tippe das Wort in mein Handy ein und suche nach der italienischen Übersetzung dafür. Becchino! Mit der Lauttaste lasse ich mir den Begriff vorlesen. Becchino klingt fast genauso wie …! Aufgeregt klopfe ich an die Tür gegenüber. Daniel öffnet sofort und ich schlüpfe schnell hinein.

»Ich habe herausgefunden, wer der Padrone ist«, sprudle ich aufgeregt drauflos.

»Theobald Becker!«, ertönt es hinter mir.

Ich fahre herum. Gärtner. Den hatte ich in der Eile gar nicht bemerkt.

»Theobald Becker ist Becchino tedesco, zu Deutsch der deutsche Bestatter oder auch Totengräber genannt«, sagt er.

Ich bin enttäuscht. Dabei war ich so stolz auf meine Entdeckung gewesen.

»Salvatore Gallo de Luca alias Becchino tedesco oder Theobald Becker ist das Oberhaupt der Nostra Onore. Nonna Francesca und die Mutter von Antonio und Paolo Giordano sind seine Schwestern. Ihre Männer wurden von Auftragskillern eines feindlichen Clans, der Nostra Orgalio, ermordet. Deshalb hat sich Becker nach Deutschland abgesetzt und agiert seither von dort aus. Wir ermitteln schon seit Jahren in diese Richtung, und langsam fügt sich alles zusammen.«

»Aber …« Ich zögere ein wenig, diese Frage zu stellen: »Wenn Sie wussten, wer das Oberhaupt ist …«

»Du meinst, warum wir Becker dann nicht längst verhaftet haben?« Daniel begreift sofort, worauf ich hinauswill.

Ich nicke.

»Weil er uns bisher keinen Grund geliefert hat.« Gärtner lehnt sich in seinem Stuhl zurück und schüttelt resigniert den Kopf. »Es ist fast unglaublich, aber der Herr trägt nicht nur mit Vorliebe helle Leinenanzüge, er macht in der Tat den Eindruck, als hätte er eine tadellos weiße Weste.« Er fährt sich mit der Hand durch die Haare. »Becker ist ein ganz gerissener Bursche. Er hat genügend Handlanger, die seine Befehle ausführen. Bisher konnten wir ihm noch nichts nachweisen, aber ich bin mir sicher, irgendwann macht er einen Fehler und dann …« Mit einem lauten Klatschen schlagen seine Handflächen aufeinander. »… schnappt die Falle zu und wir haben ihn!«

Ich hatte ja bereits geahnt, dass er ein zweites Gesicht hat, aber wie gefährlich der alte Mann tatsächlich ist, habe ich wohl unterschätzt. Er hat seine Rolle als liebenswerter Witwer bisher ganz gut gespielt, zumindest bis auf die Sache im Hinterhof. Da hat er für einen kurzen Moment sein zweites Gesicht gezeigt.

»Wie sind Sie darauf gekommen, dass Becker das wichtigste Glied in der Kette ist?«, fragt mich Gärtner.

»Maria deutete gegenüber meiner Mutter an, dass er so etwas wie ein Familienmitglied für sie sei. Sie erwähnten gestern, dass die Androlis und die Giordanos miteinander verwandt sind, und der Padrone, der Totengräber, die Lieferung überwacht. Da musste ich nur eins und eins zusammenzählen.«

»Ausgezeichnet«, lobt Gärtner und nickt mir anerkennend zu. »Wenn Sie uns jetzt auch noch Beweise liefern, die für eine Festnahme der Bande reichen, sind Sie meine ganz persönliche Heldin.«

Ratlos sehe ich ihn an.

»Setz dich!«, fordert mich Daniel auf.

Da Gärtner bereits auf dem einzigen Stuhl sitzt, nehme ich am oberen Ende des Bettes Platz.

Daniel selbst bleibt einen Moment unschlüssig stehen, bevor er sich an das Fußende setzt. »Wir haben zwar die Leiche von Carlo und deine Tante gefunden, und wir sind uns auch absolut sicher, dass sie von Giordano beseitigt werden sollten, doch nach wie vor fehlen uns die Beweise dafür. Die entsprechenden Personen, die uns Auskunft geben könnten, wer für die Taten verantwortlich ist, sind verschwunden. Giordano schweigt verbissen und unser einziger Zeuge, der Fahrer des Straßenreinigungswagens, wurde erschossen.«

»Verstehe«, sage ich bedächtig. »Was ist mit eurem V-Mann?«

»Untergetaucht, ermordet, wir haben keine Ahnung, wo er abgeblieben ist«, sagt Gärtner und zuckt abermals ratlos die Schultern.

»Aber es gibt doch die Drogenlieferungen. Hat man das Lager mittlerweile gefunden?«

»Salvini hat noch in der Nacht die komplette Fabrik durchsuchen lassen. Es war nichts zu finden. Weder ein Hinweis auf menschliche Leichenteile noch ein Drogenlager. Sie waren sogar mit Spürhunden drin und konnten nicht das Geringste finden. Kannst du dir das vorstellen? Wir haben es hier mit einer ziemlich gerissenen Bande zu tun. Ich vermute, Giordano bekommt immer nur so viel Stoff geliefert, wie er auf einmal verarbeiten kann. Dann wird der Arbeitsplatz komplett gereinigt, damit ihm nichts nachgewiesen werden kann. Anders kann ich mir nicht erklären, warum dort noch nie etwas gefunden wurde. Ich vermute mal, dass die letzte Drogenlieferung bereits auf dem Weg nach Deutschland ist.«

Gärtner schüttelt fassungslos den Kopf. »Es ist unglaublich. Dabei waren wir so nahe dran. So nahe!« Dabei drückt er seinen Daumen und seinen Zeigefinger zusammen. »Carlo muss irgendwo ein Versteck gehabt haben, wo er die Lieferung bis zur Rückfahrt zwischengelagert hat. Anders ist das nicht zu erklären.«

Für eine Weile sitzen wir alle schweigend da, und jeder hängt seinen eigenen Gedanken nach.

»Kann ich euch etwas zu trinken anbieten?«, fragt Daniel schließlich.

Gärtner lehnt gefrustet ab, und auch ich schüttle den Kopf.

»Was ich nicht verstehe«, sage ich an Daniel gewandt, »du bist Becker doch in die Kirche gefolgt, warum eigentlich?«

Daniel wirkt überrascht. »Woher weißt du das? Ich habe dich nirgends gesehen.«

»Becker hatte mir gesagt, dass er sich ausruhen wolle, und ich bin in den Ort, um zu recherchieren. Da hab ich ihn über den Marktplatz laufen sehen und dich hinterher. Ich bin euch bis zur Kirche gefolgt, doch als ich dort ankam, war keiner von euch beiden zu sehen. Mein nächstliegender Gedanke war, dass Becker wahrscheinlich bei dir beichten wollte.«

Gärtner lacht laut auf. Dann schüttelt er den Kopf. »Ich werde die Haltung der Kirche nie verstehen. Becker beichtet einen Mord, und mit der Beichte wird ihm alles verziehen, weil er es bereut? Eine großzügige Spende für die Armen, und alles ist vergeben und vergessen!«

»Becker hat nicht bei mir gebeichtet«, unterbricht ihn Daniel. »Als ich in die Kirche kam, sah ich gerade noch, wie er in der Sakristei verschwand. Also bin ich ihm nach, aber die Tür zur Sakristei war verriegelt. Folglich muss sie ihm jemand zuvor geöffnet haben. Also hab ich mich in einen der Beichtstühle gesetzt und dort auf ihn gewartet. Dann ging das Kirchenportal auf, und ich sah dich. Mir war jedoch nicht klar, dass du uns gefolgt bist, ich dachte eher, du wärst zufällig da.«

»Aber mit wem hat sich Becker denn dort in der Sakristei getroffen?«

»Keine Ahnung. Ich hab fast zwei Stunden in dem Beichtstuhl ausgeharrt, dann bin ich gegangen. Hinter der Kirche verläuft allerdings ein ziemlich schmales, dunkles Feuergässchen. Becker ist vermutlich dort von seinem Fahrer abgeholt worden. Das ist zumindest meine Theorie.«

»Warum ausgerechnet von dort?«, hake ich nach.

»Weil es da am diskretesten ist. Besser als mitten in der Stadt oder gar vor dem Hotel. Das Gässchen hinter der Kirche kennen vermutlich nur ein paar Einheimische. Und er kann von dort aus unauffällig die Stadt verlassen.«

Das leuchtet mir durchaus ein.

»So eine verdammte Pleite«, flucht Daniel.

Gärtner steht schwerfällig von seinem Stuhl auf. »Ich geh jetzt mal packen. Bin froh, wenn wir wieder zu Hause sind und ich den ganzen Mist hinter mir lassen kann. Tut mir leid, aber ich fürchte, mein lieber Freese, Sie müssen jetzt wieder ganz von vorne anfangen.«

Auch Daniel erhebt sich. »Wollen wir uns zum Mittagessen in einer Pizzeria im Ort treffen?«, fragt er an Gärtner gewandt.

»Danke, aber mir ist beim Frühstück schon der Appetit vergangen. Von Italien habe ich momentan die Nase gestrichen voll!«

»Ihr entschuldigt mich bitte einen Augenblick? Bin gleich wieder zurück«, sage ich, springe wie von der Tarantel gestochen hoch und flitze unter den verwunderten Blicken der beiden aus dem Zimmer. Meine Reisetasche hatte ich vor dem Frühstück bereits gepackt. Ich schnappe sie und renne wieder zurück zu den beiden. Dort lasse ich die Tasche auf den Boden fallen und werfe achtlos meine Klamotten raus. Ganz unten ziehe ich meine alte, zusammengerollte Jeans hervor, in die ich die Salami von Carlo eingewickelt habe, und drücke sie dem völlig verdutzt dreinschauenden Seniorermittler in die Hände. »Bitte schön. Ein kleines Reiseandenken.«

Gärtner sieht mich an, als sei ich nicht ganz bei Trost.

Ich kann mir ein triumphierendes Grinsen nicht verkneifen.

Vorsichtig wickelt er die Salami aus und betrachtet sie mit zweifelnder Miene.

»Nur eine kleine Aufmerksamkeit für Sie. Sozusagen mit freundlichen Grüßen, von Ihrer Mafia!« Ich strahle ihn an wie ein Honigkuchenpferd.

Nachdem er anscheinend nicht so recht weiß, was er damit anfangen soll, und abwechselnd mich und dann wieder die Wurst anstarrt, füge ich erklärend hinzu: »Die Tante Rosa hat beobachtet, dass Carlo in großem Stil Lebensmittel von der Kooperative und von der Salamifabrik mitgenommen hat. Sie hat vermutet, das wären Gegenleistungen für die Busladungen von Reisenden, die er zum Einkaufen dort hinfährt. Als Jordan den Bus übernahm, behauptete Giovanni Androli, dass die Waren allesamt für ihn bestimmt wären. Aber dann hätte sie Carlo doch nicht im Bus gelassen, sondern ihm sofort nach der Rückkehr von dem Ausflug übergeben. Es gab einen Riesenstreit zwischen Jordan und Giovanni, der offensichtlich ganz genau wusste, wie viele Salamis in Carlos Besitz waren. Jordan hat aber dichtgehalten und nicht gesagt, dass ich die fünfte Salami habe. Giovanni hat sich fürchterlich aufgeregt und Jordan beschimpft und alles nur wegen einer einzigen fehlenden Salami. Das kam mir doch reichlich komisch vor.«

Die Männer starren mich ungläubig an.

»Sie glauben also …?« Gärtner lässt den Satz unvollendet.

»Warum veranstaltet Giovanni so einen Terz um eine ganz normale Wurst, die er jederzeit bei Giordano nachkaufen kann? Das ergibt doch überhaupt keinen Sinn. Ich glaube, er wusste genau, dass Carlo fünf *besondere* Salamis erhalten hatte, und bekam es mit der Angst zu tun, weil er nicht wusste, wo das verschwundene Exemplar abgeblieben war. Er hat sich sogar am selben Tag kurz nach dem Streit mit Giordano in der Stadt getroffen, und der hatte keine neue Salami für ihn dabei. Das wäre mir aufgefallen, als ich die beiden beobachtet habe. Flavia hat mit Sicherheit alle Zimmer danach durchsucht. Ein Wunder, dass sie sie bei mir nicht gefunden hat. Vermutlich deshalb, weil sie meine Tasche auf der Suche nach Carlos Handy schon durchforstet hatte. Aber da war ich noch gar nicht im Besitz der Salami gewesen, denn damals lag sie noch wohlgehütet in Carlos Versteck.«

»Darf ich fragen, wie Sie zu der Wurst gekommen sind?«, fragt Gärtner.

»Ich habe sie Jordan mit einer kleinen Lüge abgeluchst, indem ich behauptete, Carlo habe sie mir versprochen.«

Es ist, wie wenn man ein Geschenk öffnet. Ehrfürchtiges Schweigen herrscht im Raum, als Gärtner vorsichtig,

Scheibchen für Scheibchen, die Salami anschneidet. Daniel dokumentiert den Vorgang mit der Handykamera. Nach wenigen Zentimetern rieselt weißes Pulver heraus. Gärtner sieht mich über den Tisch hinweg fassungslos an.

»Mensch Mädel«, haucht er, »ich könnte Sie küssen! Aber vielleicht möchten ja Sie das übernehmen, Freese«, ergänzt er augenzwinkernd. Dann packt er eilig das Corpus Delicti zusammen und verschwindet munter pfeifend durch die Tür.

Nein, ich werde Ihnen jetzt nicht verraten, ob er es getan hat oder nicht. Darüber hülle ich den Mantel des Schweigens.

Umgehend hat Gärtner Salvini und das BKA informiert, selig, dass sein größter Fall nun doch noch zu einem Abschluss kommt. Mit meiner Aussage und der angeschnittenen Salami können wir zumindest Giordano endgültig dingfest machen.

Kapitel 25

Glücklich und zufrieden bringe ich die Reisetasche in mein Zimmer zurück und klopfe bei der Mama, um mit ihr zur Tante Rosa ins Krankenhaus zu fahren. Salvini höchstpersönlich fährt uns dorthin, nachdem ich das Mietauto beim Verleih abgegeben habe. Die Mama versteht zwar nicht, warum sich der anfangs so unkooperative Commissario auf einmal derart für uns ins Zeug legt, aber sie gibt sich damit zufrieden, dass sie die Erklärung dafür später bekommt. So lange genießt sie die besondere Aufmerksamkeit und schweigt.

Auf der Station kommt uns eine völlig aufgelöste Krankenschwester entgegen. Sie scheint Salvini zu kennen und redet höchst erregt mit Händen und Füßen auf ihn ein. Immer wieder vernehme ich die Worte »tedesca« und »rivolta«.

Da kann es nur um die Tante Rosa gehen.

Mir schwant nichts Gutes.

»Ihrer Tante scheint es den Umständen nach schon wieder recht gut zu gehen, aber sie leidet bedauerlicherweise noch unter den Entzugserscheinungen.«

»Und wie genau äußert sich das?«, hake ich alamiert nach.

»Sie hat Wahnvorstellungen, ist ziemlich aggressiv und lässt niemanden an sich heran. Man wollte ihr ein Medikament verabreichen, damit sie die Umstellung besser verträgt, doch sie weigert sich, das einzunehmen, und wirft mit allem um sich, was sie zu fassen bekommt.«

»Das wollen wir doch erst einmal sehen«, sagt die Mama resolut und steuert entschlossen auf Rosas Zimmer zu. Doch kaum hat sie die Tür geöffnet, fliegen ihr auch schon die ersten Gegenstände entgegen. Erschrocken zieht sie die Tür wieder zu. »Huiuiui!«, sagt sie schließlich. »Da müssen wir wohl andere Geschütze auffahren.«

»Was schlägst du vor?« Wie ich die Mama kenne, hat sie die Lösung schon parat.

»Der Pfarrer muss her!«

»Ich glaube, ganz so weit ist es noch nicht«, meldet sich Salvini zu Wort. »Sie ist dem Becchino doch noch einmal, wie sagt man, von der Schippe gesprungen.«

»Wem bitt'schön soll sie von der Schippe gesprungen sein?«, fragt die Mama verständnislos.

»Dem Totengräber«, übersetze ich eines der wenigen italienischen Worte, das ich mir wohl ein Leben lang werde merken können. Ich hole mein Handy raus und wähle Daniels Nummer. Diesen kleinen Gefallen ist er mir schuldig.

Die Mama ist platt, als eine halbe Stunde später Pater Gregor den Gang entlangkommt.

»Woher hast du denn die Nummer vom Pfarrer?«, raunt sie mir zu.

»Beichtgeheimnis!«, sage ich grinsend.

Tadelnd schüttelt sie den Kopf. »Mädi, Mädi!«

Auch dass ich den Pater duze, passt ihr überhaupt nicht. Aber sie hält den Mund, dankbar dafür, dass er uns helfen will.

Da die Rosa mittlerweile ihre ganze Munition verschossen und alles, was nicht niet- und nagelfest in ihrer Reichweite stand, um sich geworfen hat, kann Daniel ungehindert eintreten. Kurz schimpft sie noch herum, doch als er den Namen Hobmeier erwähnt, verstummt sie schlagartig. Fast eine Stunde lang bleibt er allein bei ihr im Zimmer. Dann nimmt die Rosa widerstandslos alles ein, was ihr die Schwester an Medizin verabreicht. Einzige Bedingung: Der Pfarrer muss so lange bei ihr bleiben.

Während die Mama und ich auf einer Bank im Flur verharren, ist Salvini auf der Suche nach einem Arzt, um sich nach Theobald Becker zu erkundigen, den er nicht aus den Augen verlieren darf.

»Was hast du da drinnen denn so lange gemacht?«, frage ich Daniel, als er endlich wieder aus Rosas Zimmer kommt. Daniel lacht. »Ich habe ihr die Beichte abgenommen«, sagt er und hält sein Handy hoch.

»Fein säuberlich auf Band aufgenommen. Gärtner wird aus allen Wolken fallen, wenn er das zu hören bekommt!«

»Also das ist doch wirklich die Höhe!«, entfährt es der Mama empört. »Und so was nennt sich Beichtgeheimnis! Wenn das der Bischof erfährt!«

Wir sehen uns an und lachen laut los.

Die Mama hat keine Ahnung, was daran so lustig ist.

Bis die Medikamente bei der Tante wirken, setzen wir uns in die fast leere Cafeteria. Daniel holt Getränke für uns. Wir sehen uns inzwischen nach einem Tisch am Fenster um, wo wir uns ungestört unterhalten können. Langsam wird es Zeit, der Mama reinen Wein einzuschenken. Auch Daniel ist gewillt, sein Inkognito für sie zu lüften. Allerdings unter dem Versprechen, bis zum Ende der Reise mitzuspielen. Darauf lässt sie sich bereitwillig ein.

»Soll das bedeuten, dass ich die ganzen letzten Tage mit einem Oberhaupt der Mafia verbracht habe?« Sie ist fassungslos.

»Ich hab dich doch mehrmals gebeten, ihm nicht allzu sehr zu trauen. Vor der Fahrt nach Limone wollte ich dich noch warnen, doch da ist mir Becker zuvorgekommen, erinnerst du dich?«

Die Mama nickt.

»Die Fähre hat er ja verpasst. Außerdem wusste ich da noch nicht, wie gefährlich er wirklich ist. Es war nur so ein eigenartiges Gefühl, das ich hatte. Sonst hätte ich dich niemals mitgeschickt.«

So ganz überzeugt wirkt sie immer noch nicht.

»Aber im Schutz der Gruppe hätte er dir ohnehin nichts anhaben können. Übrigens hatte es immer den Anschein, als hätte er eine richtiggehende Schwäche für dich. Er ist dir ja praktisch nicht von der Seite gewichen«, setze ich noch einen drauf.

Die Mama lacht laut auf. »Die Rosa wird der Schlag treffen, wenn sie wach wird. Sie ein Junkie und ich, eine Mafiabraut!«

Eine ganze Weile sitzt sie wortlos da und schüttelt hin und wieder den Kopf, als müsse sie das alles erst einmal verdauen. »Das Reisebüro hat uns eine unvergessliche Reise versprochen«, sagt sie. »Ich würde mal sagen, sie haben ihr Versprechen gehalten. Was in diesen fünf Tagen passiert ist, das werde ich im Leben nicht vergessen.« Dann steht sie auf und greift nach ihrer Handtasche. »Ich kümmere mich jetzt mal um die Rosa.« Spitzbübisch lächelt sie uns zu. »Ihr kommt ja ganz gut ohne mich zurecht.«

»Das war alles geplant«, kommt Daniel noch mal auf das Thema Becker zu sprechen.

»Er musste die Fähre verpassen. Sicher hat Giovanni ihn über die fehlende Salami informiert. Warum hätte er sich sonst hier in der Stadt mit dem Metzger Giordano treffen sollen?

Ich erinnere mich an die schwarze Limousine mit den abgedunkelten Scheiben. Saß da der Padrone drin? Ich erzähle Daniel von dieser seltsamen der Begegnung.

»Na siehst du, da haben wir die Bestätigung.«

»Glaubst du wirklich? Aber wie konnte er so schnell von Limone nach Bardolino und dann nach Sirmione kommen? Und wo warst du überhaupt? Wenn Becker damals schon euer Hauptverdächtiger war, wieso bist du dann nicht mit nach Limone gefahren und hast die Mama einem Mafioso ausgesetzt?«, echauffiere ich mich.

»Jetzt mal ganz ruhig«, sagt Daniel beschwichtigend. »Der Plan war, dass ich an den Ausflügen teilnehme und Gärtner ebenfalls, zumindest solange seine Frau mitgespielt hat. Dann kamst du und hast angefangen herumzuspionieren. Das hat unsere Pläne völlig durchkreuzt. Gärtner musste sich plötzlich um seine Frau kümmern und ich mich um dich. Salvini hat deshalb einige Männer in Limone und Sirmione postiert, die Becker während der ganzen Zeit unter Beobachtung hatten. Als die Fähre mit den Ausflüglern in Limone ablegte, kam kurz darauf ein Motorboot und holte Becker ab. Er muss das alles schon im Vorfeld geplant oder seine Leute von unterwegs verständigt haben.«

Ich nicke schweigend, dann fällt mir mit einem Mal wieder ein, wie ich Daniel und Salvini vor dem Geschäft mit den Postkarten beobachtet habe. Ich habe also nicht immer unter seiner Aufsicht gestanden, aber was er da mit Salvini zu schaffen hatte, muss er mir nun doch noch erklären.

»Du hast mich tatsächlich in Erklärungsnot gebracht«, gibt er verlegen grinsend zu. »Ich habe dort Salvini die Speicherkarte aus Carlos Handy zugesteckt. Wir waren uns sicher, dass es so völlig unauffällig ist. Wer hätte geahnt, dass du uns dabei beobachtest.«

Zu gerne würde ich seine Gedanken lesen, wenn er mich so ansieht wie in diesem Augenblick. »Zufall«, erwidere ich.

»Oder du hast einfach ein verdammt gutes Gespür?« Wieder dieser lange Blick.

Aufgewühlt rutsche ich auf meinem Stuhl herum. »Wozu brauchte Salvini die Speicherkarte?«, lenke ich das Gespräch auf den Fall zurück, um mich seinem seltsamen Blick zu entziehen.

»Er hat für uns die Daten darauf ausgewertet. Und unser Verdacht hat sich bestätigt. Carlo hatte intensiven Kontakt mit der besagten Pizzeria.« Daniel nennt weder Namen noch Ort, doch ich weiß, welche gemeint ist.

Die Speicherkarte! Auf diese simple Lösung wäre ich nie gekommen. Hätte ich das Handy damals genau gecheckt, wäre mir das Fehlen der Karte sicher aufgefallen. Doch da er mir das Telefon und zudem noch die gekauften Ansichtskarten unter die Nase gehalten hat, habe ich eher geglaubt, meine Müdigkeit habe mir einen Streich gespielt, als dass er mit Salvini etwas zu schaffen gehabt hätte.

»Becker hat mit Sicherheit geahnt, dass es nicht dein Smartphone war, das du in der Nacht unter dem Bus gefunden hast. Und wer weiß, was er gemacht hätte, um es an sich zu nehmen, wenn ich nicht dazugekommen wäre.«

Fast ein wenig besorgt und wieder eine Spur zu lange sieht er mich an, und in meinem Bauch beginnen lauter kleine Schmetterlinge aufzufliegen.

Daniel räuspert sich. »Ich habe ja selbst schon überlegt, wie ich es dir abnehmen könnte, denn dass du es mir freiwillig überlassen würdest, darauf wäre ich im Leben nie gekommen«, sagt er feixend.

»Dafür darfst du dich bei Flavia bedanken. Sie hat mit Sicherheit nach dem Handy gesucht, als sie mein Zimmer geputzt hat.«

»Alles, was uns jetzt noch fehlt, ist Carlos Mörder«, sagt Daniel nachdenklich.

»Was genau hat dir die Rosa denn nun gebeichtet?«, frage ich ihn, gespannt wie eine Feder.

Daniel scheint für einen Moment zu zögern, dann zieht er entschlossen sein Smartphone heraus. Nachdem er sich vergewissert hat, dass wir von den anderen Gästen in der Cafeteria weit genug entfernt sind, rückt er seinen Stuhl ganz nahe an den meinen heran.

Ist es seine Nähe, sein Blick oder das, was ich gleich zu hören bekommen werde? Mein Herz jedenfalls schlägt gerade einen kleinen Takt schneller.

»Bist du bereit?«, fragt er.

Ich nicke.

Er drückt auf Wiedergabe und hält das Gerät dicht zwischen unsere Köpfe.

Wie soll man sich da konzentrieren können? Trotzdem lausche ich gespannt.

Kapitel 26

»Warum sind Sie vom Lokal noch mal alleine zurück ins Hotel gelaufen?«, höre ich seine Stimme die Tante Rosa fragen.

Bedächtig und ohne Umschweife beginnt sie, ihm vom wohl größten Abenteuer ihres Lebens zu erzählen.

»Der Ober hatte uns gerade die Getränke gebracht. Ich griff in meine Handtasche, um meine Medikamente herauszunehmen, die ich abends einnehmen muss. Aber sie waren nicht da. Dann ist mir eing'fallen, dass ich sie vor dem Ausflug aus der Tasche genommen und in die Nachttischschublade im Zimmer gelegt hatte. Ich wollt' sie bei dieser Hitze nicht die ganze Zeit in der Tasche spazieren tragen. Die Maxi hat angeboten, für mich zurückzulaufen, aber das wollt' ich nicht. Vom Restaurant zum Hotel war es ja nicht weit, und es wär unsinnig g'wesen, deswegen alle aufzuscheuchen. Also hab ich mich allein auf den Weg g'macht.

Kurz vor dem Hotel hab ich g'sehen, dass auf dem Vorplatz bei der kleinen Bar im Untergeschoss der Villa Franca die jungen Burschen aus unserer Reisegruppe unterwegs waren. Die haben mich bei der Anreise schon so aufg'regt, darum wollt' ich denen auf keinen Fall über den Weg laufen. Die hätten mir bloß die gute Laune versaut. Und Ärger hatte ich ja am Nachmittag eh schon genug.

Drum hab ich kehrtg'macht und wollt' über den Parkplatz und den Hintereingang ins Hotel hinein. Doch im Hofraum hörte ich eine laute aufgebrachte Stimme und eine zweite, die zwar leise, aber irgendwie bedrohlich klang. Drum bin ich dicht an der Hauswand stehen geblieben und hab gehorcht.

Es hörte sich sehr sonderbar für mich an. Nicht wie ein gewöhnlicher Streit, bei dem beide Kontrahenten aufeinander losgehen. Dadurch bin ich so neugierig geworden auf das, was da vor sich geht, dass ich einfach stehen geblieben bin. Ich hab ja nix verstanden, die beiden haben italienisch gesprochen, trotzdem hab ich g'spürt, dass ich da in was Gefährliches hineing'raten könnt'. Ich musste unbedingt aufpassen, dass mich niemand bemerkt. Aber ich konnte nicht weggehen. Es war so spannend. Ich hab ganz vorsichtig ums Eck gelinst.

Im Hof waren unser Bus und ein großer schwarzer Wagen mit dunklen Fensterscheiben. Unser Busfahrer, der Carlo, stand neben dem Bus und hat sich furchtbar über was aufgeregt. Ein anderer Mann, den ich nicht gekannt hab, stand ihm gegenüber neben dem Wagen. Die beiden waren höchstens zwei Meter auseinanderg'standen.

Das glauben mir die Liesbeth und die Maxi niemals, wenn ich das erzähle, hab ich mir gedacht. Das war ja am Nachmittag schon so, als ich in der Fabrik den Nackerten hängen g'sehen hab. Da haben sie ja auch g'sagt, ich hätte mich getäuscht. Darum hab ich meine Kamera aus der Tasche g'holt und vorsichtig ein paar Bilder g'macht. Als Beweis, dass ich keine Märchen erzähle.

Der Carlo hat immer wieder ›Schweine‹ gebrüllt. Das hab ich auf einem Zettel notiert. Und ›Mafia‹ hab ich noch draufgeschrieben, weil ich mir sicher bin, dass der andere von der Mafia war. Ha!«, sie lacht laut auf.

»Die erkennt man ja auf den ersten Blick, die schwarzen Herren in ihren Anzügen und den dicken Autos.

Obwohl der Carlo so grantig und laut war, ist der schwarze Mann ruhig geblieben. Wie ich das nächste Mal ums Eck g'schielt habe, hab ich aber dann doch weiche Knie bekommen. Aber Fotos hab ich trotzdem g'macht«, betont die Tante Rosa und ich höre den Stolz in ihrer Stimme.

»Der Carlo hat auf einmal aufgehört zu schimpfen. Das war ein wenig seltsam. Ich linse also ums Hauseck und sehe, dass der andere eine Pistole auf Carlo gerichtet hält. Er ließ ihn niederknien. Der Carlo hat gebettelt und geheult. Ich hörte ein leises Summen, weil jemand die Seitenscheibe hinten am Wagen herunterließ. Dann kam ein Arm zum Vorschein. Ich kann mich an einen hellen Jakkenärmel erinnern und an eine Uhr, die am Handgelenk aufgeblitzt hat. Die hat recht teuer ausgesehen.

Die Hand machte einen kleinen Schlenker und im nächsten Moment sank der Carlo auch schon tot zu Boden.

Ich hab nicht mal einen Schuss gehört.«

Ich erschaudere bei dem Gedanken, dass die Tante Rosa das mit ansehen musste, und Daniel hält die Aufnahme an. »Bist du sicher, dass du dir den Rest auch noch anhören willst?«

»Ja, das bin ich, absolut.«

Er lässt die Aufnahme weiterlaufen und gebannt folge ich Tante Rosas Worten:

»Ich hatte genug g'sehen. Mir war klar, dass es höchste Zeit war, die Beine in die Hand zu nehmen und zu verschwinden. Da kam auf einmal unser Wirt, der Giovanni, über den Hof g'rannt. Gemeinsam mit dem Mafioso hat er Carlos Leiche in den Schuppen geschleppt.«

»Ha!«, rufe ich laut auf. Erschrocken schaue ich mich um, ob von den anderen Gästen im Café jemand aufmerksam geworden ist. Dann flüstere ich Daniel zu: »Von wegen, das Blut stammte von der Katze. Das war Carlo. Ich hatte also nicht ganz unrecht mit meinem Verdacht, dass im Schuppen jemand versteckt gehalten wird.«

»Sieht ganz danach aus«, erwidert Daniel. »Weiter?«, er zeigt auf sein Handy.

Ich nicke.

»Ich hatte mehr als genug gesehen. Gerade steckte ich meinen Fotoapparat in die Tasche zurück und wollte verschwinden, da kam dieser Giovanni ums Eck und erwischte mich. Er packte mich am Genick und zog mich zum Wagen. Ich konnt' nur noch den Zettel fallen lassen und hoffen, dass ihn jemand findet. Der große Italiener, der Carlo ermordet hatte, schlug mir mit der Faust derart auf den Kopf, dass ich ganz benommen war, und verfrachtete mich in den Kofferraum der Limousine. Benebelt, aber doch noch bei Verstand, wusste ich, dass ich die Speicherkarte verschwind'n lassen musste. Wenn sie die find'n, wäre es vorbei. Und aufgeben wollt' ich nicht. Darum hab ich sie aus dem Apparat genommen und sicher versteckt.«

So viel klaren Verstand hätte ich der Tante Rosa gar nicht zugetraut. Schon gar nicht in einer solchen Situation. Ich bin richtig stolz auf sie.

»Die dachten zwar, ich sei bewusstlos, weil ich mich nicht mehr g'rührt habe, aber ich wollte einfach so viel wie möglich mitbekommen. Denn ich wusste, dass die Maxi mich finden würde. Und dann, ihr schwarzen Brüder, wäre Schluss mit lustig!«

Ich bekomme feuchte Augen, als ich das höre, und Daniel unterbricht das Tonband erneut, bis ich mich wieder im Griff habe.

»Die Tante Rosa hat also selbst den wertlosen Fotoapparat in ihre Tasche zurückgesteckt. Demnach muss sie die

214

Speicherkarte mit den Beweisfotos noch bei sich haben, was denkst du?«, überlege ich laut.

»Das wäre der Hammer. Einen besseren Beweis könnte sie uns gar nicht liefern. Hoffen wir, dass ihr die Mafia nicht draufgekommen ist, wo dieses Versteck ist.«

»Als der Wagen endlich anhielt, hab ich g'hört, wie sich mehrere Männer miteinander unterhielten. Da war eine Stimme dabei, die klang älter, ein wenig rau und ich bildete mir ein, sie schon einmal g'hört zu haben. Ich konnte mich nur nicht erinnern, wo.

Dann wurde der Kofferraum geöffnet und der Mafioso zog mich auf die Beine. Ich erkannte, dass wir wieder in der Wurstfabrik waren. Dann sah ich den Metzger, diesen Giordano, und gleich darauf wurden mir die Augen verbunden. Der war höchst erfreut darüber, sich endlich an der ›Schnüfflerin‹ rächen zu können, die ihnen da dauernd in die Quere gekommen war. Er sagte etwas auf Italienisch zu mir und die unbekannte Stimme übersetzte alles in ein perfektes Deutsch für mich. Was er sagte, war ebenso grauenvoll wie der Tonfall, in dem er es sagte.

Diese Stimme hat sich so in mein Gedächtnis gebrannt. Die würde ich jederzeit und überall wiedererkennen«, beteuerte die Tante Rosa.

Nun erklang Daniels Stimme, der nachfragte, ob sie sich an das, was zu ihr gesagt wurde, erinnern könne. Sie konnte:

»Giordano sagte: ›Sie dürfen sich auf einen langen kalten Tod vorbereiten.‹

Diese Schweine haben mich in einen Kühlraum gesperrt. Saukalt war es da drinnen. Giordano und der Chauffeur hielten mich fest und verpassten mir eine Spritze. Von der war ich wie benommen.«

Heroin, wie wir inzwischen wussten.

»Dann ließen sie mich auf den kalten Fliesen im Kühlraum liegen. In gewissen Abständen kam der Metzger wieder vorbei, um nach mir zu sehen, und sobald die Wirkung nachließ, bekam ich eine neue Injektion.«

»Ein Wunder, dass sie diese Menge überlebt hat«, resümiert Daniel das Geschehene. »Ich denke, sie wollten Carlo ebenfalls zur Fabrik bringen«, überlegt er.

»Mit dem umgebauten Wagen der Straßenreinigung. Natürlich. Der wollte nicht aufs Klo, der hatte eine Fracht abzuholen. Doch da lag ich auf der Lauer. Darum ist der auch so schnell abgehauen!« Nun macht vieles einen Sinn.

»Giordano muss Wind davon bekommen haben, dass eine Razzia gegen ihn im Gange ist. Entweder eine undichte Stelle im Team von Salvini oder die Androlis haben Alarm geschlagen«, überlegt Daniel.

»Wenn wir früher gekommen wären, hätten wir sie noch in der Fabrik gefunden«, bin ich überzeugt. Der Wagen der Straßenreinigung fuhr ja gerade vom Firmengelände, als wir dort ankamen. So waren alle Spuren noch rechtzeitig beseitigt worden.

»Eine wirklich beeindruckende Frau, deine Tante Rosa«, sagt Daniel anerkennend und lässt das Handy wieder in seiner Jacke verschwinden. »Was denkst du, wie lange ihr noch hierbleiben werdet?«, fragt er mit einem Blick auf die Uhr. Für ihn wird es höchste Zeit, ins Hotel zurückzukehren, um den Bus nicht zu verpassen.

»Ich habe keine Ahnung«, erwidere ich wahrheitsgemäß. »Das hängt von Tante Rosas Zustand ab. Aber ich denke, du solltest dich jetzt auf den Weg machen. Wir reisen auf eigene Faust zurück, sobald es möglich ist.«

Daniel nickt.

»Kann ich dich noch um einen Gefallen bitten?«, frage ich ihn. »Würdest du dich um unser Gepäck kümmern?

Ich möchte es ungern im Hotel zurücklassen. Ich melde mich bei dir, sobald wir wieder zu Hause sind.«

»Klar kann ich das machen, sei ganz unbesorgt.«

Eine Weile stehen wir uns schweigend gegenüber. Irgendwie wissen wir beide nicht, wie wir uns voneinander verabschieden sollen.

»Also dann«, sage ich schließlich und schiebe beide Hände tief in meine Hosentaschen. »Man sieht sich!«

Ich drehe mich um und will zur Tür gehen, da ruft er mir nach.

»Maxi!«

Erwartungsvoll drehe ich mich zu ihm um.

»Grüße an die Tante Rosa!«

Ich brauche einen Moment für mich, bevor ich das Zimmer betreten kann. Momentan bin ich zu aufgewühlt, und man würde mir meine Befangenheit sofort deutlich ansehen. Was hatte ich eigentlich erwartet? Eine Umarmung oder mehr? So ein Quatsch. Wir waren … Leidensgenossen, Kollegen. Das Wort Freundschaft wäre schon zu hoch gegriffen, und eigentlich hatte ich ja von Männern ausgiebig die Nase voll. »Reiß dich zusammen, Maximiliane!«, schelte ich mich selbst. Dann straffe ich die Schultern und trete ein.

Das Zimmer ist, bis auf Commissario Salvini, leer. Er sitzt auf einem Stuhl und tippt auf seinem Smartphone herum.

»Ah! Da sind Sie ja endlich. Ich habe schon auf Sie gewartet.«

»Wo sind die anderen?«

»Ihre Tante besteht darauf, noch heute entlassen zu werden. Gegen den ausdrücklichen Rat der Ärzte, wohlgemerkt!«

Geht das schon wieder los! Immer dieses Geschiss mit

der Tante Rosa und den Krankenhäusern. Sie schafft es aber auch jedes Mal, im Urlaub zu verunglücken. Kann ihr das nicht zu Hause passieren? Wo sie nicht befürchten muss, dass man sie zu Tode pflegen, sondern gesundmachen will?

Sofort schäme ich mich für diesen Gedanken. Ich möchte gar nicht, dass sie im Krankenhaus liegt. Weder im In-, noch im Ausland. Punkt!

»Sie muss noch einige Untersuchungen über sich ergehen lassen. Wenn alles in Ordnung ist, darf sie abreisen«, sagt Salvini. »Kommen Sie, ich bringe Sie hin.« Er erhebt sich und öffnet mir die Tür. Der Weg führt in den ersten Stock des Krankenhauses.

Er kennt sich hier recht gut aus, der Commissario, stelle ich überrascht fest. Noch überraschter bin ich, als wir vor einem Raum mit der Aufschrift »ECG« stehen bleiben.

Verwundert sehe ich den Commissario an.

»Herzrhythmus«, sagt er. »Sie sehen nach, ob das Herz in Ordnung ist.« EKG, ich verstehe. Salvini klopft an und wir treten ein.

Ich möchte eigentlich viel lieber draußen warten, doch ich geniere mich, vor ihm zuzugeben, dass ich mit den Geräten und Geräuschen da drinnen ein Problem habe. Darum beiße ich die Zähne zusammen und schaue mich suchend um. Dieses Zimmer ist für mehrere Behandlungen gleichzeitig ausgelegt, und die einzelnen Plätze sind nur durch Vorhänge voneinander getrennt. Die Tante Rosa liegt zum Glück ganz vorn, denn sollte es mir hier drinnen zu mulmig werden, bin ich auf dem kürzesten Weg auch wieder draußen.

Die Tante Rosa wirkt vollkommen klar und freut sich sichtlich, mich zu sehen. Neben ihr sitzt die Mama und passt auf sie auf.

»Und?«, frage ich, »wie fühlst du dich?«

»Ausgezeichnet!«, sagt die Tante Rosa, »von mir aus können wir los.«

Daran lässt sie keinen Zweifel und richtet sich auf.

»Nicht so schnell.« Streng drückt sie die Mama wieder zurück ins Kissen. »Wir warten erst noch ab, was der Arzt sagt.«

Ein paar Augenblicke später kommt der Doktor und besieht sich den Ausdruck des EKGs. Zufrieden nickt er. »Das sieht nicht schlecht aus«, sagt er.

Gerade will er das Gerät stoppen, da schlägt die Kurve unversehens ganz nach oben aus. Rasch fasst der Arzt nach Rosas Hand und tastet nach ihrem Puls. Die Tante reißt die Augen weit auf und zwickt sie gleich wieder fest zusammen. Sie zittert am ganzen Körper.

»Tante Rosa, was ist mit dir?«

Auch die Mama ist in heller Aufregung. »Ein Anfall?«

»Ist das eine Folgewirkung der Drogen?«, frage ich den Arzt.

»Ich habe keine Ahnung«, ist seine Antwort. Mithilfe einer Krankenschwester versucht er, die Rosa zu beruhigen. Nach wie vor zeigt die Aufzeichnung des EKGs die schönste Berg-und-Tal-Fahrt an. »Bitte verlassen Sie das Zimmer«, fordert er uns auf. Die Tante Rosa sieht aus, als bekäme sie jeden Moment einen Herzinfarkt.

Ich beuge mich zu ihr hinab und flüstere ihr zu: »Wir sind draußen und warten auf dich«, da greift sie nach meiner Hand und krallt sich an ihr fest. Schweißperlen tanzen auf ihrer Oberlippe.

»Er ist es, er ist es!«, haucht sie in höchster Erregung immer wieder. Sie wendet den Kopf Richtung Vorhang.

Salvini, der die Szene aufmerksam mitverfolgt hat, reagiert augenblicklich. Obwohl ihn der Arzt mehrmals lautstark auffordert, den Raum zu verlassen, stürmt er zur Tante Rosa hin.

»Sind Sie sich sicher?«

»Todsicher! Diese Stimme werde ich mein Lebtag nicht mehr vergessen!«

Der Commissario flüstert dem Arzt etwas in seiner Muttersprache zu. Dann schleicht er sich vorsichtig zum Vorhang und schiebt diesen ruckartig zurück.

Theobald Becker vergeht das Lachen ziemlich schnell, als er die Rosa neben sich erkennt. Eben noch hatte er ein angeregtes Gespräch mit seinem Besucher geführt. Giovanni! Wie sagte Maria so schön: »Die Familie wird sich um ihn kümmern.« Daraus dürfte nun längere Zeit nichts werden, denn kurz darauf klicken bei beiden die Handschellen.

Nachdem die Tante Rosa mithilfe eines Medikaments wieder ruhiggestellt ist, wirft sie Becker einen langen Blick zu und sagt: »Ich wusste es, man sieht sich immer zweimal im Leben!«

Kapitel 27

In den letzten achtundvierzig Stunden hätte ich mit allem gerechnet, nur nicht damit, dass wir alle drei an diesem Tag wieder mit dem Bus nach Hause fahren würden. Und schon gar nicht hatte ich daran geglaubt, dass wir nach diesen aufregenden Tagen an diesem Abend auf den warmen Steinstufen der Arena in Verona sitzen und uns eine Oper anschauen würden. Und wem hatten wir das zu verdanken? Dem berühmt-berüchtigten Geiz der Tante Rosa!

Als Salvini großzügig vorgeschlagen hatte, unsere spätere Heimreise zu organisieren, hatte die Tante empört ausgerufen: »Und was ist mit der Oper?«

»Die fällt aus!«, sagte ich bestimmt. Was für eine Frage!

»Die holen Sie beim nächsten Mal nach, wenn Sie wieder an den Gardasee kommen«, beschwichtigte Salvini die Tante.

»Noch einmal hierher? Das kommt ja gar nicht infrage. Nie wieder fahre ich nach Italien. Da gibt's nur Verbrecher!«

Der Commissario räusperte sich laut und vernehmlich, aber das war der Tante egal.

»Wir fahren jetzt nach Verona und von dort mit dem Bus nach Hause. Das ist alles im Preis inklusive und bereits bezahlt. Basta!«

Und so kam es, dass wir, nachdem sie sich wieder einmal auf eigene Faust aus einem Krankenhaus entlassen hatte, im Polizeiwagen bis vor die Arena kutschiert wurden. Salvini hatte sich zuvor von uns verabschiedet und mir versprochen, mich auf dem Laufenden zu halten. Und sollte er jemals nach Schnaipfing kommen, würde er mich auf jeden Fall besuchen.

»So was Ergreifendes!«, schnieft die Tante Rosa.

Der Applaus der Zuschauer verebbt, und das Orchester stimmt zum zweiten Mal das Chorwerk »Va pensiero« von Verdi aus der Oper Nabucco an.

Die Verzweiflung der Gefangenen nimmt mit jeder Note spürbar zu. Trotzdem finde ich es schon ein bisschen makaber, mit der Tante Rosa, die selbst vor wenigen Stunden noch eine Gefangene gewesen ist, ausgerechnet in dieser Opernaufführung zu sitzen.

Wir haben gar keine Gelegenheit mehr gehabt, uns umzuziehen. Die Mama und ich haben ja saubere Kleidung an, doch die von der Rosa ist total hinüber gewesen. Darum haben wir auf dem Weg nach Verona noch an einer Boutique angehalten und sie neu eingekleidet. Sie hat ganz gegen ihre Gewohnheit ein auffallend farbenfrohes Kleid mit großen bunten Blumen ausgewählt. Als ich sie darauf angesprochen habe, sagte sie:

»Weißt du, Maxi, mir ist aufg'fallen, dass alle bedeutenden Männer in meinem Leben schwarz tragen. Der, mit dem ich die längste Zeit verbracht hab, der Pfarrer Hobmeier – Gott hab ihn selig – und der, der mich beinahe das Leben gekostet hat.« Der Mafioso. »Lauter schwarze Männer. Ich finde, mein Leben kann ab jetzt ein wenig Farbe vertragen!«

Nachdem die Tante Rosa so vehement darauf bestanden hat, die Rückreise im Bus anzutreten, freue ich mich total darauf, Daniel wiederzusehen. Der würde vielleicht Augen machen! Acht Stunden würde ich neben ihm sitzen, denn die Mama und die Tante Rosa teilen sich ja jetzt wieder eine Bank, denke ich.

Daniel ist mehr als erstaunt und freut sich offensichtlich riesig, uns zu sehen. Doch den Sitzplatz neben ihm, den beschlagnahmt von der Abfahrt in Verona bis zur Ankunft in der Heimat die Tante Rosa. Nur neben einem Priester oder einem Polizeibeamten fühle sie sich absolut sicher.

Herzlichen Glückwunsch! Da schlägt sie dann gleich mal zwei Fliegen mit einer Klappe.

Zum Abschied überreicht sie Daniel ihr Amulett mit dem Abbild der Jungfrau Maria. Ich nehme das mit großer Verwunderung zur Kenntnis. Auch dass er sie herzlich umarmt und auf die Wange küsst, bleibt der Mama und mir nicht verborgen.

Die Rosa genießt es sichtlich.

»Den musst du aber schon sehr ins Herz geschlossen haben, wenn du ihm das Kettchen schenkst, das du von deinem heiligen Pfarrer Hobmeier geschenkt bekommen hast«, kommentiere ich das Ganze eifersüchtig, nachdem Daniel weg ist.

»Bist du für den nicht ein bisserl zu alt?«, gibt auch die Mama zu bedenken.

»Es kommt nicht immer auf Äußerlichkeiten an, sondern auf die inneren Werte!«, sagt die Rosa selbstgefällig grinsend und stapft davon.

Kapitel 28

Das ist vielleicht ein Hallo auf der Wache, als ich nach dem Wochenende zum Dienst erscheine.

»Meisinger, Ihretwegen bin ich um zehn Jahre gealtert!«, empfängt mich der Hafner. »Warum haben Sie sich denn um Himmels willen nicht mehr gemeldet? Sie waren auf einmal weg. Kein Lebenszeichen, nix mehr. Dann war die Leitung ganz tot. Wissen S', was wir hier ausgestanden haben? Ich war kurz davor, das BKA zu informieren!«

»Hafner, das ist eine lange Geschichte«, sage ich.

»Wir haben Zeit, Sie wissen ja, in Schnaipfing gibt's so was nicht. Mord und Totschlag!«, meint er grinsend.

Damit spielt er auf unseren ersten gemeinsamen Arbeitstag an, als er mich noch unbedingt loswerden wollte, weil ich eine Frau bin und nicht der Norm entspreche mit meinem Aussehen, den Dreadlocks und so. Aber mittlerweile haben wir uns ganz gut aneinander gewöhnt. Und er lässt auch keinen Zweifel daran, dass er sich um mich ernsthafte Sorgen gemacht hat. Das ist schön.

»Wir sind schon ein gutes Team«, sage ich und meine es auch so. »Ach ja, übrigens, ich habe euch was aus Italien mitgebracht.« Ich greife in eine Stofftasche und hole die Salami heraus, die ich für die beiden gekauft habe.

»Salami speciale, von einem waschechten Mitglied der Mafia höchstpersönlich hergestellt!«

Stolz überreiche ich mein Geschenk dem Chef.

Der Knogl, das alte Trüffelschwein, stürmt sofort herbei und riecht verzückt an der Wurst. Es ist wie eh und je. Der Knogl hat immer Appetit.

»Die müssen wir natürlich gleich probieren!«, verkündet er und ich sehe direkt, wie ihm das Wasser im Munde zusammenläuft.

Mir ist egal, was die beiden machen. Gerade habe ich eine WhatsApp von Daniel bekommen. Er will sich am Abend mit mir treffen, um mir das Medaillon der Tante zurückzugeben. Sie hatte darin den Speicherchip ihrer Kamera aufbewahrt, weil sie wusste, dass alle Mafiosi gläubig sind. Darum hoffte sie, dass man ihr das Kettchen lassen würde, und so war es ja schlussendlich auch gewesen.

Im Zimmer wird eifrig mit Holz geklappert. Weiß der Geier, wo der Knogl auf die Schnelle das Holzbrett und ein Messer hergenommen hat. Doch die beiden sind schon munter bei der Verkostung.

Ich werde mich heute Abend auf mein Motorrad setzen und nach Straubing zu Daniel düsen. Es ist ein herrlicher Sommertag, genau das Richtige für eine schöne lange Fahrt mit meiner Maschine. Und auf der Landstraße nach Straubing gibt es einige schöne Kurven, in die man sich so richtig reinlegen kann. Fast so wie in die starken Arme von … Und wer weiß, vielleicht sind die Sonnenuntergänge an der Donau in Straubing genauso schön wie hier in Schnaipfing.

»Die Salami schmeckt sagenhaft«, höre ich den Hafner schwärmen. »Ganz anders als unsere deutsche Wurst.«

»Stimmt«, sagt der Knogl, »aber gehen Schweine eigentlich zum Zahnarzt?«, fragt er nachdenklich und hält einen Goldzahn in die Höhe.

Epilog

Gestern ist ein Brief aus Italien angekommen. Mein neu gewonnener Freund Andrea Salvini hat mich über die neusten Ermittlungsergebnisse informiert.

»Cara mia Maxi, liebe Freundin und geschätzte Kollegin.

Dank der Aussage Ihrer werten Frau Tante und dem Bildmaterial, das Ihre Kollegen Gärtner und Freese uns freundlicherweise überlassen haben, konnten wir den Padrone der Nostra Onore und seine wichtigsten Mittelsmänner endlich dingfest machen.
Nachdem wir tief verborgen unter den Fleischabfällen auch menschliche Überreste finden konnten, es dürfte sich dabei um Teile des vermissten Mittelsmannes handeln, die ich nicht näher definieren möchte, haben meine Kollegen noch einmal die komplette Fleischfabrik auseinandergenommen.
Dabei sind wir auf einen gut verborgenen Keller gestoßen, in dem sich ein riesiges Drogenlabor befand.
Wie Sie bereits richtig herausgefunden hatten, wurden die Drogen für die Verbreitung nach Deutschland in den besonders großen Salamis versteckt. So konnten sie sicher über die Grenzen transportiert werden, ohne von Spürhunden oder unseren Kollegen entdeckt zu werden .

Wir würden Ihre liebe Tante gerne für ein paar Tage zu uns an den wunderschönen Lago di Garda einladen, um uns persönlich bei ihr für ihre Mithilfe zur Auflösung dieses Falls zu bedanken.

Mit den besten Grüßen

Ihr Andrea Salvini, Commissario, Bardolino

Ich habe Tante Rosa den Brief vorgelesen.

Sie meinte: »Nach Italien, zur Mafia. Da bringen mich keine zehn Pferde mehr hin!«

Dankeschön!

Wieder einmal ein riesengroßes Dankeschön an meine ganze Familie für die unermüdliche Unterstützung, allen voran meiner Tochter Celina,

meinen Testleserinnen Conny und Renate,
meinen Hoaschdinger Mädels Angelika, Ilka und Karin.

Grazie mille an Silvio, der mir bei den italienischen Passagen eine große Hilfe war.

Ein besonderes Dankeschön an meine Lektorinnen.
Susanne Rick und die wunderbare Bianca Weirauch, sowie Lena Gruber für die Grafik.

Und –
danke, danke, danke an euch, liebe Leserinnen und Leser, weil ihr mich durch euer tolles Feedback und die vielen lieben Zuschriften immer wieder zum Weiterschreiben ermutigt.

Herzlichst
Eure Claudia Sagmeister

August 2022

„Willkommen im Leben", sagte der Tod

Was haben ein toter Penner am Donauufer und ein verunglückter Bauunternehmer miteinander zu tun?
Warum hat der Revierleiter ein Problem mit der neuen Kriminalkommissarin und wer ist Mädi?
Maximiliane Meisinger, genannt Maxi, schlittert, noch ehe sie die neue Stelle antreten kann, gleich mitten hinein in ihren ersten Kriminalfall.
Und obwohl der Hafner fest und steif behauptet: »Schnaipfing ist eine beschauliche Kleinstadt. Mord und Totschlag gibt's hier nicht!«, hat sie hier allerhand zu tun.

„Willkommen im Leben", sagte der Tod ist der erste Teil der Krimireihe um die sympatische Ermittlerin mit den blonden Dreadlocks.

Ein Regionalkrimi mit Humor

ISBN: 978-3-7557-0192-7